Demian

푸 른 숲
징 검 다 리
클 래 식
0 3 5

데미안

Demian

헤르만 헤세 지음
전은경 옮김

푸른숲주니어

'푸른숲 징검다리 클래식'을 펴내며

어린 시절, 할머니께서 조근조근 들려주시던 옛날이야기는 새로운 세상과 통하는 작은 창이었다. 상상의 날개를 달고 떠나는 창 너머 세상으로의 여행은 들어도 들어도 질리지 않는 재미와 마음속 깊은 곳을 울리는 감동을 선사해 주곤 했다. 그뿐 아니라 우리의 삶을 어떻게 꾸려 가야 하는지 곰곰이 생각해 보게 하는 지혜를 가르쳐 주었다. 말하자면 우리는 그 이야기들을 통해 '삶'을 배운 셈이다.

우리가 문학 작품을 읽어야 하는 까닭 또한 '삶을 배운다'는 점에서 크게 다르지 않다. 우리는 한 편 한 편의 문학 작품을 만나 사랑을 배우고, 우정을 배우고, 진실을 배우고, 지혜를 배운다.

그런 점에서 '푸른숲 징검다리 클래식'은 참 의미가 깊다. 오랜 세월을 거치며 각 나라의 문학사에 확고히 자리매김한 작품들을 한데 모았기 때문이다. 문학을 사랑하는 사람들이 즐겨 읽어 세계적인 명저로 일컬어지는 작품들……. 이를테면 우리 부모 세대, 아니 그 이전 세대부터 즐겨 읽었던 작품들로 많은 이들에게 삶의 의미와 가치를 일러주고, 또 '인생'이란 망망대해에서 등대 역할을 담당했던 것들이다.

세월이 흘러 사람들이 사는 모습도 달라지고 생각도 달라졌다. 그러나 시대와 장소를 뛰어넘어 변하지 않는 것이 있다. 바로 '삶' 이다. 사람이 있는 곳이라면 어디든지 존재하는 삶은 항상 저마다의 무게를 떠안고 있다. 그 무게는 진실이라는 옷을 입고 문학 작품 속에 영원한 생명을 불어넣는다. 우리는 그것을 '고전'이라 부른다.

　그러나 제아무리 훌륭한 고전이라 해도 독자가 읽고 소화할 수 없다면 아무런 소용이 없다. 지나치게 방대한 분량과 길고 어려운 문장은 책을 읽으려는 청소년들의 의지를 꺾을 뿐 아니라 좌절감마저 불러일으킨다.

　'푸른숲 징검다리 클래식'은 바로 그러한 점을 염두에 두고 기획된 세계 명작 시리즈이다. 작품이 본디 지닌 맛과 재미를 고스란히 살리면서 우리 청소년들이 읽고 소화하기 쉽게 글을 다듬었다.

　그리고 본문 뒤에는 현직 국어 교사들이 직접 쓴 해설을 붙였다. 작가나 작품에 대한 풍부한 설명은 물론, 그 작품들이 지니고 있는 현재적 의미까지 상세하게 짚어 보이고 있다. 아울러 해설 곳곳에 관련 정보를 담은 팁과 시각 자료를 배치해, 읽는 재미를 넘어 보는 재미까지 만끽할 수 있도록 했다.

　아무쪼록 '푸른숲 징검다리 클래식'을 통해 우리 청소년들의 삶이 더욱더 깊고 풍성해지기를…….

2006년 4월
기획위원　강혜원·계득성·전종옥·송수진

| 차례 |

기획위원의 말 004
작가의 말 009

제1장 두 세계 ……………………………… 013

제2장 카인 ………………………………… 045

제3장 예수 옆에 매달린 강도 ……………… 076

제4장 베아트리체 ………………………… 105

제5장 새는 알에서 나오려고 힘겹게 싸운다 ⋯⋯ 136

제6장 야곱의 싸움 ⋯⋯⋯⋯⋯⋯⋯⋯⋯⋯⋯ 161

제7장 에바 부인 ⋯⋯⋯⋯⋯⋯⋯⋯⋯⋯⋯⋯ 196

제8장 종말의 시작 ⋯⋯⋯⋯⋯⋯⋯⋯⋯⋯ 235

《데미안》제대로 읽기 249

내 안에서 저절로 우러나오는 것,
나는 바로 그대로 살아 보려고 했다.
그게 왜 그다지도 어려웠을까?

　내 이야기를 하려면 아주 오래전으로 거슬러 올라가야 한다. 할 수만 있다면 내 어린 시절, 아니 그보다 훨씬 더 거슬러 올라가, 아득하기 그지없는 내 근원까지 되짚어가야 할 것이다.

　소설을 쓸 때 작가들은 마치 하느님이라도 된 것마냥 굴곤 한다. 하느님이 한 인간의 생애를 손바닥 위에 올려놓고 들여다보면서 직접 이야기하듯이, 작가 자신이 언제 어디서든 중요한 부분을 집어내어 모두 묘사할 수 있는 척하는 것이다.

　그런데 나는 그럴 수 없다. 다른 작가들도 그렇게 해서는 안 된다. 어느 작가나 자신의 이야기는 매우 소중하듯이, 나에겐 나의 이야기가 아주 소중하다. 그것은 나 자신의 이야기이기도 하고, 또 한 인간의 이야기이기도 하기 때문이다. 즉 만들어 낸 인물, 있을 법한 인물, 이상적인 인물, 그러니까 이 세상에 존재하지 않는 인간이 아니라 실제로 이 세상에 있으며, 단 한 번 존재하는, 바로 살아 있는 인간의 이야기인 것이다.

그런데 요즘은 정말로 살아 있는 인간의 의미가 무엇인지, 다른 그 어느 때보다도 몹시 혼란스럽다. 한 사람 한 사람이 다 소중하고 유일한 자연의 산물(産物)인데도, 그 하나뿐인 생명을 무참히 총으로 쏘아 무더기로 죽이기도 한다. 만약 우리의 하나뿐인 생명이 그토록 소중하지 않다면, 총알 하나로 이 세상에서 간단히 사라지게 해도 된다면, 이런저런 이야기를 쓴다는 것이 무슨 의미가 있으랴.

하지만 인간은 누구나 유일하고 특별하며 소중하다. 세상의 이런저런 현상들이 서로 교차하는, 아주 중요하고 독특한 점(點)인 것이다. 그 점에서는 오직 한 번만 교차할 뿐 다시 만나지 않는다. 그래서 한 사람 한 사람의 이야기는 모두 중요하고 영원하며 신성하다.

모든 인간은 살아가면서 어떻게든 자연의 이치를 실현해 나간다는 점에서 충분히 경이롭고 주목할 만하다. 그 누구의 내면에서든 정신은 형상이 되고, 그 누구의 내면에서든 피조물은 괴로워하며, 그 누구의 내면에서든 하나의 구세주가 십자가에 매달린다.

인간이 무엇인지 아는 사람은 이제 거의 없다. 많은 사람들이 그것을 느끼고 있고, 그만큼 쉽게 죽어 간다. 나도 이 이야기를 다 쓰고 나면 좀 더 쉽게 죽을 수 있을 것이다.

나 스스로를 학식이 풍부한 사람이라고 감히 말할 수는 없다. 그러나 끊임없이 무언가를 찾던 구도자인 것은 틀림없다. 지금도 그렇다. 다만 지금은 밤하늘의 별을 보거나 책장을 뒤적거리면서 무언가를 찾지는 않는다. 내 안에서 내 피가 내는 가르침의 소리를 듣기 시작했으니까.

내 이야기는 편안하지 않다. 지어낸 이야기처럼 달콤하거나 조화롭지도 않다. 더는 자신을 속이려 하지 않는 사람의 삶이 흔히 그렇듯이 불합리와 혼란, 광기, 꿈의 맛이 난다.

한 사람 한 사람의 삶은 모두 자기 자신에게 이르는 길이다. 길을 가는 시도이며 오솔길의 암시다. 일찍이 그 누구도 완전히 자기 자신이었던 사람은 없다. 그럼에도 누구나 자기 자신이 되려고 노력한다. 어떤 사람은 모호하게, 또 어떤 사람은 확실하게, 각자의 힘이 닿는 대로 노력하는 것이다.

누구나 자기 출생의 찌꺼기, 태곳적의 점액과 알껍데기를 죽을 때까지 가지고 간다. 결코 인간이 되지 못하는 경우도 많다. 그들은 개구리로, 도마뱀으로, 개미로 남는다. 위는 인간이고 아래는 물고기인 경우도 많다. 자연은 이 모든 것이 인간이 되기를 바라며 던졌다. 그렇기에 누구나 근원은 같다. 다시 말해, 어머니들은 같다는 뜻이다.

우리 모두는 같은 심연에서 유래한다. 같은 심연에서 나온 시도이며 같은 심연에서 던져진 존재지만, 저마다 자신만의 독자적인 목표를 향해 앞으로 나아간다. 우리는 서로서로를 이해할수는 있다. 그러나 누구나 오로지 자기 자신만 해석할 수 있다.

제 1 장
두 세계

열 살 때, 작은 도시의 라틴어 학교에 다니던 시절의 어떤 사건으로 내 이야기를 시작하려 한다.

그 시절의 향기가 짙게 밀려와, 속에서부터 아픔과 안락한 전율이 나를 뒤흔든다. 어두운 골목과 환한 집과 탑, 시계 종소리와 사람들의 얼굴, 아늑하고 따뜻한 쾌적함이 가득한 방, 무시무시한 유령에 대한 공포와 비밀이 어린 방, 비좁은 방의 온기, 토끼와 하녀들의 냄새, 민간요법으로 달이던 약과 말린 과일 냄새가 난다. 그곳에는 두 세계가 뒤섞여 있었다. 두 개의 극(極)에서 낮과 밤이 나왔다.

한 세계는 우리 집이었다. 사실 그 세계는 매우 좁아서, 그 안에는 우리 부모님뿐이었다. 물론 그 세계는 나도 잘 알고 있었다. 그 세계의 이름은 어머니와 아버지, 사랑과 엄격함, 모범과 학교였다. 그 세계에 속하는 것은 온화한 광채와 맑음, 깨끗함이었다. 그곳에는 따뜻하고 다정한 말과 깨끗이 씻은 손, 말끔한 옷, 그리고 훌륭한 예절이 있었다. 아침마다 찬송가를 불렀으며, 해마다 성탄을 축하했다.

미래로 이어지는 곧은 선과 길이 그 세계에 있었다. 의무와 죄, 양심의 가책과 참회, 용서와 선한 결심, 사랑과 존경, 성경 말씀과 지혜가 있었다. 앞으로 맑고 깨끗하고 아름답게 살기를 바란다면 그 세계를 지켜야 했다.

그러나 이미 또 하나의 세계가 우리 집 한복판에서 시작되고 있었다. 그것은 완전히 다른 세계였다. 냄새도 달랐고, 말도 달랐고, 약속과 요구도 달랐다. 이 두 번째 세계에는 하녀와 직공들, 유령 이야기와 추문이 있었다. 그곳에는 기괴하면서도 유혹적인, 무시무시하면서도 수수께끼 같은 일들이 곳곳에 널려 있었다. 도살장과 감옥, 술 취한 사람과 악다구니를 쓰는 아낙네, 새끼를 낳는 암소와 쓰러진 말, 강도의 침입과 살인과 자살에 관한 이야기들이 있었다.

아름다우면서도 오싹하고, 거칠고 끔찍한 이 모든 일이 바로 옆골목과 옆집에서 수시로 벌어졌으며, 경찰과 부랑자들이 돌아다녔다. 술 취한 남자들은 아내를 때렸고, 저녁이 되면 젊은

아가씨들이 떼를 지어 공장에서 쏟아져 나왔다. 늙은 여자들은 누군가에게 마술을 걸어서 병이 나게 만들었다. 숲에는 도둑들이 살았고, 방화범들은 경찰에게 잡혀갔다.

이 격렬한 두 번째 세계는 어머니와 아버지가 있는 우리 집을 빼고는 어디에나 넘쳤고 또 냄새를 풍겼다. 그것은 무척 다행스러운 일이었다. 우리 집에 평화와 질서와 안정이 있다는 것, 의무와 선한 양심, 용서와 사랑이 있다는 것은 정말로 경이로운 일이었다. 그리고 다른 모든 것, 즉 시끄럽고 번쩍거리고 음침하고 폭력적인 온갖 것들에서 한 발짝만 뛰면 어머니에게로 도망칠 수 있다는 사실도 무척 경이로웠다.

가장 기이한 점은 이 두 세계가 서로 맞붙어 있다는 사실이었다. 두 세계는 얼마나 가까이 있었던지! 예를 들어 우리 집 하녀 리나는 저녁 예배 때 거실 문 옆에 앉아, 깨끗하게 씻은 손을 말끔하게 편 앞치마 위에 올려놓고 맑은 목소리로 우리 가족과 함께 노래를 불렀다.

그럴 때면 그녀는 온전히 아버지와 어머니에게, 우리에게, 밝고 올바른 세계에 속했다. 그러나 바로 뒤에 부엌이나 헛간에서 머리가 없는 난쟁이 이야기를 하거나 작은 푸줏간에서 옆집 아낙네들과 싸움을 할 때면 그녀는 완전히 딴사람이었다. 다른 세계에 속해 있었고, 비밀로 에워싸여 있었다.

모든 것이 그랬다. 그중에서도 나 자신이 가장 심했다. 물론 나는 밝고 올바른 세계에 속해 있었고, 우리 부모님의 자식이었다. 그러나 내가 눈과 귀를 돌리는 곳마다 다른 것이 있었다. 비록 그것이 내게는 자못 낯설고 섬뜩할 때가 많았고, 또 그곳에서 계속 양심의 가책과 불안감을 느꼈지만. 어쨌든 나는 그 다른 것들 속에서도 살고 있었다.

이따금 금지된 세계에 사는 것이 즐거울 때도 있었다. 밝은 세계가 아무리 필연적이고 선하다고 해도, 그 세계로 귀환하는 일은 덜 아름답고 지루하고 삭막한 세계로 돌아오는 것처럼 느껴질 때가 잦았다. 내 인생의 목표는 우리 아버지나 어머니처럼 되는 것이라고, 그렇게 밝고 깨끗하며, 그렇게 뛰어나고 질서 있게 사는 것이라고 나는 몇 번이나 곱씹었다.

그러나 거기까지 가는 길은 아주 멀었다. 거기에 이르려면 우선 학교에서 버텨야 하고, 대학에 가서 공부를 해야 하고, 온갖 시험들을 치러야 했다. 또한 그 길은 항상 어두운 세계 옆을 지나가거나 그 한가운데를 통과하기 때문에, 그 세계에 머물거나 그 안에 아예 주저앉아 버릴 수도 있었다.

그렇게 된 탕자(蕩子, 방탕한 사나이)들의 이야기가 있었다. 나는 그런 이야기를 아주 재미있게 읽었다. 그런 이야기들에서는 아버지에게로, 선한 것으로 돌아오는 일이 언제나 구원이며 숭고한 것이라고 쓰여 있었다. 물론 나는 어디까지나 그것만이 옳고 선하며 소망할 만한 것이라고 느꼈다.

그러면서도 악한과 탕자들이 나오는 부분에 훨씬 더 마음이 끌렸다. 이런 말을 고백해도 된다면, 탕자가 회개하고 다시 받아들여지는 대목이 때로는 솔직히 유감스러웠다. 하지만 그런 말을 입 밖에 내지는 않았다. 생각도 길게 하지 않았다. 그것은 마음속 아주 깊은 곳에 그저 어렴풋하게 하나의 예감과 가능성으로만 존재했다.

나는 악마의 모습도 쉽게 상상하였다. 그 악마가 변장을 했든 하지 않았든, 저 아래 길을 걷고 있든, 축제가 열리는 곳에 있든, 술집에 앉아 있든 상관없이, 그 어떤 모습이든 생생하게 떠올렸다. 우리 집에 있다고는 결코 상상하지 못했다.

내 누이들도 모두 밝은 세계에 속했다. 어쩌면 그 둘은 나보다 본질적으로 아버지와 어머니에게 더 가까워 보였다. 그들은 나보다 더 선하고 예의 바르며 결점이 적었다. 누이들한테도 부족한 면이 있고 나쁜 습관도 있었지만, 내 눈에는 그런 점들이 그리 심각해 보이지 않았다.

어쨌든 나하고는 달랐다. 악과의 잦은 접촉이 그리도 힘들고 고통스러웠던, 즉 어두운 세계에 훨씬 더 가까이 있었던 나와는 분명히 달랐다. 누이들은 부모님과 마찬가지로 사랑하고 존중해야 할 대상이었다. 어쩌다 누이들과 다툰 경우에도, 내 양심에 비추어 보면 나쁜 쪽은 한결같이 나였다. 용서를 구해야 할 사람, 싸움을 일으킨 사람은 바로 나였던 것이다. 누이들을 모욕하는 것은 부모님을, 선함과 계율을 모욕하는 것과 같았다.

누이들보다는 지독하게 타락한 거리의 부랑아들과 나눌 수 있는 비밀이 훨씬 많았다. 세상이 무척 환하고 양심에 거리낌이 없어 기분 좋은 날에는 누이들과 함께 노는 것, 선하고 얌전하게 그들과 함께 고귀하고 기품 있는 광채를 내뿜는 나 자신을 보는 것이 즐거웠다.

천사라면 분명히 그런 모습이리라! 천사는 우리가 알고 있는 최고의 것이었다. 우리가 '성탄절'이나 '행복'처럼 밝은 소리와 향기에 에워싸여 천사로 존재한다는 것은 감미롭고 경이로운 경험이었다. 하지만 이런 시간과 나날은 얼마나 드물었던가!

나는 우리에게 허용된 착하고 순진한 놀이를 잘 하다가, 순간 순간 열정에 사로잡혀 과격하게 변하곤 했다. 그것은 곧 누이들을 화나게 했고, 또 다툼과 불행으로 이어지게 했다. 막상 분노가 치밀면 나는 한량없이 못돼져서 함부로 말하고 행동하는 버릇이 있었는데, 그렇게 말하고 행동하다가 문득 내가 얼마나 사악해져 있는지를 깊고 강렬하게 느끼곤 했다.

그러고 나면 역겹고 음울한 참회와 회한의 시간이 다가왔다. 그다음에는 내가 용서를 비는 고통스러운 순간이 이어졌고, 얼마 동안은 밝은 빛줄기와 함께 한 가닥의 갈등도 없는 고요하고 고마운 행복이 다시 찾아왔다.

나는 라틴어 학교에 다녔다. 같은 반이었던 시장의 아들과 선임 삼림관의 아들이 이따금 우리 집에 놀러 왔다. 다소 거친 면이 있긴 했어도 선한 세계, 허용된 세계에 속한 아이들이었다. 그렇지만 나는 우리가 평소에 경멸하던 이웃 아이들, 즉 공립학교 아이들과도 가깝게 지내고 있었다. 그들 가운데 한 아이에 관해 말하면서 내 이야기를 시작해야겠다.

열 살이 막 되었을 때의 일이다. 수업이 없던 어느 날 오후, 나는 이웃의 두 아이와 함께 집 근처를 어슬렁거리고 있었다. 그때 우리보다 큰 아이가 다가왔다.

열세 살쯤 되어 보였는데, 매우 억세고 거칠어 보였다. 공립학교 학생으로, 재단사의 아들이었다. 그의 아버지는 술꾼인 데다 온 가족의 평판이 아주 나빴다.

나는 프란츠 크로머를 잘 알고 있었다. 사실은 내심 무서워했다. 그래서 그가 우리에게 합류한 게 마음에 들지 않았다. 그는 벌써 어른 티가 났는데, 공장에 다니는 청년들의 말투와 걸음걸이를 흉내 내고 있었다.

우리는 그가 시키는 대로 다리 옆에서 강가로 내려간 다음, 첫 번째 교각 아래에 몸을 숨겼다. 아치 모양의 교각과 느리게 흐르는 강물 사이의 좁은 강변에는 깨진 그릇 조각과 녹슨 철사, 잡동사니 등 온갖 쓰레기가 어지럽게 널려 있었다. 이따금 거기서 쓸 만한 물건을 발견하기도 했다.

우리는 크로머가 시키는 대로, 그 구간을 샅샅이 훑은 다음 찾은 것을 그에게 보여 주어야 했다. 그러면 그는 그것들을 주머니에 집어넣거나 강물에 던지거나 했다. 우리에게 납이나 놋쇠나 주석으로 된 물건이 있는지 잘 살피라고 했는데, 그런 물건들은 모두 챙겼다. 뿔로 만든 낡은 빗도 주머니에 넣었다.

나는 그와 함께 있다는 사실이 무척 불편했다. 크로머 같은 아이와 어울린다는 걸 아버지가 알게 될까 봐 겁나서가 아니라, 진심으로 그가 무서웠기 때문이다. 하지만 그가 나를 다른 아이들과 똑같이 대한다는 사실은 무척 기뻤다. 그는 명령하고 우리는 복종했다. 그와 어울린 건 그때가 처음이었지만, 아주 오래전부터 그래 온 것처럼 느껴졌다.

이윽고 우리는 모두 땅바닥에 앉았다. 크로머는 강물에 침을 탁 뱉었는데, 그 품새가 꼭 어른처럼 보였다. 잇새로 침을 뱉어 원하는 곳을 정확히 맞혔다.

그러다가 이야기를 시작하였다. 아이들은 학생이 저지를 수 있는 온갖 종류의 영웅적 행동과 나쁜 짓거리를 자랑스럽게 떠벌렸다. 나는 아무 말도 하지 않았다. 속으로는 나의 이런 침묵이 눈에 띄어 크로머의 분노를 사지 않을까 걱정이 되었다.

두 친구는 처음부터 나에게 거리를 두면서 크로머에게 붙었다. 나는 그들 사이에서 이방인이었다. 내 옷차림이나 태도가 그들의 마음에 들지 않으리라는 걸 잘 알고 있었다. 라틴어 학교 학생인 데다 상류층 자식인 나를 크로머가 좋아할 리가 없었다.

다른 두 아이 역시 내게 문제가 생겨 골탕을 먹는다 해도 짐짓 모른 체하고 내버려 둘 것이 뻔했다.

너무너무 두려운 나머지, 드디어 나도 이야기를 시작했다. 황당무계한 도둑 이야기를 꾸며 낸 뒤, 나를 주인공으로 만들었다. 모퉁이 방앗간집 과수원에서 친구 한 명과 한밤중에 사과를 한 자루 훔쳤는데, 보통 사과가 아니라 모두 최고 품종인 라이네트와 금빛 파르메네였다고 했다.

나는 한순간의 위험을 피하려고 이야기 속으로 도망쳤다. 이야기를 꾸며 내서 들려주는 일은 그다지 어렵지 않았다. 이야기를 하다가 금방 막혀서 더 곤란한 일에 휘말리지 않으려고 갖은 재주를 다 동원해서 이야기를 부풀렸다.

한 명이 나무에 올라가 사과를 아래로 던지는 동안, 다른 한 명은 계속 망을 보았다고 말했다. 자루가 하도 무거워서 결국은 다시 풀어서 반은 남겨 두었다가, 삼십 분 뒤에 돌아와서 마저 가져갔노라고도 했다.

이야기를 끝마쳤을 때, 나는 박수를 조금은 받을 수 있을 거라고 기대했다. 마지막에는 이야기를 꾸며 내는 데 스스로 도취되어 한껏 열을 올렸다. 두 아이는 심드렁한 표정을 지을 뿐 아무 말도 하지 않았다. 그러나 크로머는 눈을 반쯤 감고 나를 노려보며 위협적인 목소리로 물었다.

"그거 정말이야?"

"물론이지."

내가 대답했다.

"그러니까 전부 사실이고 진짜란 말이지?"

"그럼, 전부 사실이고 진짜지."

나는 겁이 나서 숨이 막힐 것 같았지만 짐짓 고집스럽게 주장했다.

"맹세할 수 있어?"

속으로는 뜨끔했지만 곧장 그렇다고 대답했다.

"그럼 하느님을 걸고 맹세한다고 말해! 네 천국도 걸고⋯⋯."

"하느님을 걸고 맹세해. 그리고 내 천국도 걸고 맹세할게."

내가 말했다.

"흠, 그렇단 말이지."

그는 이렇게 대꾸하고는 몸을 휙 돌렸다.

나는 그걸로 다 끝났다고 생각했다. 크로머가 곧 몸을 일으켜 돌아가려고 발걸음을 옮겼을 때는 심지어 기쁘기까지 했다. 우리가 다리 위로 막 올라왔을 때, 나는 우물쭈물하며 이제 집에 가야 한다고 말했다.

"집에 가는 게 뭐 그리 급하냐?"

크로머가 웃음을 터뜨렸다.

"어차피 우린 가는 방향이 같잖아."

그는 어슬렁거리며 천천히 발걸음을 옮겼다. 나는 감히 도망칠 용기가 없었다. 그런데 그는 정말로 우리 집 쪽으로 걸어가고 있었다. 우리는 곧 집에 도착했다. 나는 우리 집 현관문과 두툼한 놋쇠 손잡이, 창문에 비친 태양, 어머니 방의 커튼을 보고서 안도의 숨을 내쉬었다. 드디어, 집에 돌아왔구나! 선하고 축복받은 집으로, 밝음으로, 평화로!

내가 얼른 현관문을 열고 들어가 막 닫으려는 순간, 크로머가 내 뒤에 바짝 붙어서 문을 밀고 안으로 들어왔다. 마당에서만 빛이 들어오는, 바닥에 타일이 깔린 서늘하고 어두운 현관에서 그는 내 팔을 잡고 나지막하게 말했다.

"이봐, 그렇게 급할 거 없어!"

나는 깜짝 놀라 그를 바라보았다. 내 팔을 움켜쥔 그의 손은 쇠처럼 단단했다. 나는 그가 무슨 속셈으로 이러는지, 혹시 나를 괴롭히려고 이러는지 머릿속으로 가늠해 보았다. 만약 내가 지금 소리를 지른다면, 큰 소리로 고함을 지른다면 누군가 재빨리 위에서 내려와 나를 구해 줄 수 있을까?

나는 금세 단념했다.

"뭐야? 왜 이래?"

내가 물었다.

"별거 아니야. 그냥 뭐 좀 물어볼 게 있어서. 다른 사람들은 들을 필요 없는 일이야."

"그래? 알았어. 그런데 무슨 얘기를 더 듣고 싶다는 거야? 나,

지금 올라가야 해. 알잖아."

"모퉁이 방앗간집 과수원이 누구 건지 알지?"

크로머가 나지막하게 말했다.

"아니, 몰라. 방앗간 주인 거겠지."

크로머는 내 어깨에 팔을 두르고는 자기 쪽으로 바짝 끌어당
겼다. 나는 바로 눈앞에서 그의 얼굴을 보아야 했다. 크로머는
음흉한 미소를 짓고 있었는데 눈빛이 매우 사악했다. 얼굴에는
잔인함과 더불어 힘이 흘러넘쳤다.

"그렇다면 내가 알려 주지. 나는 그 과수원의 사과가 없어진다
는 걸 오래전부터 알고 있었어. 과일을 누가 훔쳐 갔는지 알려
주는 사람에게는 주인이 2마르크를 주겠다고 한 사실도 알고
있고."

"세상에!"

나는 소리를 질렀다.

"그렇지만 넌 그 사람에게 아무 말도 안 할 거지?"

나는 크로머의 명예심에 호소하는 일이 아무 소용 없다는 걸
금세 깨달았다. 그는 다른 세계에서 왔다. 그에게 배신은 죄악이
아니었다. 나는 분명히 느꼈다. 이런 일에 있어서, '다른' 세상에
서 온 사람들은 결코 우리와 같지 않았다.

"아무 말도 안 할 거냐고?"

크로머가 웃었다.

"이봐, 친구. 내가 2마르크짜리 동전을 직접 만들 수 있는 화폐 위조범이라도 되는 줄 알아? 나는 가난한 놈이야. 너처럼 부자 아버지가 없다고. 그러니 2마르크를 벌 수 있다면 당장 벌어야 해. 어쩌면 과수원 주인이 좀 더 줄지도 모르지."

그러더니 갑자기 나를 놓아주었다. 우리 집 현관에서는 더 이상 평화와 안전의 냄새가 나지 않았다. 세계가 내 주위에서 무너졌다. 크로머는 방앗간집 과수원의 사과를 훔쳤다고 고발하겠지. 나는 죄인이었다. 아버지에게도 알릴 거고, 어쩌면 경찰이 찾아올지도 모른다. 혼돈의 갖은 공포가 나를 위협했고, 흉측하고 위험한 온갖 것들이 나를 향했다. 내가 아무것도 훔치지 않았다는 사실은 조금도 중요하지 않았다. 게다가 나는 맹세까지 했다. 세상에, 세상에!

눈물이 솟구쳤다. 크로머를 매수해서라도 이 궁지에서 빠져나가야겠다는 생각이 들었다. 나는 절망감에 사로잡힌 채 주머니를 샅샅이 뒤졌다. 사과도, 주머니칼도, 아무것도 없었다. 그때 문득 시계가 떠올랐다. 낡은 은시계였는데 작동하지는 않았다. 나는 그 시계를 '그냥 폼으로' 가지고 다녔다. 할머니가 물려준 시계였다. 나는 얼른 시계를 꺼냈다.

"크로머, 내 말 좀 들어 봐. 과수원 주인한테 가서 나를 일러바치면 안 돼. 그건 좋은 일이 아니잖아. 내 시계를 줄게. 자, 봐. 미안하게도 가진 게 이것밖에 없어. 가져도 돼. 이거, 은으로 만든 거야. 내부 기계 장치도 아주 좋고. 고장이 조금 나긴 했지만 그 거야 고치면 돼.”

크로머는 미소를 지어 보이고는 커다란 손으로 시계를 받아 넣었다. 나는 그 손을 바라보았다. 그 손이 얼마나 우악스러운 지, 그리고 나를 향한 적개심이 얼마나 깊은지 이내 알아차렸다. 그 손이 내 삶과 평화를 움켜잡으려고 뻗쳐 오고 있음을 온몸으 로 느꼈다.

“은으로 만든 거야.”

나는 수줍게 말했다.

“이까짓 고물 은시계 따위는 관심 없어!”

그가 경멸감을 심하게 드러내며 말했다.

“고쳐서 너나 가져!”

“하지만 크로머!”

나는 그가 그냥 가 버릴지도 모른다는 불안감에 떨면서 다급 히 소리쳤다.

“잠깐만 기다려! 제발 이 시계를 받아 줘! 정말로 은으로 만든 거란 말이야, 진짜라고. 다른 건 없어.”

크로머는 싸늘한 경멸의 눈빛으로 나를 보았다.

“그러니까 내가 누구에게 가려고 하는지 너도 아는 거지. 아니 면 경찰에게 말할 수도 있어. 난 경찰들하고 잘 알아.”

크로머는 가려고 몸을 돌렸다. 나는 그의 소매를 붙잡았다. 그

런 일이 벌어져서는 안 되었다. 그가 그냥 이대로 가는 바람에
일어나게 될 모든 일을 겪느니 차라리 죽는 편이 나았다.

"크로머."

나는 흥분하여 쉰 목소리로 애원했다.

"그런 바보 같은 짓 하지 마! 농담하는 거지, 그렇지?"

"그럼, 농담이고말고. 하지만 너는 비싼 대가를 치러야 할 수
도 있지."

"크로머, 내가 어떻게 하면 좋겠어? 말해 줘, 뭐든 다 할게!"

그는 눈을 반쯤 내리깔고 나를 바라보더니 다시 웃음을 터뜨
렸다.

"멍청하게 굴지 마!"

그는 선심 쓰듯 말했다.

"너도 다 알고 있잖아. 나는 지금 2마르크를 벌 수 있어. 그리
고 나는 그 돈을 던져 버려도 될 만큼 부자가 아니야. 그건 너도
알지? 하지만 넌 부자잖아. 시계도 있어. 넌 나한테 2마르크만
주면 돼. 그럼 모든 게 다 해결되는 거야."

나는 그가 조리 있게 하는 말을 모두 이해했다. 하지만 2마르
크라니! 나에게 2마르크는 10마르크나 100마르크, 1000마르크
와 마찬가지로 내 힘으로는 도저히 마련할 수 없는 큰 액수였다.

나는 돈이 없었다. 어머니 방에 저금통이 있기는 했다. 그래
봤자 거기에는 아저씨가 방문하거나 뭐 그럴 때에 받은 10페니

히나 5페니히짜리 동전이 들어 있을 뿐이었다. 그것 말고는 없었다. 그때 나는 아직 용돈을 받지 않을 나이였다.

"돈이 없어."

나는 구슬프게 말했다.

"진짜로 한 푼도 없어. 하지만 돈 말고는 뭐든지 줄 수 있어. 인디언 책이랑 장난감 병정도 있고, 또 나침반도 있어. 그거 다 갖다 줄게."

크로머는 그저 싸늘하고 심술궂게 입을 삐죽거리고는 땅바닥에 침을 탁 뱉었다.

"허튼소리 집어치워!"

그가 명령하듯 말했다.

"그런 허섭스레기는 너나 가져. 나침반이라니! 날 더 이상 화나게 하지 마. 알아들어? 돈을 내놓으라고!"

"하지만 난 돈이 없어. 부모님께 용돈을 받지 않는다고. 나로선 더 이상 어쩔 수가 없어!"

"그럼 내일 2마르크를 가져와. 방과 후에 저 아래 시장에서 기다릴게. 그럼 다 끝나는 거야. 하지만 돈을 안 가져오면 어떻게 되는지 두고 봐!"

"알았어. 그렇지만 돈을 어떻게 가져가? 아이고, 난 정말로 돈이 없는데……."

"너희 집에 돈 많잖아. 어떻게 가져오느냐 하는 것은 네가 알아서 할 일이지. 내일, 학교 끝나고 나서야. 다시 말해 두지만, 네가 안 가지고 오면…….”

그는 섬뜩한 눈길로 나를 노려보더니 바닥에다 침을 한 번 더 뱉고는 그림자처럼 사라졌다.

나는 위로 올라갈 수가 없었다. 내 인생이 부서져 버렸다. 이대로 달아나 다시는 돌아오지 않거나 물에 빠져 죽는 건 어떨지 생각해 보았다. 하지만 그런 뒤의 일이 선명하게 머릿속에 그려지지는 않았다.

나는 어둠 속에서 우리 집 계단 맨 아래칸에 앉아 있었다. 몸을 잔뜩 웅크린 채 불행한 생각에 휩싸였다. 장작을 가지러 가려고 광주리를 들고 내려오던 리나가 그곳에서 울고 있는 나를 발견했다.

나는 다른 가족에게 아무 말도 하지 말아 달라고 부탁한 뒤 위로 올라갔다. 유리문 옆의 옷걸이에 아버지 모자와 어머니 양산이 걸려 있었다. 그런 물건들을 보자 향수와 애정이 훅 밀려왔다. 순간, 가슴이 뭉클했다. 마치 탕자가 고향으로 돌아와 방 안을 들여다보면서 냄새를 맡듯이, 내 심장은 간절하게 애원하고 감사하며 이런 물건들을 반겼다.

그러나 이 모든 것은 이제 더 이상 내 것이 아니었다. 모두 아버지와 어머니의 밝은 세계였다. 나는 깊은 죄를 짓고 낯선 물결에 가라앉았고, 모험과 죄악에 얽혀 든 채 적의 위협을 받았다. 위험과 공포와 수치가 나를 기다리고 있었다.

모자와 양산, 오래되고 멋진 사암(砂巖) 바닥, 현관 옷장 위에 걸린 커다란 그림, 거실 안쪽에서 들려오는 누이의 목소리, 이 모든 것은 그 어느 때보다도 사랑스럽고 다정하고 소중했다. 그러나 그것들은 더 이상 다정한 위안이나 안전한 자산이 아니었다. 온통 비난이었다.

그러한 것들은 더는 내 것이 아니었기에, 나는 그 명랑함과 평온함에 끼어들 수가 없었다. 나는 구두에 오물을 묻혀 왔다. 그 오물은 깔판에 문질러 없애 버릴 수 있는 것이 아니었다. 내가 원래 있던 세계에서는 도저히 알 수 없는 그림자를 끌고 들어온 것이다. 지금까지 얼마나 많은 비밀과 걱정들이 있었던가? 그러나 그것들은 오늘 내가 이 공간으로 끌고 온 것에 비하면 한낱 놀이나 장난에 불과했다.

운명이 뒤쫓아 오고 있었다. 어머니가 알아서는 안 되는 손들이, 어머니조차도 보호해 줄 수 없는 손들이 나를 향해 뻗어 왔다. 이제 내 죄악이 도둑질이었는지 거짓말(나는 하느님과 천국을 걸고 거짓 맹세를 하지 않았던가?)이었는지는 조금도 중요하지 않았다.

내 죄는 그런 게 아니었다. 악마에게 손을 내밀었다는 게 바로 내 죄였다. 나는 왜 그곳에 함께 갔던가? 왜 어렸을 적부터 들어온 아버지의 말씀 대신 크로머의 말에 더 귀를 기울였던가? 왜 도둑질 이야기를 지어내고는 마치 영웅적 행위라도 되는 듯이 뽐냈던가? 이제 악마가 내 손을 잡았다. 적이 내 뒤를 쫓고 있었다.

순간, 나는 내일에 대한 공포 따위는 아무것도 아니란 걸 깨달았다. 앞으로 나의 길이 점점 더 아래로, 점점 더 어두운 곳으로 빠져 들어가고 있다는 끔찍한 확신을 느꼈다. 내가 저지른 잘못에 새로운 잘못들이 틀림없이 따라올 터였다. 앞으로 누이들과 어울리는 것이나 부모님과 나누는 인사와 입맞춤이 거짓으로 물들뿐더러, 마음속 깊이 꽁꽁 감추어 둘 비밀과 운명을 갖게 되리라는 것을 뚜렷하게 느꼈다.

아버지 모자를 보자, 순간적으로 마음속에서 신뢰와 희망이 번쩍 빛났다. 아버지에게 모두 말해야지. 아버지가 내리는 판결과 벌을 모두 받은 다음, 아버지를 내 비밀의 공유자이자 구원자로 삼아야겠다. 그러면 그것은 그동안 내가 자주 견디어 냈던 참회 중 하나에 불과하게 될 것이다. 힘들고 쓰라린 시간, 처절하게 용서를 구하는 참회의 시간.

이런 생각은 얼마나 달콤하게 와 닿았던가! 얼마나 멋지게 나를 유혹했던가! 그러나 그런 일은 일어나지 않았다. 나는 내가 그러지 못하리라는 것을 잘 알고 있었다. 나만이 알고 있어야 할 비밀이 생겼음을, 나 혼자 그 값을 치러야 할 죄를 지었음을 부정하지 못했다.

어쩌면 나는 지금 갈림길에 서 있는지도 몰랐다. 이 순간부터 점점 더 나쁜 세계에 속하게 되고, 사악한 사람들과 비밀을 나누고, 그들에게 종속되어 복종하고, 그들과 같은 사람이 되어야 할지도 몰랐다. 나는 잠깐 어른처럼, 영웅처럼 굴었다. 이제 그 결과를 책임져야 했다.

내가 안으로 들어섰을 때, 아버지는 내 구두가 젖어 있는 것을 보고 야단을 쳤다. 나에게는 차라리 다행스러운 일이었다. 아버지는 젖은 구두에 신경 쓰느라 더 나쁜 일을 눈치채지 못했다. 그 정도의 꾸중은 충분히 견딜 수 있었다. 나는 아버지의 꾸중을 속으로 다른 것과 연관시키며 묵묵히 견뎌 내었다.

그때 이상하게도 새로운 느낌이 내 속에서 번쩍 솟았다. 가시가 가득 박힌 듯한, 사악하고 날카로운 감정이었다. 내가 아버지보다 우월하다고 느꼈던 것이다! 잠시 동안, 나는 아버지가 알아채지 못했다는 사실에 경멸감을 느꼈다. 젖은 구두 따위 때문에 꾸중을 하고 있는 아버지가 좀스럽게 여겨졌다.

'만약 아버지가 그 일을 아신다면!' 하고 나는 잠깐 생각에 잠겼다. 마치 내가 살인죄를 짓고 고백하려는 찰나, 조그만 빵 하나를 훔친 일로 심문을 받고 있는 죄인처럼 느껴졌다. 야비하고 구역질나는 느낌이었다. 그러면서도 어딘지 모르게 강렬하고 깊은 매력을 뿜어내었다. 다른 그 어떤 생각보다도 더 단단하게 나를 내 비밀과 죄에 붙들어 매었다.

어쩌면 지금쯤 크로머가 경찰에게 가서 나를 이미 고발했을 지도 몰랐다. 만약 그랬다면 여기서 어린아이 취급을 당하고 있는 이 순간에 거센 폭풍우가 나를 향해 몰아쳐 올 터였다.

지금까지 이야기한 이 사건 전체에서 이 순간이 가장 중요하고 또 기억에 많이 남았다. 그것은 아버지의 신성함에 대한 첫 번째 균열이었고, 내 유년의 삶을 지탱하고 있던 기둥에 그어진 최초의 칼자국이었다.

그 기둥은 누구든지 자기 자신이 되기 위해서는 파괴할 수밖에 없는 것이다. 우리 운명의 내면적이고 본질적인 균열은 아무도 보지 못하는 사이에 이런 경험들로 이루어진다. 이런 칼자국과 균열은 다시 치료되고 아물고 잊히지만, 가장 비밀스러운 방 안에서는 계속 살아남아 피를 흘린다.

나는 이 새로운 느낌에 곧 두려움을 느꼈다. 당장 엎드려 아버지 발에 입을 맞추면서 사죄하고 싶었다. 그러나 본질적인 것은 사과할 수 없다. 그것은 어린아이라도 현자(顯者, 세상에 이름이 알려진 사람) 못지않게 충분히 느끼고 안다.

나는 이 사건에 대해 곰곰이 생각해 보고, 내일 어떻게 할지 방도를 궁리해 봐야겠다고 다짐했다. 하지만 실제로는 그렇게 하지 못했다. 저녁 내내 우리 집 거실의 달라진 분위기에 익숙해지느라 바빴기 때문이다.

벽시계와 탁자, 성경, 거울, 책이 꽂힌 선반, 벽에 걸린 그림 들이 나에게 이별을 고하는 듯했다. 내 세계가, 멋지고 행복한 내 삶이 과거가 되어 나에게서 떨어져 나가는 모습을 얼어붙는 마음으로 바라보고 있어야 했다.

그리고 내가 바깥의 어둡고 낯선 세계에 새 뿌리를 내린 채 단단히 붙박여 있다는 사실을 인정하지 않을 수 없었다. 나는 처음으로 죽음을 맛보았다. 죽음은 또 다른 탄생이자 두려운 변화에 대한 불안과 공포이므로 쓴맛이 났다.

드디어 침대에 몸을 뉘자 큰 기쁨이 몸을 휘감았다! 그 전에 마지막 죄 사함의 불길인 저녁 예배를 견뎌 내었던 것이다. 게다가 찬송가를 불렀는데, 하필이면 내가 무척 좋아하는 곡 중의 하나였다. 아, 나는 함께 부르지 못했다. 음 하나하나가 나에게는 모두 쓸개즙이고 독약이었다.

나는 아버지가 축복을 내리며 기도할 때도 함께하지 않았다. 이윽고 아버지가 "우리 모두와 함께하소서!"라며 축복 기도를 끝냈을 때, 몸에 경련 같은 것이 일어나면서 나를 이 모임에서 떼어 내 버렸다. 하느님의 은총은 우리 가족과 함께했지만, 더 이상 나와 함께 있지는 않았다. 나는 몹시 지쳐서 그 자리를 떠났다.

침대에 한참 동안 누워 있었다. 온기와 안도감이 나를 다정하게 감쌌을 때, 내 마음은 다시 불안 속으로 빠져 들어가 지나간 일 언저리에서 걱정스럽게 헤매었다. 어머니는 언제나 그랬듯이 잘 자라는 인사를 남기고 방에서 나갔다. 어머니의 발소리가 남긴 여운이 내 방에 아직 남아서 울렸고, 어머니가 들고 있는 촛불의 빛이 문틈으로 여전히 새어 들었다.

나는 어머니가 다시 한 번 오리라고 생각했다. 뭔가 눈치를 채고 나에게 다정하게 입을 맞추며 무슨 일이 있느냐고 물으실 테지. 그러면 나는 눈물을 흘릴 거고, 목에 걸린 돌덩이가 단번에 녹아 버릴 거야. 그럼, 어머니를 껴안고 모든 걸 털어놓아야지. 그러면 모두 해결될 텐데……. 난 구원을 받을 거야!

나는 문틈이 어두워진 뒤에도 한동안 더 바깥에 귀를 기울였다. 그러면서 그런 일이 일어나야 한다고, 꼭 일어나야 한다고 생각하고 또 생각했다.

잠시 뒤, 나는 다시 원래의 문제로 돌아와 나의 적과 눈을 마주했다. 그가 또렷하게 보였다. 그는 한쪽 눈을 감은 채 입가에 야비한 웃음을 흘렸다. 내가 그를 바라보며 피할 수 없는 일을 삼키는 동안, 그는 더 커지고 더 추해졌다. 그의 사악한 눈은 악마처럼 빛났다. 그는 내가 잠이 들 때까지 내 옆에 바짝 붙어 있었다.

하지만 나는 그의 꿈이나 오늘 일에 관한 꿈을 꾸지는 않았다. 우리 가족이, 그러니까 부모님과 누이들과 내가 함께 배를 타고 있는 꿈을 꾸었다. 휴일의 평화와 광채가 우리를 가득 에워싸고 있었다.

한밤중에 잠에서 깨었을 때, 그 행복의 뒷맛이 여전히 느껴졌다. 누이들의 하얀색 여름옷이 햇빛 속에서 아직도 반짝이고 있었다. 그러다가 순식간에 낙원에서 떨어져 나와 현실로 돌아왔고, 사악한 눈빛을 한 적과 다시 마주 섰다.

아침에 어머니가 급히 달려와서 학교에 늦었다고, 왜 아직 침대에 누워 있느냐고 소리쳐 물었다. 그때 나는 안색이 좋지 않았다. 어머니가 어디 아프냐고 묻는 순간, 그 자리에서 바로 토하고 말았다.

그래서 그 덕을 조금 보았다. 나는 몸이 약간 아플 때, 아침 내내 캐모마일 차를 옆에 두고 침대에 누워서 어머니가 옆방을 치우는 소리를 듣거나, 리나가 현관 밖에서 정육업자를 맞아들이는 소리를 듣는 걸 무척 좋아했다.

학교에 가지 않는 평일 오전엔 왠지 마법에 걸린 것처럼 동화 속에 들어와 앉아 있는 듯한 느낌이 들었다. 방 안에 비쳐 드는 햇살도 학교에서 초록색 커튼 너머로 힘없이 비치던 그 빛살이 아니었다. 그런데 오늘은 그렇지 않았다. 아무런 맛을 느낄 수 없었을뿐더러 음색마저 자못 달랐다.

차라리 죽어 버린다면⋯⋯. 하지만 자주 그랬듯이, 나는 그저 몸이 조금 불편할 뿐이었다. 그 정도로는 아무것도 아니었다. 이런 일은 나를 학교에 가지 않게 해 줄 수는 있었지만, 열한 시에 시장에서 기다릴 크로머한테서 보호해 주지는 못했다.

이번에는 어머니의 다정함도 위로가 되지 않았다. 모든 게 귀

찮고 고통스러웠다. 나는 다시 자는 척하며 곰곰이 생각에 잠겼
다. 아무것도 소용이 없었다. 열한 시에는 무슨 일이 있어도 시
장에 가 있어야 했다.

열 시가 되자, 나는 살그머니 일어나서 몸이 많이 나았다고 말
했다. 이런 경우에는 보통 다시 잠자리에 눕거나 오후에라도 학
교에 가야 했다. 나는 학교에 가겠다고 말했다. 계획을 하나 짜
두었던 것이다.

돈도 없이 크로머에게 갈 수는 없었다. 작은 저금통이라도 손
에 넣어야 했다. 그 속에 돈이 충분히 들어 있지 않다는 것은 이
미 알고 있었다. 크로머가 말한 돈에는 턱없이 모자랐지만, 그
래도 얼마쯤은 들어 있을 터였다. 나는 빈손으로 가는 것보다는
조금이라도 가지고 있는 게 낫다는 것, 최소한 크로머를 달래기
라도 해야 한다는 것을 직감적으로 알았다.

양말만 신은 채 살금살금 어머니 방으로 들어가, 책상 위에 놓
여 있는 저금통을 두 손으로 집어 들었다. 기분이 몹시 나빴다.
그러나 어제처럼 끔찍하지는 않았다. 심장이 하도 심하게 뛰어
서 숨이 막힐 지경이었다. 계단 아래로 와서 저금통을 살펴볼
때도 심장 박동은 좀체 진정되지 않았다.

저금통은 잠겨 있었다. 하지만 저금통을 여는 일은 무척 쉬웠
다. 양철로 된 얇은 십자 막대 하나만 부러뜨리면 되었다. 막대
가 떨어져 나간 자리를 보니 마음이 몹시 아팠다. 이제 나는 정

말로 도둑질을 했다. 그때까지만 해도 그저 각설탕이나 과일을 몰래 먹는 정도에 불과했다. 그런데 지금, 비록 내 돈이라고는 해도 정말로 도둑질을 하고 말았다.

나는 크로머와 그의 세계에 한 발 더 가까이 다가간 셈이었다. 지금부터는 점점 더 빠르게 내리막길로 내닫을 터였다. 그 사실을 느낀 나는 저항했다.

그러나 이제는 악마가 나를 잡아간다고 해도 돌이킬 수 없게 되었다. 나는 불안한 마음으로 돈을 헤아렸다. 저금통 안에 있을 때는 제법 가득 찬 듯한 소리를 내었는데, 막상 세어 보니 너무 적은 액수였다. 65페니히였다.

나는 저금통을 아래층 현관에 감춘 뒤, 돈을 손에 움켜쥐고 집을 나섰다. 이전에 대문을 나서던 것과는 사뭇 다른 기분이었다. 위층에서 누군가 부르는 것 같았지만, 나는 짐짓 모른 체하고 얼른 그 자리를 떠났다.

아직 시간이 많았다. 나는 변해 버린 도시의 골목들을 빙빙 돌면서 지나갔다. 한 번도 본 적이 없는 구름 아래를 지나고, 아무 말 없이 나를 바라보는 집들과 나에게 의심을 품고 있는 사람들 옆을 지났다.

언젠가 학교 친구 한 명이 가축 시장에서 1탈러(1860년대에 독일에서 쓰이던 은화)를 주웠던 일이 떠올랐다. 하느님이 기적을 베풀어 나에게도 그런 일이 일어나게 해 달라고 기도하고 싶었다. 그러나 나는 이제 기도할 권리가 없었다. 설령 그렇게 된다 하더라도 저금통이 다시 온전해질 리 없었다.

크로머는 멀리서부터 나를 알아보았다. 하지만 아주 천천히 다가왔고, 나에게 관심도 없다는 듯이 굴었다. 거리가 가까워지자, 그는 나에게 따라오라고 명령하는 눈짓을 하고는 한 번도 뒤돌아보지 않고 느긋하게 계속 걸어갔다.

슈트로 골목으로 내려가 좁은 판자 다리를 건너더니, 집들이 끝나는 곳 옆에서 신축 공사 중인 어느 건물 앞에서 발걸음을 멈추었다. 그날은 작업을 하지 않고 있었다. 아직 문과 창문이 설치되지 않은 벽들이 삭막하게 서 있었다.

크로머는 나를 힐끔 돌아보고는 안으로 들어갔다. 나도 뒤따라 들어갔다. 그는 벽 뒤로 가더니, 나를 손짓해 부르고는 이내 손을 내밀었다.

"가지고 왔어?"

크로머가 차갑게 물었다.

나는 주머니에서 손을 꺼내, 쥐고 있던 동전을 그의 손바닥 위에 쏟았다. 크로머는 마지막으로 떨어진 5페니히의 짤랑거리는 소리가 멎기도 전에 벌써 동전을 다 세었다.

"65페니히군."

그는 이렇게 말하고 나를 바라보았다.

"그래."

나는 머뭇거리며 말했다.

"이게 전부야. 너무 적다는 거, 나도 잘 알아. 그런데 이게 전부라고. 더는 없어."

"난 네가 좀 더 똑똑한 줄 알았는데."

크로머는 온화한 듯하면서도 비난 섞인 말투로 말했다.

"신사들 사이에는 규칙이 있어야 해. 나는 너에게서 부당한 걸 빼앗지 않아. 그건 너도 잘 알 거야. 자, 이 푼돈들 도로 가져가! 다른 사람은……, 누군지는 너도 알지? 그 사람은 깎으려 하지 않고 제대로 줄 테니까."

"난 정말 없어. 더는 없다고! 저금했던 거 다야."

"그거야 네 문제지. 하지만 널 불행하게 만들 생각은 없어. 넌 나한테 1마르크 35페니히 빚이 있어. 그건 언제 받을 수 있지?"

"아, 크로머. 꼭 줄게! 지금은 모르지만…… 아마 내일이나 모레쯤 돈이 더 생길 거야. 내가 아버지께 이 일을 말씀드릴 수 없다는 거……, 이해하지?"

"그건 내가 알 바 아니야. 난 너에게 해를 끼치려는 게 아니야. 나는 오늘 오전 중에라도 내 돈을 받을 수도 있어. 너도 알지? 그리고 난 가난해. 넌 좋은 옷을 입고 있고, 점심때 나보다 더 좋은 음식을 먹을 거야. 하지만 아무 말도 하지 않겠어. 조금 더 기다려 주지. 모레 오후에 휘파람을 불 테니, 그때 일을 모두 해결해. 내 휘파람 소리 알지?"

크로머는 내 앞에서 휘파람을 불었다. 자주 듣던 소리였다.

"그래, 알았어."

내가 대답했다.

그는 나와 아무 관계도 없다는 듯이 그 자리를 떠났다. 우리 사이에는 거래만 있을 뿐, 다른 아무것도 없었다.

크로머의 휘파람 소리를 갑자기 다시 듣는다면, 나는 지금도 깜짝 놀랄 것이라고 생각한다. 그때부터 그 소리를 매우 자주 들었다. 지금도 계속 들리는 것 같다. 나를 예속시키고 이제 내 운명이 된 그 휘파람 소리가 뚫고 들어오지 않는 장소나 놀이, 일이나 생각은 없었다.

나는 부드럽고 색깔이 예쁜 가을날 오후에, 내가 무척 좋아하는 우리 집 꽃밭에 있을 때가 많았다. 그럴 때면 이상한 충동에 이끌려 어린 시절에 하던 놀이를 다시 하곤 했다. 나는 나보다 약간 어리고, 아직 선하고 자유로우며, 순진하고 안정감을 느끼는 소년의 역할을 했다.

그러나 그러는 도중에, 언제나 예상하고 있으면서도 늘 엄청나게 방해가 되고 깜짝 놀라게 만드는 크로머의 휘파람 소리가 어딘가에서 들려와 평화로운 분위기를 끊어 버리고 즐거운 상상들을 파괴했다.

그러면 나는 나가야 했다. 괴롭히는 자를 따라 사악하고 흉측

한 장소로 가서 변명을 해야 했고, 돈을 달라는 경고를 받아야 했다.

이런 일은 몇 주일 동안 지속되었다. 나에게는 몇 년이나 영원처럼 느껴졌다. 돈이 생기는 경우는 드물었고, 생겨도 5페니히나 10페니히짜리 동전이 고작이었다. 대개는 리나가 식탁에 둔 시장바구니에서 훔친 돈이었다.

크로머는 언제나 욕을 하고 경멸을 퍼부었다. 그를 속이고 그가 마땅히 누릴 권리를 가로막으려는 사람은 나였다. 그의 돈을 훔치는 사람도 나였으며, 그를 불행하게 만드는 사람도 나였다! 살면서 그렇게 심하게 괴로웠던 적은 별로 없었다. 그때보다 더 큰 절망, 더 큰 예속을 느낀 적은 결코 없었다.

저금통은 가짜 돈으로 채워 제자리에 가져다 두었다. 아무도 그 일에 대해 묻지 않았지만 언제라도 탄로날 수 있었다. 어머니가 살며시 내 방에 올 때면 크로머의 거친 휘파람 소리보다 더 두려울 때가 많았다. 혹시 저금통에 대해 물어보러 온 게 아닐까, 하고.

여러 번 돈을 구하지 못하고 악마 앞에 나가자, 그는 다른 방식으로 나를 괴롭히고 이용하기 시작했다. 그를 위해 일을 해야 했다.

그는 자기 아버지가 시킨 심부름을 나에게 대신하게 했다. 아니면 뭔가 어려운 일을 시켰다. 십 분 동안 한쪽 발로 뛰거나 지나가는 사람의 재킷에 종이쪽지를 붙이는 것과 같은 일이었다. 이런 괴로움은 여러 날 동안 꿈속에서도 이어졌다. 나는 악몽을 꾸고 땀에 젖은 채 침대에 누워 있었다.

한동안 몸이 아팠다. 자주 토했고, 쉽게 오한이 났으며, 밤에는 땀과 고열에 시달렸다. 어머니는 뭔가 이상하다고 느끼고 유난히 관심을 쏟았는데, 그 관심에 신뢰로 보답할 수 없어서 괴로웠다.

한번은 이미 잠자리에 들었는데, 어머니가 초콜릿을 가지고 내 방으로 왔다. 말을 잘 들으면 잠자리에 들기 전에 그런 군것질거리를 받던 어린 시절을 생각나게 하는 일이었다. 어머니가 초콜릿 한 조각을 내밀었다. 나는 하도 슬퍼서 힘없이 고개만 저었다.

어머니는 무슨 일이냐고 물으며 내 머리를 쓰다듬었다. 나는 그저 "아니요! 아니요! 아무것도 먹고 싶지 않아요."라고만 소리쳤다. 어머니는 초콜릿을 침대 옆 작은 탁자 위에 두고 방에서 나갔다.

다음 날 어머니가 그 일에 대해 물어보려고 했을 때, 나는 무슨 말인지 알아듣지 못하는 척했다. 한번은 어머니가 의사 선생님을 집으로 데리고 왔다. 의사 선생님은 나를 진찰한 뒤에, 아침에 냉수욕을 하라는 처방을 내렸다.

그 시절 내 상태는 일종의 정신 착란이었다. 나는 우리 집의 잘 정돈된 평화 속에서 소심하고 고통스럽게 유령처럼 살았다. 다른 사람들의 삶에 끼어들지 못했고, 내가 처한 상황을 한 시간만이나마 잊는 일도 드물었다. 자주 흥분하여 해명을 요구하던 아버지에게 나는 마음을 굳게 닫고 쌀쌀맞게 굴었다.

제 2 장
카 인

고통에서 벗어날 구원은 전혀 예상치 못한 곳에서 왔다. 그와 동시에, 오늘날까지도 계속 작용하고 있는 뭔가 새로운 것이 내 삶에 들어왔다.

얼마 전에 우리 라틴어 학교에 상급생 한 명이 전학을 왔다. 이 도시로 이사 온 부유한 과부의 아들로, 소매에 상장(喪章, 상을 당한 사람이 옷깃이나 소매에 다는 표)을 두르고 있었다. 그는 나보다 학년이 높았고 나이도 몇 살 많았다.

나도 다른 학생들과 마찬가지로 그를 곧 주목하였다. 그 괴상한 학생은 보기보다 나이가 더 든 것 같았다. 누가 봐도 소년 같은 인상은 아니었다. 그는 유치하기 짝이 없는 우리 소년들 사이에서 어른처럼, 아니 신사처럼 낯설고 성숙하게 움직였다. 인기가 있지는 않았다. 놀이에도 끼지 않았고, 싸움질에는 더더욱 끼어들지 않았다. 다만 선생님에게 맞서는 자신감 있고 단호한 어조가 다른 학생들의 마음을 끌었다. 그 학생의 이름은 막스 데미안이었다.

어느 날 무슨 이유에서인지 다른 반 학생들이 우리 교실로 와서 합반 수업을 했다. 우리 교실은 아주 넓었다. 합반 수업은 우리 학교에서 이따금 있는 일이었다. 데미안의 반이었다. 우리 반은 성경 시간이었고, 데미안이 속한 반은 작문 수업을 했다.

나는 카인과 아벨의 이야기를 억지로 들으면서, 이상하리만큼 나를 사로잡는 데미안의 얼굴을 자주 건너다보았다. 똑똑하고 환하며 단호한 그의 얼굴은 작문을 하는 데 집중해 있었다. 그는 수업을 듣고 과제를 수행하는 학생이 아니라 독자적인 학문을 연구하는 학자처럼 보였다.

사실 호감이 가지는 않았다. 오히려 뭔가 거부감이 있었다. 그는 나보다 우월하고 냉정했다. 자기 존재에 있어서 도발적일 만큼 안정적이었다. 눈은 어른 같은 인상을 풍겼다. 냉소의 빛이 담긴, 약간 슬픈 인상이었다. 아이들은 이런 인상을 좋아하지 않았다. 하지만 나는 좋든 싫든 계속 그를 바라보지 않을 수 없었다. 그러다 그가 나를 바라보았을 때는 깜짝 놀라 얼른 눈길을 거두었다.

그가 학생 시절에 어떤 모습이었는지 지금 생각해 보면, 이렇게 말할 수 있을 것 같다. 그는 모든 면에서 다른 학생들과 달랐으며 무척이나 독특하고 개성적이었다. 그래서 눈에 띄었던 것이다. 그는 눈에 띄지 않으려고 갖은 노력을 다 했다. 농부의 아이들 틈에 끼어 그들과 똑같아 보이려고 애쓰는, 변장한 왕자처럼 옷을 입고 다녔다. 그리고 그렇게 행동했다.

학교에서 돌아오는데, 그가 내 뒤에서 걸어왔다. 다른 학생들이 흩어지자 그가 나를 따라잡고는 인사를 건넸다. 여느 학생들의 말투를 흉내 내긴 했지만, 이런 인사조차 무척 어른스럽고 정중했다.

"조금만 같이 걸을까?"

그가 싹싹한 말투로 물었다. 나는 아첨을 받은 듯이 기쁨을 느끼며 고개를 끄덕였다. 그러고는 내가 어디에 사는지 먼저 이야기했다.

"아, 거기?"

그가 미소를 지으며 말했다.

"그 집은 이미 알고 있어. 대문 위에 붙어 있는 이상한 물건이 눈에 띄었거든."

나는 데미안이 뭘 이야기하는지 금방 알아듣지 못했지만, 그가 나보다 우리 집을 더 잘 아는 것 같아 속으로 놀랐다. 그것은 대문 아치 위에 있는 이맛돌로, 일종의 문장 역할을 하는 것이었다. 세월이 흐르면서 편평해지는 바람에 여러 번 덧칠까지 하였다. 내가 아는 한 우리 가문과는 아무런 관계가 없었다.

"거기에 대해서는 딱히 아는 게 없어."

나는 부끄러워하며 말했다.

"새나 뭐 그런 것일 텐데, 아주 오래된 거야. 우리 집은 예전에 수도원의 일부였대."

"그럴 수도 있지."

데미안이 고개를 끄덕였다.

"언제 한번 자세히 봐! 그런 것들이 의외로 흥미로울 때가 많거든. 내 생각엔 새매인 것 같아."

우리는 계속 걸어갔다. 그러다 나는 무척 당황했다. 뭔가 재미있는 것이라도 떠오른 듯, 데미안이 갑자기 웃음을 터뜨렸기 때문이다.

"오늘, 성경 시간에 너희 반 교실에 같이 있었어."

그가 활기차게 말했다.

"이마에 표를 단 카인 이야기를 했지, 그렇지? 그 이야기, 네 마음에 들었어?"

아니었다. 우리가 배워야 하는 과목들 중에 내 마음에 드는 것은 별로 없었다. 그러나 그런 말을 할 용기가 나지 않았다. 마치 어른과 이야기를 나누는 것 같아서였다. 그래서 그 이야기가 무척 마음에 들었다고 대답했다.

데미안이 내 어깨를 두드렸다.

"이봐, 나에게 거짓말할 필요까진 없어. 사실 그 이야기가 무척 특이하기는 해. 우리가 수업 중에 흔히 듣는 이야기들에 비하면 아주 특이한 편이지. 선생님은 정작 거기에 대해 별로 이야기하지 않고, 그저 신과 죄악 그런 것에 대한 일반적인 말만 했지만 말이야. 내가 생각하기에는……."

그는 말을 끊고 미소를 지으며 내게 물었다.

"그런데 너, 이 이야기에 관심 있어?"

그러고는 다시 말을 이었다.

"그래, 그러니까 내 생각에는 카인 이야기를 전혀 다르게 해석할 수도 있다는 거야. 물론 우리가 배우는 내용의 대부분은 완전히 사실이고 옳은 것들이지. 하지만 그걸 선생님들이 보는 시선과 다르게 볼 수도 있어. 그러면 훨씬 더 나은 의미를 찾게 되지.

예를 들어, 카인과 그의 이마에 있는 표식에 대해 우리가 들은 설명은 그다지 재미가 없었잖아. 너도 그렇게 생각하지 않아? 어떤 사람이 싸우다가 자기 형제를 때려죽이는 일은 실제로도 일어날 수 있어. 그리고 그가 나중에 겁을 먹고 굴복하는 것도 있을 법한 일이지. 하지만 그가 비겁함 때문에 특별히 훈장을 받는다는 건 좀 이상하지 않아? 그를 보호하고, 다른 사람들을 불안하게 만드는 훈장을 말이야."

"맞아, 그래."

나는 흥미를 느끼며 대답했다. 그 이야기가 나를 사로잡기 시작했다.

"하지만 그 이야기를 어떻게 다르게 설명해야 하지?"

그가 내 어깨를 툭 쳤다.

"아주 간단해! 이 이야기의 발단이 된 것은 표식이었어. 다른 사람들에게 공포를 일으키는 뭔가가 얼굴에 있는 어떤 사람이 있었지. 사람들은 감히 그를 건들지 못했어. 그는 사람들에게 경외의 마음을 일으켰거든. 그와 그의 자식들 말이야. 아마도 그의 이마에 표식이 편지 소인처럼 찍혀 있지는 않았을 거야. 아니, 확실히 아니겠지. 사는 게 그렇게 단순한 경우는 드물어. 한눈에 정체를 알아볼 수 없는 으스스한 것, 그러니까 눈빛에서 엿보이는 정신이나 대담함 같은 것이었을 거야. 사람들에게 익숙한 것보다 조금 더 많이 담겨 있어서 말이야.

이 남자는 힘이 있었고, 사람들은 그를 두려워했어. 그에게는 '표식'이 있었거든. 사람들은 그 표식을 마음대로 해석했지. '사람들'이란 언제나 자기에게 편하고 자기가 옳다고 여기는 것을 원하니까. 사람들은 표식이 있는 카인의 아이들을 두려워했어. 그래서 그 표식을 원래대로, 그러니까 탁월함이라고 설명하지 않고 반대로 설명한 거지. 이 표식이 있는 놈은 무시무시하다고 말했던 거야.

또 실제로 그렇기도 했어. 용기와 개성이 있는 사람들은 다른 사람들 눈에 아주 무시무시하게 마련이니까. 두려움을 모르는 무시무시한 족속이 돌아다닌다는 건 무척이나 불편한 일이지. 그래서 이 족속에게 별명을 붙이고 우화를 지어낸 거야. 복수하려고, 그리고 많은 사람이 견뎌 내야 했던 공포를 약간이나마 보상받으려고 말이지. 여기까지 이해돼?"

"응……, 그러니까…… 카인이 전혀 사악한 사람이 아니었다는 뜻이야? 성경에 있는 이야기가 모두 사실이 아니라고?"

"그렇기도 하고, 아니기도 해. 그렇게 오래된, 즉 아주 오래된 이야기들은 대체로 사실인 경우가 많거든. 그렇다고 늘 사실대로 기록되거나 설명되지는 않아. 간단히 말해서, 내가 생각하기에 카인은 탁월한 사람이었어. 그런데 단지 사람들이 그를 두려워했기 때문에 이런 이야기를 만들어 그에게 붙여 놓은 거지. 이 이야기는 그저 소문일 뿐이었어. 사람들이 수다를 떠는 것과 비슷한 거야. 하지만 카인과 그의 후손에게 정말 일종의 '표식'이 있었고, 그들이 대부분의 사람들과는 달랐다는 점은 완전히 사실이야."

나는 깜짝 놀랐다.

"그럼 살인 이야기도 사실이 아니라고 생각해?"

나는 충격을 받아 다시 물었다.

"아니! 그건 분명히 사실이야. 강자가 약자를 때려죽인 거지. 그들이 정말 형제였는지는 의심해 볼 만하지만, 그건 별로 중요하지 않아. 이 세상 모든 사람은 결국 서로 형제니까. 어쨌든 강자가 약자를 때려죽였어. 그건 어쩌면 영웅적인 행위였을 수도 있고 아닐 수도 있어. 여하튼 이제 다른 약자들은 무척 겁이 났고, 매우 한탄했지. 누군가 그들에게 '너희는 왜 그 사람을 때려죽이지 않아?'라고 물으면 그들은 '우리가 겁쟁이라서.'라고 하지 않고, '그럴 수 없어. 그는 표식이 있거든. 신이 그려 준 표식이야!'라고 대답했지. 그런 사기는 대충 이렇게 생겨났을 거야. 아이고, 내가 너를 오래 붙잡고 있구나. 그럼 안녕!"

데미안은 나를 혼자 두고 알트 골목으로 접어들었다. 나는 그 어느 때보다 혼란스러웠다. 데미안이 사라지자마자, 그가 했던 모든 말이 전혀 믿기지 않았다! 카인이 고귀한 사람이고 아벨이 겁쟁이라니! 카인의 표식이 훈장이라니! 터무니없는 소리였다. 신성 모독이고 방종이었다. 그러면 사랑의 신은 어디에 있단 말인가? 신은 아벨의 제물을 받지 않았던가? 아벨을 사랑하지 않았던가?

아니야, 바보 같은 말이다! 순간, 데미안이 나를 놀리려고 속임수를 쓰려 했다는 생각이 들었다. 욕이 나올 만큼 똑똑한 녀석이었다. 말도 참 잘했다. 하지만 그렇게……, 아니야…….

그동안 나는 성경과 관련된 이야기들에 대해 그렇게 많이 생각해 본 적이 없었다. 프란츠 크로머를 그렇게 오랫동안 완전히 잊은 적도 거의 없었다. 그런데 그날 저녁 내내 잊고 지냈다.

집에 돌아와서 그 이야기를 한 번 더 읽었다. 성경에 쓰여 있는 이야기는 짧고 명확했다. 거기에서 독특하고 비밀스러운 의미를 찾는다는 건 오히려 정신 나간 짓 같아 보였다.

사람을 때려죽인 살인자는 누구나 자기가 신의 총아라고 선언할 수 있겠네! 아니야, 말도 안 되는 소리야. 실제로 호감을 느꼈던 부분은 데미안이 그 문제를 말하는 방식이었다. 모든 것이 당연하다는 듯이 가볍고 멋지게, 더구나 그런 눈으로 말을 하다니!

물론 나도 정상적이지는 않았다. 사실 무척 혼란스러운 상태였다. 나는 예전에 밝고 깨끗한 세계에 살았고, 굳이 따지자면 일종의 아벨이었다. 그런데 이제 '다른 세계'에 깊이 들어서고 말았다. 말할 수 없이 심하게 추락하고 가라앉았다. 사실 나도 어쩔 수 없었다. 어쩌면 이럴 수 있을까?

그랬다. 그때 마음속에서 어떤 기억 하나가 섬광처럼 떠올라, 잠깐 숨이 막히는 듯한 기분이 들었다. 지금의 이 비참함이 시작된 그 불쾌한 저녁, 아버지와 관련된 일이었다. 그때 나는 한순간 아버지와 아버지의 밝은 세계와 지혜를 갑자기 꿰뚫어 보고 경멸했다!

그렇다. 그때 나는 카인이었다. 카인의 표식을 달고 있던 나는, 그 표식이 수치스러운 게 아니라 훈장이라고, 내 사악함과 불행 때문에 내가 아버지보다 더 높은 위치에 있다고, 선하고 경건한 사람들보다 우월하다고 상상했다.

지금처럼 명확한 사고방식으로 그 일을 경험하지는 않았지만, 이 모든 것이 그 안에 들어 있었다. 매우 고통스러우면서도 나를 오만함으로 가득 채웠던 그 느낌과 기이한 흥분이 일시에 활활 타오른 것이었다.

곰곰이 생각해 보면, 데미안은 겁이 없는 사람들과 겁이 많은 사람들에 대해 얼마나 기이하게 이야기했던가! 카인의 이마에 있는 표식에 대해 얼마나 독특하게 해석했던가! 그의 눈은, 어른처럼 독특한 그의 눈은 얼마나 기묘하게 반짝였던가!

어렴풋한 생각이 머리를 스치고 지나갔다. 그 자신이, 데미안 자신이 일종의 카인 아닐까? 스스로를 카인과 비슷하다고 느끼지 않는다면 왜 그렇게 카인을 변호하는 걸까? 데미안의 시선에는 어떻게 그런 힘이 스며 있는 걸까? 그는 왜 '다른' 사람들을, 겁이 많은 사람들을 그다지도 경멸하는 걸까? 실제로는 그들이 경건할뿐더러 신의 마음에 드는 사람들일 텐데도!

나는 이런 생각에 쉽사리 결론을 내릴 수가 없었다. 돌멩이 하나가 우물에 던져졌다. 그 우물은 나의 젊은 영혼이었다. 내가 인식과 의혹과 비판을 시도할 때면 카인과 살인과 표식은 오랫동안, 아주 오랫동안 그 출발점이 되었다.

다른 학생들도 데미안에게 관심이 많은 것 같았다. 나는 카인 이야기를 아무에게도 하지 않았지만, 그가 다른 아이들에게도 흥미의 대상인 것만은 분명했다. 어쨌든 '새로 전학 온 학생' 에 대한 여러 가지 소문이 떠돌았다. 내가 그 소문들을 속속들 이 안다면, 그 소문들로 데미안이 어떤 존재인지 밝혀 볼 수 있 을 것이고, 그 하나하나를 어떤 식으로든 해석해 볼 수 있을 것 이다.

처음에는 데미안의 어머니가 무척 부자라는 소문이 돌았다. 그녀는 교회에 다니지 않으며, 아들도 그렇다는 소문도 있었다. 그들이 유대인이라 주장하는 사람도 있었고, 이슬람교도라는 얘기도 있었다.

막스 데미안의 체력에 대해 동화 같은 말들이 떠돌기도 했다. 언젠가 그 반에서 가장 힘센 아이가 데미안에게 싸움을 걸었다. 그런데 데미안이 싸움에 응하지 않자, 그 아이가 겁쟁이라고 불 렀다. 그때 데미안이 그 아이에게 굉장한 굴욕을 안겨 주었다고 했다. 그 자리에 있었던 아이들 말에 따르면, 데미안은 그저 한 손으로 그 아이의 목덜미를 잡고 세게 눌렀을 뿐인데, 그 아이 는 하얗게 질려서 슬그머니 도망쳤다는 것이다. 그리고 며칠 동 안 팔을 쓰지 못했다나.

어느 날 저녁에는 데미안이 죽었다는 소문까지 돌았다. 갖가 지 소문이 한동안 꼬리를 물고 이어졌다. 하나같이 자극적이고 경이로웠다. 그러다가 또 한동안은 잠잠해졌다. 그러나 얼마 지 나지 않아, 학생들 사이에 새로운 소문이 떠돌았다. 데미안이 여자와 가까이 지내고 있으며, '이미 알 건 다 안다'는 소문이었다.

그러는 동안에도 프란츠 크로머와의 일은 어쩔 수 없이 지속되고 있었다. 나는 그에게서 벗어날 수 없었다. 크로머가 어쩌다 며칠 동안 나를 내버려 둘 때도 나는 여전히 그에게 묶여 있었다. 그는 꿈속에서조차 내 그림자마냥 함께 붙어 살았다. 그가 현실에서 나에게 저지르지 않은 일들도 꿈속에서는 내 상상에 의해 저질러졌다. 꿈속에서 나는 완전히 그의 노예였다.

원래 꿈을 많이 꾸는 나는 현실 속에서보다 이런 꿈들 속에서 더 많이 살았다. 나는 이 그림자들 때문에 힘과 생기를 잃었다. 물론 다른 꿈을 꿀 때도 있었다. 하지만 크로머가 나를 학대하는 꿈, 즉 나에게 침을 뱉고 나에게 올라타서 무릎으로 깔아뭉개는 꿈을 자주 꾸었다. 그보다 더 나쁜 것은 내가 중범죄를 짓도록 이끄는, 아니 이끈다기보다 무시무시한 힘으로 강요하는 꿈이었다.

이런 꿈들 중에 가장 끔찍했던 것은 우리 아버지를 살해하는 꿈이었다. 나는 정신이 반쯤 나간 채 꿈에서 깨어났다. 크로머는 칼을 갈아서 내 손에 쥐어 주었다. 우리는 가로수 뒤에서 누군가를 기다리며 숨어 있었다. 나는 누구를 노리고 있는지 몰랐다. 누군가 가까이 다가오자, 크로머는 내 팔을 꾹 눌렀다. 내가 찔러야 할 사람이 누구인지 신호를 보낸 것이다. 그 사람은 바로 우리 아버지였다. 그때 잠이 번쩍 깼다.

이런 일 때문에 나는 여전히 카인과 아벨을 떠올렸다. 하지만 데미안 생각은 별로 하지 않았다. 그가 다시 다가온 것은 이상하게도 역시 꿈속에서였다. 나는 학대와 폭행을 당하는 꿈을 꾸었다. 그런데 이번에 나를 올라타고 있는 사람은 크로머가 아니라 데미안이었다. 그리고 나는 크로머에게서는 고통과 반항으로 견뎌야 했던 것들을, 데미안에게서는 황홀함과 불안이 깃들어 있는 야릇한 감정으로 겪었다. 이것은 아주 새로웠고, 그만큼 나에게 깊은 인상을 주었다. 그런 꿈을 두 번이나 꾸었다. 그 뒤에는 데미안 자리에 다시 크로머가 등장했다.

나는 꿈속에서 겪은 일과 실제로 겪은 일을 이미 오래전부터 정확하게 구분하지 못했다. 어쨌든 크로머와의 끔찍한 관계는 계속되었다. 내가 돈을 조금씩 훔쳐 내어 갚기로 한 돈을 다 갚은 뒤에도 끝이 나지 않았다. 끝날 수가 없었다.

그는 내 도둑질에 대해 알고 있었다. 돈이 어디서 났는지 언제나 물었기 때문이다. 그래서 나는 지난날보다 더 심하게 그의 손아귀에 잡혀 있었다.

크로머는 우리 아버지에게 모두 말하겠다고 자주 협박했다. 그럴 때마다 나 스스로 아버지에게 진작 말했어야 했다는 깊은 후회가 두려움보다 더 크게 와 닿았다. 몹시 비참했지만 모든 것을 후회하지는 않았다. 어쨌든 언제나 후회한 건 아니었다. 그저 세상일이란 게 이럴 수밖에 없다고 이따금 느끼기도 했다.

불행이 내 위에 드리워져 있었다. 그것을 깨려는 시도는 소용
없는 일이었다.

우리 부모님도 이런 상황 때문에 적잖이 괴로웠을 것이다. 나
는 낯선 유령에게 휩싸인 채, 그렇게나 다정했던 우리 공동체와
더는 어울리지 못했다. 잃어버린 낙원을 그리워하듯이, 그런 생
활에 대한 그리움이 미칠 듯이 나를 사로잡았다.

특히 어머니는 나를 악동이 아니라 환자로 취급했다. 그러나
실제로 상황이 어떤지는 두 누이의 태도에서 가장 잘 드러났다.
무척 조심스럽게 대하긴 했지만, 그런 태도는 나를 한없이 슬프
게 만들었다. 내가 일종의 신들린 사람이라는 것, 야단을 듣기보
다는 탄식의 대상이라는 것, 그러면서도 그 속에는 사악함이 도
사리고 있는 사람이라는 사실이 그들의 태도에서 명확히 드러
났다.

나는 사람들이 나를 위해 평상시와 다르게 기도하고 있다는
사실을 알아차렸다. 이런 기도가 아무런 소용이 없다는 것도 느
꼈다. 마음의 짐을 덜고 싶은 동경과 제대로 고해하고 싶은 욕구
를 자주 느꼈지만, 아버지에게도 어머니에게도 이 모든 것을 제
대로 말할 수 없고 설명할 수도 없다는 것 또한 예감했다. 사람들
이 그 일을 너그럽게 받아들이고 나를 아끼는 마음에 유감스러
워하겠지만 완전히 이해하지는 못하리라는 것, 그 일이 운명이
었는데도 일종의 탈선으로 간주하리라는 사실을 알고 있었다.

아직 열한 살도 되지 않은 아이가 그렇게 느낄 수 있다는 사실을 믿지 못하는 사람들도 많다는 것을 알고 있다. 나는 그런 사람들에게 내 이야기를 하는 것이 아니다. 인간을 잘 아는 사람들에게 이야기하는 것이다. 자기 감정의 한 부분을 생각으로 바꾸는 법을 배운 어른들은 흔히 아이들에게는 그런 생각이 없으니까 체험도 없으리라고 여긴다. 그러나 나는 살면서 그때처럼 깊이 체험하고 괴로워했던 적이 별로 없다.

비 오던 어느 날, 나는 나를 괴롭히던 녀석에게서 성 앞 광장으로 나오라는 명령을 받았다. 거기에 서서 빗방울이 뚝뚝 듣는 검은 밤나무에서 떨어진 젖은 잎사귀를 발로 헤집으며 녀석을 기다렸다. 돈은 없었지만, 크로머에게 적어도 뭐라도 주어야 해서 케이크 두 조각을 챙겨 두었다가 가지고 왔다. 나는 오래전부터 구석진 자리에 서서 그를 기다리는 데 익숙해 있었다. 아주 오래 기다릴 때도 많았다. 사람들이 피할 수 없는 일을 인정하듯이, 나도 그 사실을 묵묵히 받아들이고 있었다.

드디어 크로머가 왔다. 그날 그는 오래 머물지 않았다. 내 갈비뼈를 가볍게 몇 번 치고는 웃음을 터뜨렸다. 그러고는 케이크를 받아 들고, 축축한 담배를 내게 권했다. 물론 나는 담배를 받지 않았다. 어쨌든 그는 평소보다 친절했다.

"아, 참."

헤어질 무렵에 그가 말했다.

"잊기 전에 말하는데……, 다음에는 네 누이를 데리고 나와. 누나 말이야. 그런데 네 누나 이름이 뭐지?"

나는 무슨 말인지 알아듣지 못해서 얼른 대답을 하지 않았다. 당황한 나머지, 그저 그를 멍하니 바라보기만 했다.

"무슨 말인지 몰라? 네 누나를 데리고 오라고."

"알아, 크로머. 하지만 그건 안 돼. 그럴 수 없어. 누나도 절대 나오지 않을 거야."

나는 그게 또 그저 트집이고 핑계일 거라고 생각했다. 그는 그런 짓을 자주 했다. 뭔가 불가능한 것을 요구하여 나를 놀라게 하고 굴욕을 주고는 서서히 흥정을 했다. 그러면 나는 몸값으로 돈을 약간 주거나 다른 선물을 해야 했다.

그런데 이번에는 달랐다. 내가 거절을 했는데도 화를 내지 않았다.

"흠, 글쎄."

그가 얼버무리듯 말했다.

"잘 생각해 봐. 난 네 누나와 알고 지내면 좋겠어. 어떻게 한 번은 되겠지. 네가 산책할 때 누나를 데리고 나와. 그럼 내가 자연스럽게 낄 테니까. 내일 휘파람을 불 테니까, 다시 한 번 그 이야기를 하자."

크로머가 가고 난 뒤에야 나는 그가 무엇을 원하는지 어렴풋이 깨달았다. 나는 아직 어린아이였지만, 소년 소녀들이 조금 더 나이가 들면 비밀스럽고 상스러우며 금지된 뭔가를 함께할 수 있다는 것을 소문으로 들어 알고 있었다.

그러니까 이제 내가 누나를……. 그 일이 얼마나 엄청난지 순식간에 명확해졌다! 결코 그렇게 하지 않겠다는 결심이 금방 섰다. 그러나 그렇게 하면 무슨 일이 벌어질지, 크로머가 나에게 어떤 보복을 할지는 감히 생각조차 할 수 없었다. 나를 향한 새로운 고문이 시작되었다. 지금까지 당한 건 아직 충분하지 않았던 것이다.

나는 주머니에 손을 넣은 채, 절망에 빠져 텅 빈 광장을 지나갔다. 새로운 고통, 새로운 노예 상태로 접어드는구나!

그때 맑고 깊은 목소리가 나를 불렀다. 나는 깜짝 놀라 달리기 시작했다. 누군가 내 뒤를 따라 달려왔다. 부드러운 손이 뒤에서 나를 잡았다. 막스 데미안이었다.

나는 그 자리에 멈추어 섰다.

"누군가 했네. 깜짝 놀랐잖아!"

내가 당황하여 말하자, 그는 나를 찬찬히 바라보았다. 그의 눈길은 그 어느 때보다 어른스럽고 또렷하며 꿰뚫어 보는 듯했다. 우리는 오랫동안 서로 이야기를 나누지 못했다.

"미안해."

그는 공손하면서도 단호한, 그 특유의 목소리로 말했다.

"하지만 그렇게 놀라면 안 돼."

"흠, 그럴 수도 있지, 뭐."

"그렇긴 하군. 하지만 들어 봐. 너에게 아무 짓도 하지 않은 누군가를 보고 그렇게 놀라면 그 사람은 여러 가지 생각을 하게 될 거야. 일단 이상하게 생각하고 호기심을 갖게 되지. 네가 별나게 잘 놀란다고 생각하지 않을까? 그러고는 계속 생각을 할 거야. 겁이 날 때만 저렇게 놀란다고 말이야. 겁쟁이들은 언제나 불안해하니까. 하지만 너는 겁쟁이가 아니야, 그렇지? 아, 물론 영웅도 아니야. 넌 지금 두려워하는 일들이 있어. 두려워하는 사람도 있고. 그건 옳지 않아, 응? 사람을 두려워해선 안 돼. 너, 나를 무서워하지 않지? 무서워?"

"아, 아니야. 전혀 무섭지 않아."

"그렇지, 거봐. 하지만 네가 무서워하는 사람이 있지?"

"몰라……. 그만두자. 도대체 왜 그래?"

나는 도망칠 생각으로 걸음을 빨리했고, 그는 나와 보조를 맞추어 걸었다. 옆에서 그의 시선이 느껴졌다.

"이렇게 가정해 봐."

그가 말을 이었다.

"내가 너한테 호감을 가지고 있다고 치자. 어쨌든 네가 나를 겁낼 필요는 없어. 난 너와 어떤 실험을 하고 싶어. 재미있고, 아주 쓸 만한 것을 네가 배울 수 있는 실험이야. 잘 들어 봐! 나는 이따금 독심술을 시도해. 그게 나쁜 마술은 아니지만, 어떻게 하는지 모르면 아주 기묘하게 보여. 그걸로 사람들을 놀라게 할 수 있지…….

자, 이제 한번 해 보자. 그러니까 나는 너를 좋아하거나 너에게 관심이 있고, 네 마음속이 어떤지 알고 싶어. 그러기 위한 첫걸음은 내가 이미 시작했어. 난 너를 놀라게 했어……. 그러니까 너는 잘 놀라는 사람이야. 다시 말해 네가 무서워하는 것이나 사람이 있다는 뜻이지. 왜 그렇게 되었을까? 인간은 그 누구도 두려워할 필요가 없어. 누군가를 두려워한다는 건, 자기를 지배할 힘을 그 사람에게 넘겨주었기 때문이야. 예를 들어 뭔가 나쁜 짓을 했는데, 다른 사람이 그걸 알고 있는 거지……. 그러면 그 사람이 너를 지배할 힘을 갖는 거야. 알아들었어? 내 말이 맞지? 안 그래?"

나는 어찌할 줄을 모른 채 그의 얼굴을 바라보았다. 그의 얼굴은 여느 때처럼 진지하고 현명하고 선량했다. 그러나 다정함은 전혀 없었고 오히려 엄격해 보였다. 정의감 비슷한 것이 깃들여 있었다. 나는 지금 나에게 무슨 일이 벌어지고 있는지 종잡을 수 없었다. 그는 마치 마법사처럼 내 앞에 서 있었다.

"알아들었어?"

그가 다시 한 번 물었다.

나는 고개를 끄덕였다. 말은 할 수 없었다.

"독심술이라는 게 이상해 보일 수 있어. 하지만 무척 자연스럽게 이루어지지. 예를 들어 내가 언젠가 카인과 아벨 이야기를 했을 때, 네가 나에 대해 무슨 생각을 했는지 나는 꽤 정확하게 말할 수 있어. 뭐, 지금 이 일과는 상관이 없지만 말이야. 네가 내 꿈을 한 번쯤 꾸었을 거라고 생각해. 하지만 그 이야기는 그만두자! 넌 똑똑한 아이야. 대부분의 아이들은 멍청한데 말이지! 난 똑똑한 아이와 이야기하는 걸 좋아해. 그건 괜찮지?"

"아, 그럼. 그런데 무슨 얘긴지 하나도 못 알아듣겠어⋯⋯."

"재미있는 실험을 계속해 보자! 그러니까 우리는 S라는 소년이 잘 놀란다는 걸 알아냈어⋯⋯. 그 아이는 누군가를 무서워해⋯⋯. 아마 그 누군가와 비밀을 나누고 있을 거야. 무척 불편한 비밀을⋯⋯. 자, 대강 맞아?"

나는 꿈속에서처럼 그의 목소리와 그의 영향력에 굴복했다. 그래서 그저 고개만 끄덕였다. 저 목소리는 오직 나 자신에게서만 나올 수 있는 얘기를 하고 있지 않은가? 모든 것을 알고 있는 듯한 목소리, 나 자신보다 모든 것을 더 명확하게 잘 알고 있는 목소리⋯⋯.

데미안이 내 어깨를 세게 두드렸다.

"그러니까, 맞구나? 그럴 거라고 생각했어. 이제 딱 한 가지만 묻자. 아까 그 아이, 이름이 뭔지 알아?"

나는 소스라치게 놀랐다. 건드려진 비밀이 내 안에서 고통스럽게 다시 움츠러들며 밝은 곳으로 다시 나오지 않으려 했다.

"어떤 아이? 다른 아이는 없었어. 나뿐이었어."

데미안이 웃음을 터뜨렸다.

"말해 봐!"

그가 웃었다.

"그 아이 이름이 뭐야?"

나는 속삭이듯 말했다.

"프란츠 크로머 말이야?"

데미안은 만족스럽게 고개를 끄덕였다.

"브라보! 넌 똑똑한 녀석이야. 우린 친구가 되겠구나. 그런데 너에게 해야 할 말이 있어. 크로머인가 뭔가 하는 아이는 나쁜 녀석이야. 얼굴만 봐도 딱 깡패인 줄 알겠어! 어떻게 생각해?"

"응, 맞아."

나는 한숨을 내쉬었다.

"나빠. 악마야! 하지만 그 애가 알면 안 돼! 세상에, 절대로 알면 안 돼! 그 애를 알아? 그 애가 형을 알아?"

"진정해! 그 아이는 갔어. 그리고 나를 몰라……. 아직은 모르지. 그런데 그 애를 꼭 만나고 싶군. 공립 학교에 다녀?"

"응."

"몇 학년이야?"

"5학년……. 그 애한테 아무 말도 하지 마! 제발, 제발 아무 말도 하지 마!"

"진정해. 아무 일도 없을 테니까. 크로머라는 아이에 대해 좀 더 말해 줄 마음이 지금은 없겠구나?"

"그럴 수 없어! 못 해, 날 가만 놔둬!"

데미안은 한동안 말이 없다가 다시 입을 열었다.

"유감이네. 우린 그 실험을 좀 더 계속할 수 있을 텐데. 하지만 널 괴롭히지 않을게. 어쨌든 그 아이를 두려워한다는 게 옳지 않다는 건 너도 알지? 그런 두려움은 우리를 완전히 망쳐. 그걸 떨쳐야 해. 네가 제대로 살아가려면 두려움을 떼어 내야 해. 알아들어?"

"물론이야. 형이 옳아. 하지만 그렇게 안 돼. 형은 몰라⋯⋯."

"내가 많은 걸 안다는 거, 네가 생각하는 것보다 많은 걸 안다는 거 너도 확인했잖아⋯⋯. 혹시 그 아이에게 돈을 빚졌어?"

"응, 그것도 있어. 하지만 그게 중요한 건 아니야. 말할 수 없어. 더 이상은 안 돼!"

"그러니까 네가 그 애한테 빚진 만큼 내가 너에게 돈을 줘도 소용이 없다는 말이구나? 내가 너에게 줄 수도 있는데⋯⋯."

"아니야, 아니야. 그런 문제가 아니야. 부탁이야. 아무에게도 말하지 마! 한마디도 하지 마! 나를 더 불행하게 만들 거야!"

"싱클레어, 날 믿어. 넌 언젠가 너희 둘의 비밀을 나에게 말하게 될 거야⋯⋯."

"절대 아니야, 절대!"

나는 격렬하게 소리쳤다.

"너 좋을 대로 해. 난 그저 네가 언젠가 더 이야기를 할 거라고 생각해. 물론 네 스스로 말이야! 설마 내가 크로머처럼 행동하리라고 생각하는 건 아니지?"

"아, 아니야……. 형은 그 일에 대해 아무것도 몰라!"

"전혀 모르지. 난 그저 곰곰이 생각할 뿐이야. 난 절대로 크로머처럼 행동하지 않아. 내 말을 믿어. 그리고 넌 나에게 빚진 것도 없잖아."

우리는 한참 동안 서로 말이 없었고, 나는 차츰 안정을 찾았다. 그러면서도 데미안이 모든 사실을 안다는 게 점점 더 수수께끼처럼 여겨졌다.

"이제 집에 갈게."

데미안은 이렇게 말하고는, 올이 굵은 모직 망토를 빗속에서 더 단단히 여몄다.

"아, 한 가지만 더 말하고 싶어. 어차피 여기까지 이야기를 했으니까……. 넌 그놈을 떨쳐 버려야 해! 달리 방법이 없다면 때려죽이기라도 해! 네가 그렇게 한다면 나는 너에게 감탄하며 진심으로 좋아할 거야. 내가 도울 수도 있어."

나는 새로운 불안을 느꼈다. 카인 이야기가 다시 불쑥 떠올랐다. 나는 무시무시한 생각이 들어서 나지막하게 울먹였다. 끔찍한 일이 내 주변에 너무 많았다.

"그래, 좋아."

데미안이 미소를 지었다.

"그냥 집에 가! 우리가 곧 해결할 수 있을 거야. 물론 때려죽이는 게 가장 간단한 방법이지만 말이야. 이런 경우에는 가장 간단한 게 최선이지. 네가 크로머의 손아귀에 있는 건 절대로 좋지 않아."

나는 집으로 돌아왔다. 마치 일 년쯤 떠나 있었던 듯한 기분이었다. 모든 것이 달라 보였다. 나와 크로머 사이에 뭔가 미래 같은 것, 뭔가 희망 같은 것이 서려 있었다. 나는 더 이상 혼자가 아니었다! 지난 몇 주, 그리고 또 몇 주 동안 혼자서 비밀을 품고는 얼마나 끔찍스럽게 외로웠는지 이제야 알게 되었다.

순간, 여러 번 곱씹었던 생각이 머리를 스쳤다. 부모님에게 고백을 하면 마음은 가벼워졌겠지만, 완전히 구원받지는 못했을 거라는 생각이었다. 조금 전에 다른 사람에게, 더구나 낯선 사람에게 고해를 한 거나 마찬가지인데, 구원을 받으리라는 예감이 진한 향기처럼 내게로 날아왔다!

물론 내가 불안을 완전히 극복한 것은 아니었다. 그동안 나는 적과 길고도 끔찍한 대결을 벌일 각오를 하고 있었다. 그런데 모든 것이 이렇게 조용하고 이렇듯 비밀스럽게 흘러가는 게 참 이상하게 여겨졌다.

우리 집 앞에서 들리던 크로머의 휘파람 소리가 하루, 이틀, 사흘……, 심지어 일주일 동안 들리지 않았다. 나는 그 사실을 도저히 믿을 수 없었다. 예상치 못한 순간에 그가 갑자기 다시 나타나는 게 아닌지, 속으로 경계를 게을리 하지 않았다. 그러나 그는 나타나지 않았고, 그 후에도 계속 오지 않았다! 나는 새로 얻은 자유를 의심했다. 정말로 믿을 수가 없었다.

　　프란츠 크로머를 우연히 맞닥뜨리기 전까지는 그랬다. 그는 내 맞은편에서 자일러 골목을 걸어 내려오고 있었다. 나를 보고 움찔하더니, 얼굴을 심하게 찡그리며 인상을 쓰고는 나와 마주치지 않으려고 곧장 몸을 돌렸다.

　　그것은 나에게 엄청난 순간이었다! 내 적이 나를 피해 도망치다니! 내 악마가 나를 두려워하다니! 기쁨과 놀라움이 온몸을 훑고 지나갔다.

　　그 무렵, 데미안을 다시 만났다. 그는 학교 앞에서 나를 기다리고 있었다.

　　"잘 지냈어?"

　　내가 물었다.

　　"안녕, 싱클레어? 그냥 어떻게 지내는지 듣고 싶었어. 크로머가 이제 널 괴롭히지 않지?"

　　"형이 그렇게 했어? 도대체 어떻게? 어떻게? 도무지 알 수가 없네. 이젠 내 앞에 나타나지 않아."

"잘됐네. 또 나타난다면……, 그럴 것 같지는 않지만, 워낙에 뻔뻔한 놈이라서 또 모르지. 그냥 데미안을 기억하라는 말만 해."

"그게 무슨 말이야? 혹시 두들겨 패 주기라도 했어?"

"아니야, 난 그런 거 별로 좋아하지 않아. 너하고 그랬던 것처럼 그냥 이야기만 했어. 너를 괴롭히지 않는 게 그 애에게도 좋을 거라는 사실만 명확하게 해 주었지."

"설마 돈을 준 건 아니지?"

"아니야, 그 방법은 네가 이미 해 봤잖아."

내가 더 캐물으려 하자 데미안은 그 자리를 떠났다. 나는 그에 대해 예전에 느꼈던 답답한 느낌을 간직한 채 그 자리에 서 있었다. 고마움과 부끄러움, 감탄과 두려움, 호감과 거부감이 기묘하게 뒤섞인 감정이었다.

그를 곧 다시 만나야겠다는 생각이 들었다. 그와 나를 둘러싼 이 모든 일에 대해 이야기를 나누고 싶었다. 그리고 카인에 대해서도…….

하지만 그렇게 되지 않았다.

나는 고마움의 미덕을 믿지 않았다. 게다가 그런 걸 아이에게 요구한다는 건 옳지 않아 보였다. 그러므로 내가 막스 데미안에게 전혀 감사하지 않은 것도 그다지 이상할 게 없었다.

만약 그가 크로머의 손아귀에서 구해 주지 않았더라면, 나는 평생 병들고 타락했을 거라고 확신한다. 이 구원이 내 어린 시절 최고의 경험이라고 느꼈다……. 그러나 구원자가 기적을 행하자마자, 나는 그를 밀쳐 버렸다.

이미 말했듯이, 나는 배은망덕을 이상하게 생각하지 않았다. 내가 더 이상 그 일에 호기심을 보이지 않았다는 점만 기이하게 생각될 뿐이었다. 데미안을 통해 알게 된 비밀들에 더 가까이 다가가지 않고, 어떻게 단 하루라도 편안하게 살 수 있었을까? 카인에 대해, 크로머에 대해, 독심술에 대해 더 들으려는 욕구를 어떻게 억누를 수 있었을까?

이해하기 어려운 일이지만, 진짜로 그랬다. 나는 갑자기 악마의 그물에서 벗어난 나 자신을 보았다. 내 앞에 다시 밝고 즐거운 세계가 펼쳐져 있었다. 두려움의 발작과 목을 조여 오는 듯한 두근거림을 더는 겪지 않았다. 나를 옭아매 온 저주가 깨졌다. 나는 더 이상 고통당하고 저주받는 자가 아니라, 다시 예전과 같은 학생이 되었다. 내 천성은 되도록 빨리 균형과 평온을 찾으려 했고, 무엇보다 추악한 것들과 위협적인 것들을 떨치고 잊어버리려 애를 썼다. 내 죄와 불안의 긴긴 이야기는 별다른 흉터나 인상을 남기지 않은 채 놀라울 만큼 빨리 내 기억 속에서 사라졌다.

나를 도와주고 구원해 준 사람마저 빨리 잊으려고 애를 썼다. 그때 왜 그랬는지 지금은 이해가 된다. 나는 상처받은 내 영혼이 낼 수 있는 온갖 욕망과 온 힘을 다해 저주받은 눈물의 골짜기에서, 크로머에게 예속된 끔찍한 노예 상태에서 도망쳐 행복하고 만족스러웠던 예전의 그곳으로 돌아갔다. 다시 열린 잃어버린 낙원으로, 아버지와 어머니의 밝은 세계로, 누이들에게로, 순수한 향기로, 신의 마음에 들려는 아벨의 경건함으로 돌아간 것이다.

데미안과 짧막하게 대화를 나눈 바로 그날, 다시 얻은 자유를 확신하고 그런 일이 재발하리라고 걱정하지 않게 된 그날, 나는 그동안 간절히 바라던 일을 했다. 고해를 한 것이다. 어머니에게 가서, 자물쇠가 부서지고 진짜 돈 대신 가짜 돈이 들어 있는 저금통을 보여 주었다. 그러고는 내가 얼마나 오랫동안 나 스스로 지은 죄 때문에 사악한 고문자에게 얽매여 있었는지 이야기했다. 어머니는 전부를 이해하지는 못했지만 달라진 내 눈길을 보고, 달라진 내 목소리를 듣고, 내가 온전히 회복되어 다시 어머니에게로 돌아왔음을 느꼈다.

그런 다음 나는 다시 받아들여진 잔치를, 탕자의 귀향을 한껏 들뜬 기분으로 수행했다. 어머니는 나를 아버지에게 데리고 갔다. 이야기는 되풀이되었고, 질문과 놀람의 외침 소리가 계속 울려 퍼졌다. 부모님은 내 머리를 쓰다듬으며, 오랜 압박감에서 벗어나 안도의 숨을 내쉬었다. 모든 것이 굉장했다. 모든 것이 소설 같았으며, 모든 것이 멋지고도 조화롭게 해결되었다.

나는 엄청난 열정을 보이며 이 조화 속으로 도망쳤다. 다시 찾은 내 평화와 부모님의 신뢰는 아무리 누려도 싫증이 나지 않았다. 나는 집안의 모범생이 되었다. 누이들과 예전보다 더 많이 놀았고, 예배 때는 회개하고 구원받은 자의 심정으로 옛날에 즐겨 부르던 찬송가를 마음껏 불렀다. 모두 진심에서 우러난 행동이었고, 거짓은 전혀 없었다.

하지만 이건 온전한 모습이라 할 수 없었다! 내가 데미안을 잊은 이유는 오로지 이 점에서만 진정으로 설명될 수 있다. 나는 그에게 고해했어야 한다! 그 고해는 집에서 한 것에 비해 덜 화려하고 덜 감동적이었겠지만, 나에게는 더 유익한 결과를 낳았을 것이다. 나는 내 온갖 뿌리를 모두 뻗어 낙원과도 같은 예전의 세계를 움켜쥐었다. 그리하여 집으로 돌아왔고 관대하게 받아들여졌다.

그러나 데미안은 결코 이 세계에 속하지 않았고, 여기와 어울리지도 않았다. 크로머와는 달랐지만 그도, 그 역시…… 유혹하는 자였다. 그도 나를 사악하고 나쁜, 또 하나의 세계와 연결시켰다. 나는 그 세계를 영원히 알고 싶지 않았다. 이제 겨우 다시 아벨이 되었는데, 이것을 포기하고 카인을 찬양하는 데 협조할 수 없었다. 그러기 싫었다.

겉으로 보기에는 그랬다. 그러나 내적으로는 다음과 같았다. 나는 크로머와 악마의 손아귀를 벗어났지만, 스스로의 힘과 능력으로 벗어난 건 아니었다. 나는 이 세상의 좁은 오솔길을 걸어 보려고 노력했으나 그 길들이 너무 미끄러웠다. 다정한 손길이 나를 구해 주자 곁눈질 한번 하지 않고 어머니의 품으로, 울타리가 쳐진 경건한 어린 시절의 안락함으로 돌아왔다.

나는 실제보다 더 어리고 더 의존적이고 더 순진하게 행동했다. 크로머에 대한 예속을 새로운 의존으로 대신해야 했다. 혼자 갈 수는 없었기 때문이다. 그래서 나는 아버지와 어머니를 향한 의존을, 사랑스러웠던 예전의 '밝은 세계'를 향한 의존을 맹목적으로 선택했다. 그것이 유일한 세계가 아니라는 사실을 이미 알고 있으면서도.

그러지 않았더라면 나는 데미안 편이 되어, 그에게 분명히 다 털어놓았을 것이다. 내가 그렇게 하지 않은 이유는, 당시 그의 기이한 생각에 대해 품었던 불신 때문인 듯이 보였다. 그러나 사실은 불안 때문이었다. 데미안은 부모님보다 더 많은 것, 훨씬 더 많을 것을 요구했을 테니까. 그리고 자극과 경고, 조롱과 풍자를 통해 나를 좀 더 독자적으로 만들려고 노력했을 것이다. 아, 이제 나는 알고 있다. 자기 자신에게로 향하는 길을 가는 것보다 더 불편한 일은 이 세상에 없다는 사실을!

그럼에도 나는 반년쯤 뒤에 유혹을 이기지 못하고, 산책을 하다가 아버지에게 카인이 아벨보다 낫다고 생각하는 사람들이 많은 것에 대해 어떻게 생각하느냐고 물어보았다.

아버지는 무척 놀라면서, 그건 전혀 새로울 게 없는 견해라고 설명했다. 그 견해는 초기 기독교 시대에 이미 등장했으며, 여러 소수 종파들에서 가르치기까지 했다는 것이다. 그중 한 종파는 스스로를 '카인교도'라고 불렀다고 했다.

그러나 이 정신 나간 학설은 우리 신앙을 파괴하려는 악마의 시도일 뿐이라는 설명을 덧붙였다. 카인이 정당하고 아벨이 부당하다고 믿는다면, 신이 오류를 범했다는 결과가 나오기 때문이라는 거였다.

그러니까 성경의 신이 올바르고 유일한 신이 아니라 틀린 신이라는 것이다. 아버지는 카인교도들이 정말 이와 비슷한 내용을 가르치고 설교했지만 이 소수 종파는 이미 오래전에 인류에게서 사라졌다고, 내 친구가 그것에 대해 뭔가 알고 있는 게 놀랍다고, 어쨌든 그런 생각은 버리라고 진지하게 경고했다.

제 3 장

예수 옆에 매달린 강도

내 어린 시절에 대해, 아버지와 어머니에게서 느낀 안락함에 대해, 부모님을 향한 사랑에 대해, 부드럽고 애정이 넘치며 밝은 환경 속에서 만족하며 즐겁게 살아가는 것에 대해 이야기한다면 아름답고 섬세하며 사랑스러운 이야기가 될 것이다.

그러나 나는 살면서 나 자신에게 도달하기 위해 걸었던 발걸음에만 관심이 있다. 멋진 휴식처나 행복의 섬이나 낙원의 매력은 나도 경험했다. 하지만 그런 것들은 저 멀리서 빛나게 두고 싶을 뿐, 또다시 발을 들여놓고 싶지는 않다.

그러므로 소년 시절을 회상하는 한 내가 할 이야기는 새로이 나에게로 온 것, 나를 앞으로 몰아가고 쓸어 간 것뿐이다.

이런 충격들은 늘 '다른 세계'에서 왔고, 항상 불안과 억압과 양심의 가책을 함께 몰고 왔다. 언제나 혁명적이어서, 내가 머물러 살고 싶은 평화를 위태롭게 했다.

원시적인 충동이었다. 허용된 밝은 세계에서는 숨기고 감추어야 할 모든 사람이 그렇듯이, 서서히 움트는 성에 대한 감정이 나를 덮쳤다. 그 감정은 적과 파괴자로, 금지된 것으로, 유혹과 죄악으로 닥쳐왔다. 내 호기심이 구한 것, 나에게 꿈과 쾌락과 불안을 준 것, 다시 말해 사춘기의 커다란 비밀들은 유년의 평화에 둘러싸인 행복과는 전혀 맞지 않았다.

나는 다른 사람들과 똑같이 행동했다. 이제 더는 아이가 아닌 아이의 이중생활을 영위한 것이다. 내 의식은 친숙하고 허용된 것들 속에서 살면서, 어렴풋하게 떠오르는 새로운 세계를 부정했다. 그와 동시에, 일종의 지하 세계와 같은 꿈과 충동과 소망들 속에서 살았다. 의식적인 삶은 그 위에서 점점 더 위태로운 다리를 지었다. 유년의 세계가 내 속에서 무너지고 있었기 때문이다.

대개의 다른 부모들처럼 우리 부모님도 움트는 생명의 충동을, 입 밖에 낼 수 없는 그 충동을 어떻게 해야 할지 알려 주지 않았다. 사실을 부정한 채 유년의 세계에 계속 머물려고 하는 절망적인 내 노력을 부모님은 그저 세심하게 도와주기만 했다.

그러나 그 세계는 점점 더 비현실적이고 허위적으로 변해 갔다. 나는 부모들이 이 문제에서 과연 도움을 줄 수 있을지 잘 모르겠다. 그래서 우리 부모님을 원망하지 않는다. 자신의 문제를 잘 극복하고 스스로의 길을 찾는 것은 내가 할 일이었다. 유복하게 자란 아이들이 대부분 그렇듯이, 나는 내 일을 제대로 하지 못했다.

사람은 누구나 이런 어려움을 겪게 마련이다. 평범한 사람에게 이것은 자기 삶의 요구와 주변 세계가 가장 격렬하게 갈등하는 시점, 앞으로 나아가는 길을 아주 힘들게 얻어 내야 하는 시점이다.

많은 사람들이 이 시기에 인간의 운명이라 할 수 있는 죽음과 탄생을 경험한다. 유년의 세계가 허물어지고 서서히 붕괴되며, 우리가 사랑하던 모든 것이 떠나고, 우주의 외로움과 치명적인 냉기를 갑자기 우리 주변에서 느끼는 이 시기에 그런 경험을 하는 것이다. 아주 많은 사람들이 이 절벽에 영원히 매달려 있다. 돌이킬 수 없는 과거에, 모든 꿈 가운데 가장 사악하고 살인적인, 잃어버린 낙원에 관한 꿈에 평생토록 고통스럽게 붙어 있다.

우리 이야기로 다시 돌아가자. 내 유년의 종말을 알린 감정과 꿈속의 모습들은 여기서 이야기를 해야 할 만큼 중요하지는 않다. 중요한 것은 '어두운 세계', '다른 세계'가 다시 나타났다는 사실이다. 예전에는 프란츠 크로머였던 것이, 이제는 나 자신 안에 숨어 있었다. 그럼으로써 '다른 세계'는 바깥에서도 나를 지배하는 힘을 다시 얻었다.

크로머 사건이 있고 나서 여러 해가 지났다. 내 삶에서 가장 극적이고 죄로 가득했던 그 시기는 당시에 아주 멀리 있었을 뿐 아니라, 짧은 악몽처럼 흔적도 없이 지나간 듯했다. 프란츠 크로머는 이미 오래전에 내 삶에서 사라졌다. 어쩌다 그와 마주쳐도 나는 조금도 신경을 쓰지 않았다.

그러나 내 비극에서 또 하나의 중요한 인물인 막스 데미안은 내 주변에서 더 이상 완전히 사라지지 않았다. 하지만 그는 오랫동안 멀찍이 가장자리에 서 있었으므로, 눈에 띄기는 했지만 실제로 영향을 끼치지는 않았다. 그런데 그가 서서히 다가왔고, 힘과 영향력을 발휘하기 시작했다.

그 시절의 데미안에 대해 내가 무엇을 알고 있는지 곰곰이 생각해 본다. 일 년 또는 그 이상 그와 이야기를 나누지 않았던 것 같다. 나는 그를 피했고, 데미안도 나에게 아무것도 강요하지 않았다. 언젠가 한번 우연히 마주쳤을 때, 그가 고개를 끄덕였다. 나는 그의 다정함 속에 경멸이나 야유 섞인 비난의 미세한 울림이 섞여 있다는 느낌을 받았다. 하지만 그건 내 상상이었는지도 모른다. 그와 겪은 사건과 그가 당시에 나에게 끼쳤던 기이한 영향력은 그도 나도 잊은 듯했으니까.

데미안의 모습을 곰곰이 생각해 본다. 막상 그를 떠올려 보니, 그때 그가 거기에 있었고, 내가 그를 의식하고 있었다는 것을 알겠다. 그가 혼자서 또는 고학년들 사이에 끼어 학교로 가는 모습이 보인다. 그가 자신만의 공기에 에워싸인 채 자신만의 법칙에 맞춰 살면서, 별처럼 낯설고 외롭고 조용하게 그들 사이에서 걸어가는 모습이 보인다.

그의 어머니를 빼고는 아무도 그를 사랑하지 않았고, 아무도 그와 친하지 않았다. 어머니도 그를 아이가 아니라 어른처럼 대하는 듯했다. 선생님들은 되도록 그를 내버려 두었다. 그는 훌륭한 학생이었지만 누구의 마음에도 들려고 애쓰지 않았다. 이따금 그가 선생님에게 말대꾸를 했다거나 빈정거리는 투로 대들었다는 소문이 들렸다. 그가 했다는 말은 한결같이 도전적이고 냉소적이었다.

눈을 감고 곰곰이 생각해 보니, 그의 모습이 눈앞에 선하게 떠오른다. 그게 어디였던가? 그래, 다시 나타난다. 우리 집 앞 골목이었다. 어느 날 나는 그가 거기 서서, 손에 수첩을 들고 그림을 그리는 모습을 보았다. 그는 우리 집 대문 위에 있는, 새가 새겨진 오래된 문장을 그리고 있었다.

나는 창가 커튼 뒤에 숨어 서서 그를 지켜보았다. 문장을 바라보는 그의 주도면밀하고 냉정하며 밝은 얼굴을 감탄 어린 눈길로 바라보았다. 그것은 어른의 얼굴, 학자 또는 예술가의 얼굴이었다. 그의 눈은 우월함과 의지를 담고 있었고, 이상하리만큼 밝고 냉정했다. 사물의 이치를 다 꿰는 듯한 표정이었다.

그의 모습이 또 보인다. 그로부터 얼마 지나지 않아, 거리에서였다. 우리는 학교에서 돌아오던 길에 쓰러진 말을 발견하고 그것을 에워싼 채 서 있었다. 말은 농가에서 쓰는 수레의 끌채에 묶여 있었고, 열린 콧구멍을 허공에 대고 비참하게 헐떡였다. 눈에 보이지는 않았지만 옆구리에 상처가 난 듯 그 언저리에서 흘러나오는 피에 거리의 하얀 먼지가 서서히 검게 물들었다.

나는 구역질을 느끼며 눈을 돌리다가, 데미안의 얼굴과 마주쳤다. 평소의 그답게 상당히 편안하고 우아한 모습으로 아이들 뒤에 서 있었다. 그의 눈길은 말의 머리를 향한 듯했다. 그 눈길은 깊고 고요하면서도, 광적일 만큼 냉정한 집중력을 보이고 있었다.

나는 그를 오랫동안 바라보았다. 분명하게 의식하지는 못했지만, 그때 나는 뭔가 무척 독특한 것을 느꼈다. 나는 데미안의 얼굴을 뚫어지게 바라보았다. 그것은 소년의 얼굴이 아니라 어른의 얼굴이었다. 아니, 그 이상을 보았다. 단순히 어른의 얼굴이 아니라 뭔가 전혀 다른 것을 보았다는 생각이 들었다.

그 안에는 여자 얼굴도 조금 들어 있는 듯했다. 한순간 그 얼굴은 어른 또는 아이 또는 늙거나 젊은 차원이 아니라 천 살쯤은 되어 보였다. 어딘지 모르게 시간을 뛰어넘어 다른 시대의 도장이 찍혀 있는 듯했다. 동물이나 나무, 별 들은 그렇게 보일 수 있을 것이다……

지금 어른이 되어 말하는 것을 그때는 정확히 느끼지는 못했지만, 그 비슷한 것을 느꼈던 것만은 틀림없다. 어쩌면 그는 아름다웠을지도 모른다. 내 마음에 들었을 수도 있고 역겨웠을 수도 있다. 그러나 그것조차 구분할 수 없었다. 다만 그가 우리와 다르다는 것, 동물이나 유령이나 그림과 비슷한 이미지라는 것만은 분명했다. 그가 정확히 어땠는지는 잘 모른다. 어쨌든 달랐다. 우리 모두와는 상상할 수도 없을 만큼 달랐다.

다른 기억은 나지 않는다. 지금까지 말한 것도 부분적으로는 아마 나중에 받은 인상들에서 만들어졌을 것이다.

나는 몇 살 더 먹고 난 뒤에야 데미안과 좀 더 가까워졌다. 그는 관습과 달리 동급생들과 함께 교회에서 입교식을 받지 않았는데, 여기에도 금방 소문들이 따라붙었다. 학교에서는 그가 유대인이라고, 아니 이교도라고 했다. 그도 그의 어머니도 종교가 없다는 사람들도 있었고, 매우 사악한 소수 종파에 속한다고 얘기하는 사람들도 있었다. 그것과 관련하여, 그가 어머니와 마치 연인처럼 지낸다고 의심하는 소리도 들렸던 것 같다.

아마 그는 그때까지 신앙이 없었는데, 그것이 훗날에 뭔가 불이익을 줄 수도 있다고 여겼던 듯하다. 그의 어머니는 이 년이 지나서야 그에게 입교식을 받게 하겠다고 결정했다. 그 바람에 몇 달 동안 나와 함께 입교식 수업을 받게 되었다.

한동안 나는 그를 멀리했다. 그와 관련되고 싶지 않았다. 그는 너무 많은 소문과 비밀에 둘러싸여 있었다. 그러나 정작 나를 막았던 것은 프란츠 크로머 사건 이후 나에게 남아 있던 의무감이었다.

그리고 바로 그 당시, 나는 나만의 비밀들로 정신이 없었다. 입교식 수업을 받는 시기와 성에 결정적으로 눈을 뜬 시기가 일치했던 것이다. 그래서 훌륭한 의지가 있었음에도 불구하고 경건한 가르침에 대한 관심은 무척이나 적었다.

성직자가 이야기하는 것은 나와는 동떨어진, 고요하고 성스러운 비현실 속에 존재했다. 그게 매우 아름답고 가치 있는지는 몰라도, 결코 현실적이거나 흥분되는 일은 아니었다. 그에 비해 다른 하나는 아주 현실적이고 자극적이었다.

수업에 무관심해질수록 막스 데미안에 대한 관심은 점점 커져 갔다. 뭔가가 우리 둘을 묶고 있는 듯했다. 이 실마리를 되도록 정확하게 따라가야 한다. 내 기억에 그 일은 교실에 불이 아직 켜져 있던 어느 이른 아침 수업 시간에 시작되었다.

그때 종교 수업을 맡은 목사님은 마침 카인과 아벨 이야기를 하고 있었다. 나는 그다지 집중해서 듣지 않았다. 잠이 쏟아져서 거의 귀를 기울이지 않은 상태였다. 그때 목사님이 카인의 표식에 대해 목소리를 높여 이야기하기 시작했다. 바로 그 순간, 뭔가 내게 경고를 보내는 듯한 느낌이 들어서 고개를 번쩍 들었다.

앞쪽에 앉은 데미안의 얼굴이 나를 돌아보고 있었다. 말을 건

네는 듯한 밝은 눈길이었는데, 그 표정은 조롱이 섞인 것 같기도 하고 매우 진지한 것 같기도 했다. 그는 아주 잠깐 나를 바라보았을 뿐인데, 나는 갑자기 긴장하여 목사님의 이야기에 귀를 기울였다. 그러면서 목사님이 가르치는 내용이 다 맞지는 않다고 생각했다. 얼마든지 다르게 볼 수 있을 뿐 아니라 비판의 여지가 충분하다는 깨달음이 마음속 깊은 곳에서 일었다!

그 순간 데미안과 나 사이는 다시 결합되었다. 영혼이 서로 연결되어 있다는 느낌이 들자마자, 이상하게도 그 느낌은 마술처럼 공간으로도 옮겨 갔다. 데미안이 그렇게 만든 것인지, 아니면 순전히 우연이었는지는 알 수 없었다. 하지만 그 당시 나는 우연들을 아직 확고하게 믿을 때였다.

며칠 뒤 종교 시간에 데미안은 갑자기 자리를 바꾸어 내 앞자리에 앉았다. 마치 비참한 빈민 구호소처럼 학생들이 꽉 들어찬 교실 한가운데에 앉아, 그의 목덜미에서 풍겨 오는 부드럽고 신선한 비누 향기를 내가 얼마나 즐겁게 들이마셨는지 아직도 생생히 기억한다!

며칠 뒤에 그는 내 옆자리로 옮겨 앉았고, 겨울과 봄 내내 거기에 그대로 있었다.

종교 시간은 완전히 달라졌다. 이제 더 이상 졸립거나 지루하지 않았다. 심지어 종교 시간을 즐겁게 기다렸다. 우리는 가끔씩 목사님 이야기를 아주 집중하여 들었다. 이제 나는 짝꿍이 된 데미안의 눈짓 한 번이면 목사님의 독특하거나 기이한 이야기에 금세 주의를 기울였다. 반대로, 아주 단호한 눈짓 한 번에 내 안에서 순식간에 비판과 의심이 불붙기도 했다.

그러나 우리는 수업을 전혀 듣지 않는 나쁜 학생들일 때가 많았다. 데미안은 목사님과 친구들에게 언제나 점잖게 대했다. 나는 그가 여느 남학생들처럼 멍청하고 짓궂게 장난치는 모습을 한 번도 본 적이 없었다. 크게 웃거나 수다를 떠는 소리도 듣지 못했다. 목사님에게 야단을 듣는 일도 없었다. 하지만 아주 나지막하게, 귓속말보다는 신호와 눈길로 나로 하여금 자기가 하는 일에 관심을 갖게 하는 힘이 있었다. 그것은 때때로 기이한 성격을 띠었다.

예를 들어, 그는 자기가 어떤 학생에게 관심이 있는지, 그리고 어떤 방식으로 그들을 연구하는지 나에게 들려주었다. 그는 많은 학생들을 무척 정확하게 알고 있었다. 수업이 시작되기 전에 그가 말했다. "내가 엄지로 신호를 하면 저 애가 우리를 돌아보거나 목덜미를 긁을 거야." 이런 식이었다.

수업 중에 내가 그 말을 잊어버리고 있을 때, 데미안이 갑자기 엄지를 치켜들고 돌리곤 했다. 그러면 나는 얼른 그가 가리킨 학생을 바라보았고, 그 학생은 마치 철사에 매달린 인형처럼 데미안이 요구하는 대로 움직였다. 나는 목사님에게도 한번 해 보라고 부추겼지만 그것만은 쉽사리 하지 않았다.

그러던 어느 날, 나는 과제를 해 오지 않은 채 종교 수업을 듣게 되었다. 나는 데미안에게 목사님이 제발 나에게 질문을 하지 않았으면 좋겠다고 말했다. 그러자 그가 나를 도와주었다.

그때 목사님은 교리 문답에 대해 질문할 학생을 찾고 있었다. 주위를 두리번거리던 목사님의 눈길이 죄의식으로 한껏 움츠러든 내 얼굴에 와서 멈추었다. 목사님이 내게로 다가오며 나를 향해 손가락을 뻗었다. 내 이름이 목사님 입에서 막 나올 것 같은 순간이었다.

목사님은 갑자기 산만해졌는지 불안해졌는지 옷깃을 여미고는, 자기 얼굴을 빤히 보고 있는 데미안에게로 향했다. 뭔가 물어보려는 듯하더니, 놀랍게도 다시 몸을 돌렸다. 그러고는 한참 기침을 한 뒤에 다른 학생에게 질문을 던졌다.

나는 이 장난을 무척 재미있어 했다. 그러다가 내 친구가 나에게도 똑같은 장난을 자주 친다는 사실을 깨달았다. 학교에 가다가 데미안이 내 뒤에서 거리를 두고 따라온다는 느낌이 들어 갑자기 뒤를 돌아보면, 정말로 그가 거기에 있었다.

"다른 사람에게 형이 원하는 걸 생각하게 만들 수 있어?"

내가 그에게 물었다.

그는 그 특유의 어른과 같은 태도로 차분하게 대답했다.

"아니, 그런 일은 있을 수 없어. 인간은 자유 의지가 없거든. 물론 목사님은 있다는 듯이 말씀하시지만 말이야. 사람은 자기가

원하는 걸 생각할 수 없고, 내가 원하는 걸 다른 사람에게 생각
하게 만들 수도 없어. 하지만 누군가를 잘 관찰할 수는 있지. 그
러면 그가 뭘 생각하고 느끼는지 꽤 정확하게 짚어 낼 수 있게
돼. 그가 다음 순간에 뭘 하게 될지도 대부분 예측할 수 있고. 물
론 연습이 필요해.

예를 들어 볼까? 나방 종류 중에 곡식좀나방이란 특이한 종이
있어. 암컷이 수컷보다 훨씬 그 수가 적어. 그런데 이 나방들도
다른 동물과 똑같이 번식해. 수컷이 암컷을 수정시키면 암컷이
알을 낳는 거야. 자연과학자들이 실험을 했는데, 한밤중에 수나
방들이 몇 시간이나 떨어진 곳에서 암나방을 찾아 날아온다는
거야! 몇 시간이나 떨어진 곳에서! 그러니까 수나방들이 그 지
역에 단 한 마리밖에 없는 암나방을 몇 킬로미터 떨어진 곳에서
도 감지해 낸다는 거지!

사람들은 이걸 설명하려고 애를 쓰지만, 실제로는 말로 설명
하기가 어려워. 일종의 후각 같은 게 유난히 발달해 있는 거겠
지. 훌륭한 사냥개가 눈에 띄지 않는 흔적을 찾아내서 쫓아갈
수 있는 것처럼. 알아듣겠어? 이것도 그런 거야. 자연은 그런 일
들로 가득 차 있는데, 아무도 그걸 설명해 낼 수 없어.

하지만 이런 말은 할 수 있지. 만약 암나방의 수가 수나방처럼
많았다면, 수나방의 코가 그렇게 예민해지지 않았을 거라고! 스
스로 훈련했기 때문에 그렇게 된 거야. 동물이나 사람이 자신의

주의력과 의지를 특정한 사물로 향하면, 결국엔 그것에 도달하게 되는 거지. 그게 다야. 네가 알고 싶어 하는 것도 이것과 똑같아. 네가 어떤 사람을 충분히 자세히 본다면, 네가 그 사람에 대해 그 자신보다 더 잘 알게 되지."

순간, '독심술'이란 단어가 혀끝에서 감돌았다. 나는 문득 그에게 아주 오래전에 있었던 프란츠 크로머 사건을 기억나게 하고 싶어졌다. 그것은 우리 둘 사이에 있는 아주 미묘한 일 가운데 하나였다. 몇 년 전에 그가 내 인생에 아주 깊게 끼어들었던 일이지만, 그 일에 대해 지금껏 그도 나도 입을 열지 않았다.

마치 예전에 우리 사이에 아무 일도 없었던 것 같았다. 또는 우리 둘 다 상대방이 그 일을 아예 잊었다고 굳게 믿는 듯하기도 했다. 심지어 우리 둘이 길을 걷다가 프란츠 크로머와 두어 번 마주친 적도 있었다. 그때도 우리는 눈길조차 주고받지 않았고, 그에 대해 어떤 말도 하지 않았다.

"그럼 의지는 어떻게 되는 거야?"

내가 물었다.

"형은 인간에게 자유 의지가 없다고 했잖아. 그런데 또 자기 의지로 뭔가에 깊이 집중하면 목표에 도달할 수 있다고도 했어. 말이 안 맞잖아! 내가 내 의지의 주인이 아니라면, 그 의지를 여기저기로 향하게 할 수도 없으니까."

그가 내 어깨를 두드렸다. 내가 그를 흡족하게 할 때면 으레

하는 행동이었다.

"좋은 질문이야!"

그가 웃으며 말했다.

"언제나 묻고 언제나 의심해야 해. 하지만 문제는 아주 간단해. 예를 들어, 나방이 자기 의지를 별 또는 다른 어떤 것으로 향하려 했다면 그런 일은 결코 이루어지지 않았을 거야. 실제로 나방은 그런 시도를 하지 않아. 자기에게 의미와 가치가 있는 것, 자기에게 필요한 것, 반드시 있어야 하는 것만 찾지. 그렇기 때문에 믿기 어려운 일도 이루는 거야……. 바로 그럴 때 다른 동물에게는 없는 신비스러운 육감(六感)을 개발하는 거지! 우리는 물론 동물보다 활동 영역이 넓고 관심 분야도 많아.

하지만 우리 역시 상당히 좁은 영역에 묶여 있어서 그걸 쉽사리 넘어설 수가 없어. 이런저런 상상의 나래를 펴고, 북극에 꼭 가겠다거나 그 비슷한 공상을 할 수도 있겠지. 하지만 그런 소망이 나 자신 속에 있고, 내 존재가 온전히 그것으로 채워져 있을 때만 그 일을 실행에 옮길 수 있어. 그러면 너의 내면에서 명령하는 일이 네 눈앞에서 일어나지. 넌 마차에 훌륭한 말을 매달 듯 네 의지를 펼칠 수 있게 돼.

예를 들어, 내가 앞으로 목사님이 안경을 쓰지 못하게 하려고 한다면 그런 일은 절대로 이루어지지 않아. 그건 그저 장난에 불과하니까. 하지만 내가 지난가을에 자리를 옮겨야겠다고 확고한 의지를 품었을 때는 아주 쉽게 이루어졌어. 그동안 아파서 나오지 못하던 아이가 갑자기 나타난 거야. 마침, 알파벳 순으로 했을 때 내 앞자리였지. 누군가 그 아이에게 자리를 내줘야 했어. 내가 나서서 그렇게 했지. 내 의지가 이 기회를 잡을 준비가 되어 있었으니까."

"그랬구나."

내가 말했다.

"그때 나도 그 일이 무척 이상하다고 생각했어. 우리가 서로 관심을 가진 바로 그 순간부터 형이 나에게 점점 가까이 왔어. 그런데 어떻게 된 거야? 처음에는 바로 내 옆에 앉지 않았잖아. 몇 번은 앞자리에 앉았어. 어떻게 된 거지?"

"음, 그건 처음에 앉았던 자리에서 벗어나야겠다는 생각은 했지만, 어디로 가고 싶은지는 정확하지 않았기 때문이야. 그저 훨씬 뒤쪽에 앉고 싶었을 뿐이었지. 너에게로 가는 게 내 의지였는데, 그때는 아직 의식하지 못했어. 하지만 그때 네 의지가 동시에 작용하면서 나를 도운 거야. 네 앞자리에 앉고 나서야 내 소원의 절반이 이루어졌다는 것을 깨달았거든……. 내가 원래 원한 것은 바로 네 옆이라는 사실을 그제야 알아차린 거지."

"하지만 그때는 새로 온 학생이 없었잖아."

"그랬지. 하지만 그때는 원하는 대로 움직였어. 곧장 네 옆에 앉았지. 나랑 자리를 바꾼 아이가 약간 의아해하긴 했지만 내가 하는 대로 내버려 두었어. 목사님은 뭔가 변화가 생겼다는 걸 한참 뒤에야 알아차리셨고…… 목사님은 나에 대해 늘 뭔가 불편해하시지. 내 이름이 데미안이라는 것, 이름이 D자로 시작하는 내가 S자 이름의 학생들 틈에 앉아 있는 게 옳지 않다는 걸 알고 계셔! 하지만 그 사실이 목사님의 의식까지 뚫고 들어가지는 않아. 내 의지가 저항을 하니까. 즉 그분이 의식하지 못하게 계속 방해를 한다는 뜻이야.

그 착한 양반은 뭔가 이상하다는 걸 알아채고는 나를 보며 궁리를 하기 시작하지. 하지만 나는 아주 간단하게 해결해. 그분의 눈을 똑바로 바라보는 거야. 대부분의 사람들은 이걸 견디지 못해. 대체로 불안해하지. 네가 누군가에게 원하는 게 있는데, 그의 눈을 뚫어지게 바라보아도 전혀 불안해하지 않는다면 곧바로 포기해! 그 사람에게는 너의 뜻이 통하지 않을 테니까. 절대로 안 통해! 내가 아는 사람 중에 이게 통하지 않는 사람은 단 한 명밖에 없어."

"누군데?"

나는 얼른 물어보았다.

그는 눈을 약간 가늘게 뜨고서 나를 바라보았다. 데미안은 깊은 생각에 잠기면 그런 눈이 되었다. 그러더니 눈길을 돌리고는 대답하지 않았다. 나는 무척이나 궁금했지만 더 이상 캐묻지는 못했다.

지금 생각해 보면, 그는 그때 자기 어머니 이야기를 한 것 같다……. 그는 어머니와 무척 친하게 지내는 것 같았지만 어머니에 대해 아무 말을 하지 않았고, 심지어 나를 자기 집에 데리고 간 적도 없었다. 그때만 해도 나는 그의 어머니가 어떻게 생겼는지조차 몰랐다.

그때 나는 그와 똑같이 하려고 여러 번 시도했다. 내 의지를 뭔가에 집중하여 꼭 도달해 보고 싶었다. 나에게는 무척 절실한 소망이 하나 있었다. 그러나 그렇게 되지 않았다. 데미안과 그것에 대해 이야기를 나눌 용기는 없었다. 내가 원하는 것을 그에게 고백하지 못했다. 그리고 그도 묻지 않았다.

그 무렵 종교 문제에서 내 믿음은 여러 개의 균열이 생겼다. 그러나 데미안의 영향을 많이 받은 까닭에, 신의 존재를 무턱대고 부정하는 학생들과는 분명하게 구별되었다. 그런 학생들이 몇 명 있었다. 그들은 신을 믿는다는 것은 어리석고 인간의 존엄성을 잃는 것이라고, 삼위일체에 관한 이야기나 동정녀가 예수를 낳았다는 이야기는 그저 웃음거리에 지나지 않는다고, 오늘날까지도 이런 잡동사니를 팔고 다니는 것은 치욕이라는 말을 일삼았다.

나는 절대로 그렇게 생각하지 않았다. 나도 몇 가지 의문이 있기는 했다. 그러나 내 어린 시절의 경험으로 미루어 볼 때 우리 부모님이 영위하던 것과 같은 경건한 삶이 실제로 있다는 것, 그리고 그런 삶은 존엄을 잃는 것도 아니고 위선도 아니라는 사실을 충분히 알고 있었다. 더 정확하게 말하자면, 나는 예전과 마찬가지로 종교적인 것에 무척 깊은 경외심을 가졌다.

데미안은 성서나 교리를 좀 더 자유롭게, 마치 놀이처럼 풍부한 상상력으로 풀이할 수 있게 해 주었다. 나는 그가 암시한 해석들을 언제나 기꺼이 즐겁게 따랐다. 물론 내가 보기에는 지나치게 과격한 것도 많았다.

카인 이야기도 그랬다. 그는 언젠가 입교식 수업 중에 아주 대담한 견해로 나를 놀라게 했다. 선생님이 골고다에 대해 이야기하고 있었다. 구세주의 고난과 죽음에 대한 성서의 기록은 어린 시절부터 나에게 깊은 인상을 주었다. 어렸을 때 성 금요일 같은 날, 아버지가 고난 이야기를 낭독해 주면 나는 진심으로 감동을 받았다. 그래서 비통하게 아름답고 창백하며, 유령 같으면서도 엄청나게 생동감 넘치는 이 세계 속에서, 그러니까 겟세마네 동산과 골고다 언덕에서 살았다.

바흐의 〈마태 수난곡〉을 들을 때면, 비밀스러운 이 세계가 지닌 음울하면서도 강렬한 고난의 광채가 온갖 신비로운 전율을 불러일으키며 나를 덮쳤다. 나는 지금도 이 음악과 〈하느님의 때가 최상의 때〉(바흐의 칸타타 106번)라는 곡에서 모든 시와 모든 예술적 표현의 본질을 발견한다.

데미안은 수업이 끝나 갈 무렵, 생각에 잠긴 채 나에게 말했다.

"싱클레어, 여기 마음에 들지 않는 대목이 있어. 이 이야기를 한 번 더 읽고 혀로 음미해 봐. 뭔가 김이 빠진 느낌이야. 예수 옆에 매달린 강도 두 명 말이야. 십자가 세 개가 언덕 위에 나란히 서 있다는 건 무척 장엄한 광경이지! 그런데 충직한 강도에 대한 감상적인 수다를 봐! 그는 파렴치한 짓을 저지른 범죄자였어. 어떤 잘못을 저질렀는지 누가 알겠어? 그런데 갑자기 참회를 하고 울먹이며 그런 의식을 치르는 거야!

무덤에서 두 걸음 떨어진 곳에서 하는 참회가 무슨 의미가 있지? 안 그래? 순전히 엉터리 성직자의 설교에 불과해. 달콤하고 불성실하며, 감상적이야. 극도로 교화적인 배경을 지닌 이야기지. 네가 지금 그 두 명의 강도 가운데 한 명을 친구로 골라야 한다거나 둘 중의 누굴 신뢰할 수 있는지 생각해 봐야 한다면, 무덤 앞에서 울먹이는 이 개종자는 절대로 아닐 거야.

그래, 다른 쪽이지. 그는 사나이고, 개성이 있어. 자기 처지에서는 그저 매력적인 수다에 불과한 개종을 우습게 여기고 자기 길을 끝까지 가. 그리고 그때까지 자기를 도와준 악마에게 마지막 순간에 비겁하게 작별을 고하지 않아. 개성이 있는 사람이야. 개성이 있는 사람들은 성서에서 자주 불리하게 취급되지. 그도 어쩌면 카인의 후예인지도 몰라. 그렇게 생각하지 않아?"

나는 무척 당황했다. 이 십자가 이야기는 무척 익숙하다고 믿었는데, 그동안 얼마나 상상력이나 환상 없이 그것을 듣고 읽었는지 그제야 깨달았다. 그럼에도 데미안의 새로운 생각은 아주 위험하게 들렸다. 지켜야 한다고 믿었던 내 안의 개념들을 모두 뒤집으려고 위협했다. 그러면 안 되었다. 모든 것을, 가장 신성한 것을 포함하여 모든 것을 그렇게 부당하게 다룰 수는 없었다.

늘 그렇듯이, 그는 내가 뭔가 말하기도 전에 내 저항을 금방 알아차렸다.

"나도 이미 알아."

그가 체념 섞인 목소리로 말했다.

"그건 오래된 이야기야. 심각해질 필요 없어! 그런데 너에게 말하고 싶은 게 있어. 이 종교의 결점을 아주 명백하게 볼 수 있는 부분들 가운데 하나가 여기에 있어. 중요한 건 이거야. 구약과 신약에 등장하는 이 신은 탁월한 존재이기는 하지만, 그건 그가 원래 나타내려던 모습이 아니야. 신은 선하고 고귀하며 아버지처럼 자상하다. 그리고 아름답고 높으며 다정하다……. 아주 옳은 말이야! 하지만 세상은 다른 것으로도 이루어져 있어. 그건 모두 악마의 탓으로 돌려져. 세상에서 절반은 숨겨지고 묵살되지. 그들은 신을 모든 생명의 아버지라고 찬미하면서도, 생명의 근본이 되는 성생활에 대해서는 침묵해. 악마의 일이며 죄악이라고 선언하기도 하지! 나는 사람들이 여호와 신을 숭배하는 데 반대하지 않아. 절대로 반대 안 해. 하지만 모든 것을 숭배하고 신성하게 존중해야 한다고 생각해. 인위적으로 분리된 절반이 아니라 세계 전체를! 그러니 우리는 신에 대한 예배와 동시에 악마에 대한 예배도 지내야 해. 그게 옳은 것 같아. 또는 신을 하나 만들어 내야 할지도 모르지. 악마가 포함되어 있는 신……. 세상에서 가장 자연스러운 일이 일어날 때 그 앞에서 눈을 감을 필요가 없는 신 말이야."

데미안은 평소와 달리 다소 흥분했지만 금방 다시 미소를 띠었다. 그러고는 나에게 더는 강요하지 않았다.

그러나 이 말들은 내가 소년 시절 내내 품고 있으면서 아무에게도 결코 말하지 못한 마음속의 수수께끼를 맞혔다. 데미안이 신과 악마에 대해, 성스럽고 공인된 세계와 묵살된 악마의 세계에 대해 했던 말은 바로 나 자신의 생각이요 나 자신의 신화였다. 두 세계 또는 세계의 절반 두 개……, 밝은 세계와 어두운 세계에 대한 생각이었다.

내 문제가 곧 모든 사람의 문제이며, 모든 생명과 사유의 문제라는 인식이 성스러운 그림자처럼 나를 뒤덮었다. 그리고 고유하고 개인적인 내 삶과 생각이, 위대한 사유의 영원한 흐름에 얼마나 깊이 연관되어 있는지 새삼 깨닫자 불안과 경외심이 엄습해 왔다. 그 깨달음은 뭔지 모르게 행복감을 안겨 주었지만 진심으로 기쁘지는 않았다. 가혹하고 거칠었다. 책임, 그리고 이제 더 이상 아이가 아니라는 사실을 일깨웠기 때문이다. 바야흐로 홀로 서야 한다는 울림이 그 깨달음 속에 들어 있었다.

나는 난생처음 그렇게 깊은 비밀을 드러내며, 아주 어린 시절부터 가지고 있던 '두 세계'에 관한 견해를 친구에게 털어놓았다. 그는 내가 내면 깊숙한 곳에서 자신의 말에 동의를 하고 자기를 옳게 여긴다는 사실을 금방 알아차렸다. 그러나 그는 그런 것을 이용하는 성격이 아니었다. 그 어느 때보다도 더 주의 깊게 내 말에 귀를 기울였고, 내 눈을 똑바로 바라보았다. 나는 다른 곳으로 눈길을 돌려야 했다. 그의 눈길에서 시간을 초월한 기이하고 동물적인 느낌, 상상할 수 없는 나이가 다시 보였기 때문이다.

"그 이야기는 나중에 더 하자."

그가 조심스럽게 말했다.

"넌 누군가에게 말하는 것보다 훨씬 더 많은 생각을 하고 있구나. 그렇다면 너도 네가 생각한 것을 모두 경험하며 살지는 못했다는 거네? 그건 안 좋은 일이야. 우리가 경험할 수 있는 생각, 그 생각만이 가치가 있어. 넌 너의 '허용된 세계'가 세계의 절반에 불과하다는 사실을 이미 알고 있었어. 다른 절반은 목사님이나 선생님들처럼 숨기려고 애썼지. 하지만 끝내는 숨기지 못할 거야! 한번 사유하기 시작하면 그 누구도 끝까지 숨길 순 없어."

그 말이 내 마음 깊은 곳을 내리쳤다.

"하지만,"

나는 고함을 지르다시피 말했다.

"금지된 추악한 일들은 실제로 존재해. 형은 그걸 부인할 수 없어! 일단 금지된 일이니, 우린 그걸 포기해야 해. 나는 이 세상에 살인을 비롯해서 온갖 부도덕한 일이 존재한다는 걸 알고 있어. 하지만 그게 존재한다는 이유만으로 내가 범죄자가 되어야 하는 건 아니잖아?"

"오늘 이 이야기를 다 끝낼 수는 없을 거야."

데미안이 나를 달랬다.

"누군가를 때려죽이라거나 처녀를 성폭행하라는 게 아니야. 당연히 아니지. 하지만 너는 도대체 무엇이 '허용'되고 무엇이 '금지'되었는지 분간할 수 있는 곳에 아직 이르지 못했어. 넌 그저 진실의 한 조각을 느꼈을 뿐이야. 차차 다른 것도 알게 될 거야. 정말이야! 예를 들어, 너는 일 년쯤 전부터 아주 강렬한 충동을, 그것도 '금지'된 것이라고 여겨지는 충동을 마음속에서 느끼고 있어. 하지만 그리스 인들이나 다른 민족들은 반대로 이 충동을 신격화하여 축제까지 지내며 숭배하지. 그러니까 '금지된 것'은 영원하지 않고 언제든 바뀔 수 있어.

지금도 누구든 여자와 함께 목사님을 찾아가 결혼을 하면 그 여자와 잘 수 있지. 다른 민족의 경우는 달라. 지금도 마찬가지야. 그러니 무엇이 허용되고 무엇이 금지되었는지는 스스로 찾아야 해……. 자기에게 금지된 것을. 금지된 일을 하지 않는데도 엄청난 악당이 될 수도 있고, 그 반대일 수도 있어……. 그건 사실 안일의 문제에 불과해. 하도 안일해서 스스로 생각하지 못하고 스스로의 재판관이 되지 못하는 사람은 이미 금지된 것에 그냥 순응해. 그런 사람은 편해. 다른 사람들은 내면에서 법칙을 스스로 느껴. 그런 사람들에게는 그 어떤 신사라도 매일 행하는 일들이 금지되어 있게 마련이지. 그리고 일반적으로 경멸받는 일들은 허용되지. 누구나 독자적이어야 해.”

데미안은 한꺼번에 많은 말을 한 것이 후회되었는지 갑자기 말문을 닫았다. 그가 어떤 기분이었는지 대강은 알 것 같았다. 그는 겉으로 보기에 자기 생각을 적당히 편안하게 말하고 있었지만, 그 스스로 언젠가 말했듯이 ‘그저 말을 하기 위해’ 하는 대화는 죽어도 견디지 못했다.

그는 내가 진짜로 관심을 보이는 부분이 있긴 하지만, 깊이 있는 수다를 나누면서 놀이처럼 지나치게 즐거운 태도를 보인다고 느꼈다. 간단히 말해서 나에게 완벽한 진지함이 부족하다고 느꼈던 것이다.

내가 쓴 마지막 말 ‘완벽한 진지함’을 다시 읽으니, 다른 장면 하나가 문득 떠오른다. 아직 어린아이였던 그 시절에, 내가 막스 데미안에게서 경험한 가장 강렬한 장면이다.

우리의 입교식이 다가왔다. 종교 수업의 마지막 몇 시간에서는 최후의 만찬을 다루었다. 목사님은 그것을 중요하게 생각했는지 수업 내용에 신경을 많이 썼다. 신성한 분위기마저 느껴졌다. 그러나 정작 나는 바로 이 마지막 수업 몇 시간 동안 다른 것에, 그러니까 내 친구에게 온전히 묶여 있었다.

우리가 교회 공동체로 장엄하게 받아들여진다는 의미인 입교식을 준비하면서, 약 반년에 걸친 교리 수업의 가치는 여기서 배운 내용에 있지 않았다. 오로지 데미안과 가까워지고 그의 영향을 받은 데 의미가 있었다. 이제 나는 교회가 아니라 뭔가 완전히 다른 것, 사유와 개성의 종단에 들어설 준비가 되어 있었다. 이 세상 어딘가에 틀림없이 존재하며, 내 친구가 그 대표 또는 사신이라고 생각되는 종단이었다.

나는 이 생각을 몰아내려고 애썼다. 설령 사실이 그렇다고 해도 입교식은 엄숙하게 치르고 싶다고 생각했기 때문이다. 그런데 이것은 새로운 내 생각과는 조화를 이루기 어려웠다. 나는 내가 원하는 대로 하고 싶었다. 이미 갖고 있던 생각과 다가오는 교회 축제에 대한 생각이 서서히 하나로 이어졌다. 나는 그 축제를 다른 사람들과는 다르게 치를 준비가 되어 있었다. 나에게는 그 축제가 데미안을 통해 알게 된 사유 세계로 들어간다는 의미가 될 터였다.

그 무렵, 나는 그와 다시 한 번 활발하게 토론을 벌였다. 교리 수업 바로 전이었다. 내 친구는 단추를 잠근 듯 입을 굳게 다물었다. 상당히 건방진 태도로 잘난 척을 하는 내가 달갑지 않았던 것이다.

"우린 말이 너무 많아."

그가 낯설 만큼 진지한 목소리로 말했다.

"영리한 말은 아무런 가치가 없어. 전혀 없지. 단지 자기 자신에게서 멀어질 뿐이야. 자신에게서 멀어진다는 건 죄악이야. 사람은 자기 안으로 온전히 숨어들 수 있어야 해. 거북이처럼 말이야."

우리는 바로 교실로 들어갔다. 수업이 시작되었다. 나는 집중하려고 노력했고, 데미안도 나를 방해하지 않았다. 잠시 뒤에 그가 앉아 있는 옆자리에서 뭔가 텅 빈 듯한 기운이 느껴졌다. 서늘함 또는 그 비슷한 것이었다. 마치 그 자리가 빈 듯한 느낌이었다. 그 느낌이 조여 오기 시작하자, 나는 옆으로 몸을 돌렸다.

내 친구가 앉아 있는 모습이 보였다. 여느 때와 다름없이 꼿꼿하고 단정한 자세였다. 그러나 평소와는 완전히 다른 모습이었다. 내가 알지 못하는 뭔가가 그에게서 나와서 그를 에워싸고 있었다. 나는 그가 눈을 감고 있다고 생각했는데, 실제로는 눈을 뜨고 있었다. 그러나 그 눈은 아무것도 보고 있지 않았다. 보는 게 아니었다. 뻣뻣하게 굳어 있었고, 내면 또는 아주 먼 곳을 향해 있었다.

그는 꼼짝도 하지 않은 채 그곳에 앉아 있었다. 숨도 쉬지 않는 것 같았다. 입은 나무나 돌로 깎은 듯이 보였다. 얼굴은 핏기가 없었고, 돌처럼 고르게 창백했다. 그에게서 가장 생기 있는 것은 갈색 머리카락뿐이었다. 앞의 긴 의자에 놓여 있는 양손은 돌이나 과일처럼 한없이 조용하고 창백했다. 작은 미동조차 없었다. 그러나 축 늘어진 게 아니라, 강력한 삶을 에워싸고 있는 단단하고 멋진 껍데기 같았다.

이 광경에 나는 몸이 바르르 떨렸다. 그는 죽었다! 그 순간, 나는 그렇게 생각했다. 하마터면 소리내어 말할 뻔했다. 물론 그가 죽지 않았다는 것을 알고 있었다. 나는 홀린 듯한 눈길로 그의 얼굴을, 창백하고 돌처럼 굳은 그 가면을 계속 바라보았다. 그리고 느꼈다. 이게 데미안이다!

나와 함께 다니고 이야기하던 평소의 그는 그저 반쪽짜리 데미안이었다. 잠시 자기 역할을 연기하고, 순응하고, 협조하는 사람이었다. 진짜 데미안은 이런 모습이었다. 지금 이 모습처럼 딱딱하고 엄청나게 나이가 많은, 동물 같고 돌 같은, 아름답고 싸늘한, 죽었으나 엄청난 생명으로 가득한 모습. 그를 에워싼 이 고요한 공허, 이 정기(精氣)와 별들의 공간, 이 고독한 죽음!

나는 그가 자기 자신 속으로 온전히 들어갔음을 느꼈다. 그때만큼 외로웠던 적이 없었다. 나는 그 상황에 참여할 수 없었다. 그는 내가 가 닿지 못할 사람이었다. 그는 세상에서 가장 먼 곳의 섬보다 더 멀리 떨어져 있었다.

나 말고는 아무도 그 광경을 보지 못했다. 그 사실이 믿기지 않았다! 모두 이쪽을 보아야 했다. 모두 쳐다보아야 했다! 그러나 아무도 그에게 주목하지 않았다. 그는 그림처럼, 아니 우상처럼 빳빳하게 앉아 있었다. 파리 한 마리가 그의 이마에 앉았다가 코와 입술 위로 서서히 기어갔다……. 그러나 그는 전혀 움찔하지 않았다.

어디에, 그는 지금 어디에 있을까? 무슨 생각을 하고, 무엇을 느낄까? 천국에 있을까, 지옥에 있을까?

그에게 물어본다는 건 불가능했다. 수업이 끝날 무렵 다시 살아서 숨 쉬는 그의 모습을 보았을 때, 그의 눈길이 내 눈길과 마주쳤을 때, 그는 다시 예전과 같은 모습이었다. 어디에서 온 걸까? 어디에 있었을까? 그는 피곤해 보였다. 얼굴에는 다시 혈색이 돌았고 손도 다시 움직였다. 하지만 갈색 머리카락은 광채를 잃었다. 많이 지친 듯했다.

그 뒤로 며칠 동안 나는 내 침실에서 새로운 훈련을 해 보았다. 의자에 꼿꼿하게 앉아 눈을 멍하니 뜨고 움직이지 않은 채 얼마나 버틸 수 있는지, 그랬을 때 어떤 느낌이 오는지 느껴 보고 싶었다. 그러나 나는 그저 피곤해졌고, 눈꺼풀에 심한 경련만 일어났다.

그 얼마 뒤에 입교식을 치렀는데, 중요하다고 할 만한 기억은 남아 있지 않다.

그 후 모든 것이 달라졌다. 유년이 내 주변에서 무너져 내렸다. 부모님은 약간 당황스런 눈길로 나를 보았다. 누이들은 완전히 낯설어졌다. 깨달음은 익숙한 느낌과 기쁨을 일그러뜨리고 바래게 했다. 정원은 향기가 없었고 숲은 마음을 끌지 못했다.

세상은 낡은 물건들의 할인 판매처럼 김이 빠지고 매력도 없는 모습으로 내 주위에 서 있었다. 책들은 그저 종이였고, 음악은 소음이었다.

이와 마찬가지로, 가을이 되면 나무에서 잎이 떨어지지만 나무는 아무것도 느끼지 못한다. 비가 나무를 따라 흘러내린다. 태양이나 서리도 흘러내린다. 생명은 나무 안에서 가장 좁고 가장 깊은 곳으로 서서히 물러난다. 나무는 죽지 않는다. 기다리는 것이다.

방학이 끝나면 나는 다른 학교로 가기로, 처음으로 집을 떠나기로 결정되어 있었다. 어머니는 나에게 무척 다정하게 대했다. 미리 작별을 준비하면서 사랑과 향수와 잊지 못할 추억을 내 마음속에 마술처럼 심어 주려 하였다.

데미안은 여행을 떠났다. 나는 혼자였다.

제 4 장

베아트리체

나는 친구를 다시 못 만난 채, 방학이 끝날 무렵 성 ○○으로 떠났다. 부모님이 함께 와, 온갖 세심함을 보이며 나를 어느 김나지움 교사가 운영하는 남학생 하숙집에 맡겼다. 어떤 곳으로 들여보냈는지 알았더라면, 부모님은 아마 놀라서 몸이 굳었을 것이다.

내가 장차 좋은 아들과 쓸 만한 시민으로 자리 매김할 수 있을지, 아니면 내 본성이 다른 길로 갈지는 여전히 의문이었다. 아버지 집과 정신의 그늘 속에서 행복하려 했던 나의 마지막 시도는 오래 지속되었고 이따금 성공하는 듯이 보이기도 했지만 결국은 실패로 끝나고 말았다.

입교식이 지나고 방학 동안 내가 처음으로 느낀 기이한 공허
감과 고독(이 공허, 이 희박한 공기를 나중에 또 얼마나 맛보게
되었던가!)은 얼른 사라지지 않았다. 고향과의 작별은 이상할
만큼 쉬웠다. 슬프지 않다는 게 사실 부끄러웠다. 누이들은 한없
이 울었지만 나는 그러지 못했다.

나 스스로에게 놀랐다. 나는 언제나 감정이 풍부하고 바탕이
선한 아이였다. 그러나 이제 완전히 변했다. 외부 세계에 무관심
했고, 며칠씩 내 내면에 귀를 기울이며 물결 소리를 듣는 데만
열중했다. 내 안의 지하 세계에서 철썩대는, 금지된 어두운 물결
이었다. 나는 지난 반년 동안 무척 많이 자랐고, 키 크고 마르고
미숙한 상태로 세상을 들여다보았다.

소년다운 사랑스러움은 모두 사라졌다. 이런 나를 사람들이
사랑할 수 없다는 사실을 스스로 느끼고 있었다. 나도 나 자신
을 전혀 사랑하지 않았다. 막스 데미안이 그리울 때가 많았고,
그를 미워할 때도 많았다. 내 삶이 빈곤해진 책임을 그에게로
돌렸다. 불쾌한 병처럼 삶의 빈곤이 내 어깨를 짓눌렀다.

나는 하숙집에서 처음에는 사랑도, 관심도 받지 못했다. 사람
들은 한동안 나를 놀리더니 나중에는 멀리했다. 나를 비열하고
언짢은 괴짜로 여겼다. 나는 그 역할이 마음에 들어 더욱 과장
되게 행동했다. 그리고 고독에 파묻혀 불평을 일삼았다.

그 고독은 언뜻 지극히 남자답게 세상을 경멸하는 듯이 보였

다. 하지만 정작 나는 기진맥진하게 만드는 우울과 절망으로 인한 발작에 남몰래 시달렸다. 학교에서는 예전에 집에서 쌓은 지식을 갉아먹으며 지냈다. 이 학급은 전에 다니던 학급보다 진도가 약간 떨어졌다. 나는 내 또래들을 경멸하며 어린아이를 대하듯 얕잡아 보았다.

한 해가 그렇게 흘러갔다. 첫 방학을 맞아 집으로 돌아왔을 때도 새로운 울림은 없었다. 나는 기꺼이 집을 다시 떠났다.

11월 초순이었다. 나는 날씨가 어떻든 개의치 않고 산책을 하며 생각에 잠기는 버릇이 생겼다. 산책길에서는 일종의 기쁨을 누렸다. 우울, 그리고 세상과 나 자신에 대한 경멸로 가득한 기쁨이었다.

어느 날 저녁, 축축하고 안개가 낀 어스름 속에서 교외를 그렇게 어슬렁거리고 있었다. 시립 공원의 텅 빈 가로수길이 나를 유혹했다. 길에는 낙엽이 두껍게 깔려 있었다. 나는 몽롱한 쾌감을 느끼며 발로 낙엽들을 파헤쳤다. 축축하고 씁쓸한 냄새가 났다. 멀리 있는 나무들이 안개 속에서 유령처럼 커다랗고 흐릿하게 모습을 드러냈다.

나는 가로수길 끝에서 망설이며 발길을 멈추어 섰다. 그러고는 검은 잎을 뚫어지게 바라보며 풍화와 사멸의 축축한 냄새를 탐욕스럽게 들이마셨다. 내 속의 뭔가가 그 냄새에 응답하며 인사를 건넸다. 아, 인생은 얼마나 무미건조한가!

샛길에서 누군가가 깃이 달린 외투를 바람에 휘날리며 이쪽으로 걸어왔다. 가던 길을 계속 가려는데, 갑자기 그가 나를 불렀다.

"이봐, 싱클레어!"

그가 가까이 왔다. 우리 하숙집에서 제일 나이 많은 학생인 알폰스 베크였다. 나는 그가 싫지 않았다. 다른 학생들에게 그러듯이, 그가 나에게도 언제나 야유를 하고 아저씨처럼 군다는 것만 제외하고는 아무런 반감이 없었다. 그는 곰처럼 힘이 세다고들 했다. 우리 하숙집 주인을 손아귀에 쥐고 흔든다는 말도 있었다. 김나지움 학생들 사이에 도는 여러 소문의 주인공이었다.

"여기서 뭐해?"

그는 조금 더 나이 먹은 사람들이 이따금 우리 중 하나와 어울릴 때 흔히 하는 싹싹한 음색으로 크게 말했다.

"흠, 너 시를 짓고 있었지?"

"아니, 그런 적 없어."

나는 무뚝뚝하게 부인했다.

그는 웃음을 터뜨리고는, 내 옆에서 걸으며 수다를 떨었다. 나는 그런 방식이 이미 오래전에 낯설어진 상태였다.

"싱클레어, 내가 이해하지 못할까 봐 걱정하지 마. 분위기 있잖아. 저녁에 이렇게 가을 생각에 잠겨 안개 속을 걸으면 저절로 시를 짓게 되지. 나도 알아. 물론 죽어 가는 자연, 그리고 그 자연과 닮은 잃어버린 청춘에 대해서 말이야. 하인리히 하이네를 봐."

"난 그렇게 감상적이지 않아."

나는 시큰둥하게 반응했다.

"좋아, 그만하자! 하지만 이런 날씨에는 포도주나 그 비슷한 게 있는 조용한 장소를 찾아가는 게 좋지 않아? 같이 갈래? 마침 난 지금 혼자야……. 가기 싫어? 이봐, 네가 모범생이 되고 싶다면 굳이 너를 유혹하진 않겠어."

얼마 뒤에 우리는 교외의 작은 술집에 앉아, 품질이 미심쩍은 포도주를 마시며 두꺼운 유리잔을 부딪쳤다. 처음에는 이 상황이 별로 내키지 않았지만, 그래도 뭔가 새롭기는 했다. 술에 익숙지 않은 나는 곧 말이 많아졌다. 내 안에서 창문이 하나 열리고, 새로운 세계가 들어오는 느낌이었다…….

얼마나 오랫동안, 얼마나 끔찍할 만큼 오랫동안 영혼에서 우러나오는 이야기를 하지 않았던가! 나는 마구 떠들어 대기 시작했고, 그러다가 카인과 아벨 이야기까지 멋지게 늘어놓았다!

베크는 내 말을 즐겁게 들었다……. 드디어 내가 조금이나마 대화를 나눌 수 있는 사람이 생겼다! 그는 내 어깨를 두드리며 굉장한 녀석이라고 했다. 그동안 쌓인, 누군가와 이야기를 나누며 뭔가 전하고 싶었던 욕구를 마음껏 쏟아내고, 상급생에게서 제법 쓸 만하다고 인정을 받자 너무나 기뻐서 가슴이 막 부풀어 올랐다. 그가 나에게 천재적인 놈이라고 말했을 때, 그 말은 달콤하고 강력한 포도주처럼 내 영혼 깊숙이로 퍼졌다. 세상은 새로운 색깔로 불탔고, 수백 개의 샘에서 과감한 생각들이 흘러나왔다.

정신과 불길이 내 안에서 활활 타올랐다. 우리는 선생님과 학생들에 대해 이야기했다. 우리는 말이 잘 통하는 것 같았다. 그리스인들과 이교도에 대해서도 이야기했다. 베크는 나에게 사랑의 모험담을 고백하게 만들려고 애썼다. 나는 그 분야에서는 나눌 이야기가 없었다. 아무것도 경험한 게 없었고, 이야기할 거리도 없었다. 마음속에서 느끼고 꾸며 내고 상상한 것들이 내속에서 타오르고 있었지만, 그런 것들은 술을 먹어도 풀어지지 않아서 말로 할 수가 없었다.

베크는 여자애들에 대해 아는 게 무척 많았다. 나는 그 동화 같은 이야기에 귀를 기울였다. 그러다가 믿을 수 없는 이야기를 들었다. 불가능하다고 여겼던 일들이 명백한 현실이 되었고 지극히 당연하게 보였다.

알폰스 베크는 이제 열여덟 살 정도인데, 벌써 경험이 아주 많았다. 여자아이들이 원하는 거라고는 아첨과 친절뿐인데, 그것도 무척 멋진 일이기는 하지만 그게 진짜는 아니라고 했다. 더 큰 성공은 나이 든 여자들에게서 기대할 수 있다고 말했다. 그런 여자들이 훨씬 쓸모 있다는 거였다. 예를 들어 문방구를 운영하는 약겔트 부인은 말이 잘 통한다나. 그 가게 판매대 뒤에서 벌어지는 온갖 일들은 책에서는 절대로 볼 수 없다고 했다.

나는 이야기에 푹 빠져 멍하니 앉아 있었다. 물론 나는 약겔트 부인을 사랑하지는 못할 터였다. 어쨌든 굉장한 이야기였다. 그곳에는 내가 꿈도 꾸어 본 적 없는 샘물이 흐르는 것만은 분명했다. 적어도 조금 더 나이 든 학생들에게는 흐르는 모양이었다. 뭔가 거짓말 같은 것도 있긴 했다. 또 내가 생각하던 사랑의 맛보다 시시하고 평범하기도 했다. 하지만 그것은 현실이고 생활이고 모험이었다. 그걸 경험한 사람이, 그게 당연해 보이는 사람이 내 옆에 앉아 있었다.

그러다가 우리의 대화는 약간 힘이 빠졌고 뭔가 갈피를 잃어버렸다. 나도 더 이상 천재적인 녀석이 아니었고, 그저 사나이의 말에 귀를 기울이는 소년에 불과했다. 그렇다 해도 몇 달 동안 내가 보낸 생활보다는 이게 더 값지고 천국 같았다.

나는 우리가 술집에 앉아 있는 것이나, 우리가 나누는 이야기가 금지되어 있다는 사실을 서서히 깨닫기 시작했다. 그러나 그 속에서 생명력과 혁명을 맛보았다.

그날 밤이 아주 선명하게 기억난다. 우리가 느지막하게, 서늘하고 축축한 밤에 희미하게 빛나는 가스 가로등을 지나 집으로 돌아갈 때, 나는 난생처음 취해 있었다. 멋진 상태는 아니었고 극도로 고통스러웠다. 그래도 매력이나 달콤함 같은 뭔가가 있었다. 그것은 반란이자 방탕의 축제였고, 삶이며 정신이었다. 베크는 피도 안 마른 풋내기라고 나에게 욕을 퍼부으면서도 의연하게 나를 떠맡았다. 그는 반쯤 업다시피 해서 나를 하숙집으로 데리고 왔고, 열려 있는 복도 창문으로 나를 살짝 밀어넣은 다음 자기도 숨어 들어오는 데 성공했다.

죽은 듯이 깊게 잠깐 잠을 자고 깨어나자, 엄청난 고통이 밀려왔다. 나는 침대에서 일어나 앉았다. 낮에 입었던 셔츠를 여전히 입고 있었다. 바닥에 어지럽게 흩어져 있는 옷과 신발에서는 담배 냄새와 토사물 냄새가 났다. 두통과 메스꺼움과 갈증이 뒤섞인 가운데, 오랫동안 보지 못한 장면이 머릿속에 떠올랐다.

고향과 고향집, 아버지와 어머니, 누이들과 정원, 조용하고 아늑한 내 침실, 학교와 시장 광장, 데미안과 입교식이 보였다. 이 모든 것은 환한 광채에 에워싸여 있었다. 모든 것이 경이롭고 신성하고 순수했다. 이제야 알게 되었지만 모든 것, 이 모든 것은 어제만 해도, 몇 시간 전만 해도 내 것이었고 나를 기다렸다.

그러나 지금은, 지금 이 시간에는 바닥으로 꺼진 채 저주를 받고 있었다. 더는 내 것이 아니었다. 나는 구역질을 하며 나 자신을 바라보았다! 가장 먼 유년기, 가장 빛나던 유년의 정원으로 돌아가 부모님에게 받은 사랑과 애정, 어머니의 입맞춤과 성탄절, 집에서 보낸 경건하고 환한 일요일 아침, 정원의 꽃……

모든 것이 파괴되었다. 나는 이 모든 것을 짓밟았다! 이제 추적자가 와서 나를 묶고는 인간쓰레기에 신전 모독자라며 교수대로 끌고 간다고 해도 나는 아무 말 없이 따라갈 터였다. 그게 정당하고 옳다고 느꼈다.

나의 내면은 이런 모습이었다! 세상을 배회하며 경멸하던 나! 정신적 자부심이 강하고 데미안의 생각에 공감하던 나! 나는 그런 모습이었다. 인간쓰레기에 오물이었다. 취하고 더러웠으며, 구역질나고 비열했다. 야비한 충동의 기습을 받은 방종한 괴물이었다! 나는 그런 모습이었다. 모든 것이 순수와 광명과 우아한 애정이던 그 정원에서 온 내가, 바흐의 음악과 아름다운 시를 사랑하던 내가! 나는 구역질과 분노를 느끼며, 여전히 울리는 내 웃음소리를 들었다. 하도 취해서 자제력 없이 헉헉대며 멍청하게 터져 나오는 웃음소리였다. 그게 나였다!

그러나 이 모든 것에도 불구하고, 나는 이 고통을 겪는 데 쾌감을 느꼈다. 나는 너무 오랫동안 눈이 먼 채 둔감하게 숨어 있었고, 내 심장은 너무 오랫동안 침묵하며 황폐해진 채 구석에 앉아 있었다. 그래서 이런 자책과 이런 전율, 영혼의 이 모든 불쾌한 감정조차도 반가웠다. 그래도 감정이 있었다. 불꽃이 타올랐고, 그 속에서 심장이 급격하게 움직였다! 나는 비참한 가운데서 혼란스러워하며, 해방 또는 봄과 비슷한 감정을 느꼈다.

그러는 동안 나는 바깥에서 보기에 무척 심하게 타락의 길을 갔다. 전날과 같은 일은 얼마 지나지 않아 자주 반복되었다. 우리 학교 학생들은 술을 많이 마셨고 행패도 잦았다. 나는 그중 가장 어린 축에 들었다. 오래지 않아 나는 그들이 그냥 끼워 주는 애송이가 아니라 주동자가 되었다. 유명하고 용감한 술집 단골이었다. 나는 또다시 어두운 세계에, 악마에게 소속되었다. 이 세계에서 나는 자못 탁월한 놈이었다.

그러나 마음은 비참했다. 나는 스스로를 파괴하는 방종한 잔치를 벌이며 시간을 죽였다. 친구들에게는 주동자요 대단한 녀석이라고, 엄청나게 단호하고 재미있는 놈이라고 여겨졌지만, 마음속 깊은 곳에서는 불안에 싸인 영혼이 두려움으로 떨고 있었다.

어느 일요일 오전에 술집에서 나오다가, 길에서 즐겁게 놀고 있는 아이들을 보고 눈물이 났던 일을 지금도 기억한다. 그 아이들은 방금 빗질한 머리에 멋진 나들이옷 차림이었다. 나는 싸구려 술집의 지저분한 식탁에 앉아 맥주가 쏟아져 고인 웅덩이 사이에서 냉소 어린 유머로 친구들을 웃기거나 놀라게 만들었다. 그러면서도 마음속에서는 내가 조롱하는 모든 것에 경외심을 느꼈다. 그리고 속으로 울면서 내 영혼과 내 과거와 어머니와 신 앞에 무릎을 꿇고 있었다.

내가 친구들과 한 번도 하나가 되지 못한 것, 그들과 함께 있으면서도 늘 외로웠고 그렇게 고통스러웠던 데는 그럴 만한 이

유가 있었다. 나는 술집의 영웅이고 독설가였다. 엄청나게 거친 사람처럼 굴었다. 교사와 학교와 부모님과 교회에 대한 생각이나 말을 할 때 매우 재치 있고 용감했다. 음담패설도 능숙하게 들었고, 하나쯤 직접 하기도 했다.

그러나 내 패거리가 여자들에게 갈 때는 한 번도 같이 가지 않았다. 말로는 뻔뻔하기 그지없는 향락자였지만 실제로는 몹시 외로웠다. 사랑을 향한 불타는 그리움으로, 절망적인 그리움으로 가득 차 있었다. 나만큼 상처받기 쉽고 부끄러움을 잘 타는 사람은 아무도 없었다.

이따금 매력적이고 깨끗하며, 밝고 우아한 양갓집 아가씨들이 내 앞에서 걸어가는 모습을 볼 때가 있었다. 그들은 나에게 경이롭고 순수한 꿈이었다. 나하고 어울리기에는 매우 선하고 순결했다. 나는 한동안 약겔트 부인의 문방구에도 가지 못했다. 그녀를 보면 알폰스 베크가 했던 말이 떠올라서 얼굴이 붉어졌기 때문이다.

새로운 친구들 사이에서도 계속 외로웠다. 그들과 다르다는 사실을 알면 알수록 그들로부터 헤어나기가 어려웠다. 그때 술을 마시고 허풍을 떨면서 진짜로 즐거운 적이 있기나 했는지……. 사실은 잘 모르겠다. 술에도 익숙해지지 못해서 매번 끔찍한 숙취에 시달려야 했다.

모든 것이 강박 같았다. 내가 하는 행동은 어쩔 수 없는 것이었다. 그것 말고는 무슨 일을 해야 할지 몰랐기 때문이다. 혼자 오래 있는 게 두려웠다. 언제나 거기로 내 마음이 기울어져 있다고 느끼는, 민감하고 부끄러운 내면의 변화가 두려웠다. 너무나 자주 나를 덮치는 부드러운 사랑에 대한 생각이 두려웠다.

내가 가장 그리워한 것……, 그건 친구였다. 가까이 지내고 싶은 친구가 두세 명 있기는 했다. 그러나 그들은 모범생이었고, 내 못된 소행은 이미 오래전에 모두에게 알려져 있었다. 그들은 나를 피했다. 모두가 나를 발밑의 땅이 흔들리는, 가망 없는 건달로 간주했다.

선생님들도 나에 대해 많이 알고 있었다. 나는 여러 번 징계를 받았다. 모두들 내가 결국은 퇴학당하리라고 예상했다. 나 스스로도 그러리라고 생각했다. 나는 이미 오래전부터 선량한 학생이 아니었다. 이런 생활이 오래 지속되지 못할 거라고 느끼면서 억지로 나를 속이며 근근이 살아갔다.

신이 우리를 고독하게 만들고, 우리를 우리 스스로에게로 인도하는 길은 여럿이다. 그때 신은 이 길을 나와 함께 걸었다. 그것은 마치 악몽과도 같았다. 더러움과 끈적함, 깨진 맥주잔, 독설이 대부분인 수다를 떨며 지낸 밤들 너머로 내 모습이 보인다. 추하고 더러운 길을 고통스러워하면서도 쉬지 않고 기어가는, 저주받은 몽상가의 모습이다. 공주님에게 가는 길인데, 오물웅덩이와 악취와 배설물로 가득한 뒷골목에 처박히는 그런 꿈들이었다.

내 상황이 그랬다. 세련되지 못한 방식으로 고독해지고, 나와 유년기 사이에 차갑게 웃음 짓는 파수꾼이 지키는 낙원의 문을 세우는 게 내 운명이었다. 그것은 나 자신을 향한 향수의 시작이자 깨달음이었다.

하숙집 주인의 편지에 놀란 아버지가 성 ○○으로 찾아왔다. 불현듯 내 앞에 처음 나타났을 때만 해도 나는 무척 놀라고 떨었다.

그해 겨울에 아버지가 두 번째로 찾아왔을 때는 이미 냉담하고 무관심해져서, 아버지가 야단을 치고 애원을 하고 어머니를 상기시켜도 아랑곳하지 않았다. 아버지는 무척 화가 나서, 달라지지 않으면 모욕적이고 치욕스럽게도 학교에서 끌어내어 소년원에 집어넣겠다고 협박했다. 그러거나 말거나!

하지만 아버지가 떠나자 마음이 아팠다. 결국 아버지는 아무 성과를 거두지 못했고, 더 이상 나를 찾아오지 않았다. 나는 아버지가 그런 일을 당해도 싸다고 잠깐 생각했다.

나는 내가 어떻게 되든 관심이 없었다. 술집에 앉아 으스대면서, 그다지 아름답지 못한 방식으로 세상과 싸우는 중이었다. 이것이 내가 저항하는 방식이었다. 그러면서 스스로를 망쳤다. 그때는 이렇게 생각했다. 세상이 나 같은 사람을 필요로 하지 않는다면, 더 나은 자리나 더 높은 과제를 주지 않는다면, 나 같은 사람들은 어쩔 수 없이 망가지는 거라고. 세상이 손해를 보는 거라고.

그해 성탄절 방학은 상당히 불쾌했다. 어머니는 나를 보고 깜짝 놀랐다. 나는 키가 훌쩍 자랐고, 비쩍 마른 얼굴은 아예 잿빛이었다. 한없이 황폐해 보였다. 얼굴의 윤곽은 축 늘어지고 눈언저리에는 염증마저 있었다. 막 돋기 시작한 수염과 얼마 전부터 쓴 안경은 가족들에게 나를 더욱 낯설어 보이게 했다. 누이들은 뒤로 물러나 킥킥거렸다. 이 모든 일이 달갑지 않았다. 서재에서 아버지와 나눈 대화도 불쾌하고 씁쓸했고, 몇몇 친척과 나눈 인사도 반갑지 않았다.

성탄 전야는 특히 더 씁쓸했다. 성탄 전야는 우리 집에서 가장 성대한 축제가 열리는 날이었다. 축제 분위기에 휩싸인 채 사랑과 감사, 부모님과 나 사이의 유대가 새로워져야 마땅한 저녁이었다. 그러나 이번에는 모든 것이 우울하고 당황스러웠다. 아버지는 여느 때처럼 들판의 목동들에 대한 복음서를 읽었다.

그들은 모두 그곳에서 양 떼를 지켰다.

누이들은 선물이 놓인 탁자 앞에 여느 때와 마찬가지로 환하게 웃으며 서 있었다. 그러나 아버지의 목소리는 즐겁게 울리지 않았고, 얼굴은 늙고 옹색하게 보였다. 어머니는 슬픔에 잠겨 있었다. 선물과 덕담, 복음서, 크리스마스트리, 내게는 이 모든 것이 고통스럽고 불편했다. 생강빵에서는 달콤한 냄새가 풍겼고, 그보다 더 달콤한 추억의 짙은 구름이 몰려나왔다. 전나무 크리스마스트리는 향기를 내뿜으며, 이제 더는 존재하지 않는 것들에 대해 이야기했다. 나는 그 저녁과 휴일들이 어서 지나가기를 바랐다.

겨우내 그렇게 지냈다. 그 얼마 전에 나는 학교 운영위원회로부터 강력한 경고를 받고 퇴학당하기 직전이었다. 퇴학까지 오래 걸리지 않을 터였다. 그러거나 말거나!

무엇보다 나는 막스 데미안에게 유감이 많았다. 그동안 한 번도 만나지 못했다. 입학하고 얼마 지나지 않아 성 ○○에서 그에게 편지를 두 번 썼지만 답장이 한 번도 오지 않았다. 그래서 방학 때도 그를 찾아가지 않았다.

봄이 시작될 무렵, 내가 지난가을에 알폰스 베크를 만났던 그 공원에서 있었던 일이다. 가시나무 울타리가 막 초록빛을 띠기 시작할 때였다. 어떤 소녀가 눈에 띄었다. 나는 언짢은 생각과 근심에 싸여 혼자 산책을 하던 중이었다. 건강이 나빠진 데다 돈에도 쪼들렸기 때문이다. 친구들에게 빚을 지고 있었고, 집에서 돈을 얼마간 받으려면 지출 이유를 꾸며내야 했다.

여러 가게에 담배를 비롯한 물건 값 외상도 불어나 있었다. 그렇다고 아주 심각하게 걱정하고 있던 것은 아니었다. 머지않아 이곳 생활이 끝날 테니까. 그 후 내가 물에 빠지거나 소년원에 보내지면, 이런 소소한 일 따위는 문제가 되지 않을 터였다. 그러나 그때는 이 달갑지 않은 일들과 계속 맞닥뜨리며 살았기에 고통을 겪지 않을 수 없었다.

그 봄날 공원에서 내 관심을 무척 끄는 아가씨를 만났다. 키가 크고 날씬했으며, 우아한 옷차림에 영리한 소년 같은 얼굴이었다. 첫눈에 마음에 들었다. 그녀는 내가 좋아하는 유형이었고, 내 상상력을 쏟아 붓게 만들었다. 나보다 나이가 그다지 많아 보이지 않았지만, 훨씬 성숙하고 우아하며 윤곽이 뚜렷했다. 거의 숙녀였다. 내가 좋아하는 오만과 중성적인 매력이 얼굴에 깃들여 있었다.

나는 마음에 드는 여자에게 접근하는 데 성공한 적이 한 번도 없었다. 이번에도 마찬가지였다. 그러나 이때의 인상은 그 어느 때보다 깊었다. 이번에 내가 빠진 사랑은 평생토록 강력한 영향을 끼쳤다.

고귀하고 존경스런 어떤 상(像)이 내 앞에 서 있었다……. 아, 내 안의 그 어떤 욕구나 갈망도 경외와 숭배에 대한 소망만큼 크고 격렬하지 않았다! 나는 그녀에게 베아트리체라는 이름을 붙였다. 단테의 작품을 읽은 적은 없지만, 언젠가 본 영국 그림을 통해서 베아트리체를 알고 있었다. 나는 그때 그 그림의 복제품을 가지고 있었다. 그림 속 소녀는 영국의 라파엘 이전의 화풍으로 그려졌는데, 팔다리가 매우 길고 날씬했다. 얼굴은 갸름하고 길었으며, 손과 얼굴 표정은 이지적이었다.

내가 좋아하는 아름다운 아가씨도 그림 속 소녀처럼 날씬하고 중성적이었다. 약간 이지적인 얼굴에 고귀한 영혼이 깃들어 있는 듯했다. 그러나 그 소녀와 똑같지는 않았다.

나는 베아트리체와 단 한마디도 주고받지 않았다. 그러나 그녀는 그때 나에게 엄청난 영향력을 끼쳤다. 그녀는 자신의 상(像)을 내 앞에 세우고 나에게 성소를 열어 주었다. 바야흐로 나를 신전에서 기도하는 사람으로 만들었다. 나는 바로 술집에 발길을 끊었다. 밤에 돌아다니는 일도 하지 않았다. 홀로 지내는 시간이 많아졌다. 나는 다시 책을 즐겨 읽었고, 산책을 자주 했다.

갑작스러운 교화는 심한 조롱을 불러일으켰다. 그러나 나는 이제 사랑하고 숭배할 대상이 있었다. 이상이 다시 생겼다. 인생은 다시 비밀스러운 예감과 찬란한 여명으로 가득했다……. 그것이 숱한 조롱에도 나를 무관심하게 만들었다. 비록 숭배하는 상(像)의 노예이자 하인에 불과하다고 해도, 나는 다시 나 자신에게 돌아왔던 것이다.

그 시절을 회상하면 언제나 감동이 밀려온다. 나는 부서진 삶의 한 시기, 그 폐허에서 '밝은 세계'를 지으려 다시 열렬하게 노력했다. 내 안에 있는 어둡고 사악한 것들을 떼어 내고, 신들 앞에 무릎을 꿇고 완전히 빛 속에 머물려는 욕구 속에서 살았다.

어쨌든 지금의 이 '밝은 세계'는 나 스스로가 창조한 것이었다. 어머니에게로, 책임을 지지 않아도 되는 포근함 속으로 도망치고 숨어드는 게 아니었다. 그것은 나 자신이 창조하고 요구한, 책임감과 규율이 있는 새로운 예배였다.

내가 괴로워하며 언제나 도망치려고 하던 성 문제는 이제 이 성스러운 불 앞에서 정신과 기도로 승화되어야 했다. 이제 어두운 것, 추악한 것이 더는 있어서는 안 되었다. 뒤척이는 밤, 음탕한 상상 때문에 고동치는 심장, 금지된 문 앞에서 엿듣는 일, 음란함은 깨끗이 사라져야 했다.

나는 이 모든 것 대신 베아트리체의 상(像)이 있는 제단을 세웠다. 그녀에게 나를 바침으로써 정신과 신들에게도 나를 바쳤다. 어두운 힘들에게서 빼앗은 삶의 몫을 환한 힘들에게 제물로 드렸다. 내 목표는 쾌락이 아니라 순결이었고, 행운이 아니라 아름다움과 정신세계였다.

베아트리체를 향한 이 예배는 내 삶을 완전히 변화시켰다. 어제까지만 해도 나는 조숙한 냉소자였는데, 이제는 성자(聖者)가 되겠다는 목표를 지닌 신전지기였다. 그동안 파묻혀 지내던 역겨운 생활을 청산하고 모든 것을 변화시키려 노력했다. 모든 것에 순결함과 우아함과 품위를 깃들이려 했다. 먹고 마시는 것, 말과 옷차림에서도 그런 것들을 놓치지 않으려 애썼다.

아침마다 냉수욕을 했는데, 처음에는 무척 힘들었다. 나는 진지하고 품위 있게 행동했다. 몸을 바로 세우고 기품 있게 걸었다. 구경꾼에게는 우습게 보였을지 모른다……. 그러나 나의 내면에서 그것은 충만한 예배였다.

새로운 마음가짐을 표현하려는 노력 가운데서 특히 한 가지가 중요해졌다. 나는 그림을 그리기 시작했다. 나에게 있던 영국의 베아트리체 그림이 내가 본 소녀와 닮지 않았다는 사실에서 시작된 일이었다. 그 소녀를 그려 보고 싶었다. 나는 새로운 즐거움과 희망에 싸여, 얼마 전에 옮긴 내 방에 멋진 도화지와 물감과 붓을 모아들였다. 팔레트와 유리컵, 도자기 접시와 연필을 준비했다. 내가 사 온 작은 튜브에 든 템페라 물감은 나를 황홀감에 빠지게 했다. 광채를 발하는 산화크로뮴(크롬옥시드) 초록색도 있었는데, 작고 하얀 접시에서 반짝이던 모습이 지금도 눈에 선하다.

조심스럽게 그림을 그리기 시작했다. 얼굴은 그리기가 어려워서, 일단 다른 것부터 시도해 보았다. 장식품과 꽃, 소소한 풍경, 즉 예배당 옆에 서 있는 나무 한 그루, 사이프러스 나무들이 있는 로마식 다리를 그렸다. 나는 그림 그리는 데 완전히 빠져들어, 물감 상자를 가진 아이처럼 행복해했다. 그러다가 드디어 베아트리체를 그리기 시작했다.

몇 장은 망쳐서 버렸다. 거리에서 가끔 만난 그 소녀의 얼굴을 떠올리려 하면 할수록 점점 더 어려워졌다. 그러다가 그냥 상상에 따라, 손길이 가는 대로 얼굴을 그리기 시작했다. 그렇게 해서 완성된 그림은 몽환적인 얼굴이었다. 어느 정도는 만족스러웠다.

나는 곧장 다시 시도했다. 새로 그릴 때마다 조금씩 더 명확해졌다. 비록 실물에 가깝지는 않았지만 얼추 비슷한 느낌을 풍기기는 했다.

나는 꿈을 꾸듯이 붓으로 선을 긋고 면을 채워 나갔다. 모델이 없었기 때문에, 장난 같은 더듬거림과 무의식에서 나온 선과 면들이었다. 그러던 어느 날, 드디어 얼굴 하나를 완성했다. 그 얼굴은 예전에 그린 것들보다 더 강렬하게 나에게 말을 걸어 왔다. 내가 본 소녀의 얼굴은 아니었다. 이미 오래전에 그녀의 얼굴을 그릴 수 없다는 걸 알아챘었다. 뭔가 다르고 뭔가 비현실적이었지만, 그렇다고 가치가 덜하지는 않았다.

소녀의 얼굴이라기보다는 소년의 얼굴처럼 보였다. 머리카락은 나의 아름다운 소녀처럼 밝은 금발이 아니라 발그스름한 빛이 감도는 갈색이었다. 턱은 강하고 단단했으며 입술은 꽃잎처럼 붉게 피어나고 있었다. 전체적으로 가면처럼 뻣뻣했지만, 신비스러운 생명력으로 가득했다.

완성된 그림 앞에 앉아 있노라니 기이한 느낌이 들었다. 그 그림은 일종의 신상(神像) 또는 신성한 가면 같았다. 반은 남자고 반은 여자였다. 나이도 없었다. 의지가 엿보이면서도 몽환적이었고, 뻣뻣한 동시에 생동감이 넘쳤다. 이 얼굴은 나에게 뭔가 할 말이 있는 듯했다. 마치 나의 일부인 것 같았다. 심지어 나에게 이런저런 요구를 했다. 누군가와 닮았는데 그게 누구인지 알 수가 없었다.

그때부터 그 초상화는 한동안 나의 생각과 동행하며 나와 삶을 나누었다. 나는 누군가 그 그림을 보고 나를 조롱하지 못하게 서랍에 감추어 두었다. 그러나 혼자 있을 때면 곧장 그림을 꺼내 들여다보았다. 저녁에는 침대 맞은편 벽지에 핀으로 고정하고는 잠이 들 때까지 바라보았다. 아침에 내 눈길이 처음 닿는 곳도 그 그림이었다.

바로 그 무렵, 나는 어릴 때 그랬듯이 다시 꿈을 많이 꾸기 시작했다. 몇 년 동안 꿈을 꾸지 않았던 것 같다. 이제 다시 꿈이 나타났다. 아주 새로운 종류의 장면들이었다. 내가 그린 그림이 꿈에 자주 등장했다. 그림은 살아서 이야기를 건넸다. 어떤 때는 친절했고 어떤 때는 적대적이었다. 인상을 찌푸릴 때도 있었고, 한없이 아름답고 조화롭고 고귀할 때도 있었다.

어느 날 아침, 나는 그런 꿈을 꾸다가 깨어났다. 그리고 문득 어떤 사실을 알아차렸다. 그 그림은 놀라울 만큼 친밀하게 나를 바라보았다. 내 이름을 부르는 것 같았고, 어머니처럼 나를 잘 아는 듯했다. 아주 오래전부터 나를 향해 있는 것 같았다. 나는 두근거리는 마음으로 그림을 뚫어지게 보았다. 숱이 많은 갈색 머리카락, 반쯤은 여성적인 입, 유난히 밝고(그곳은 저절로 그렇게 건조해졌다.) 강렬한 이마를 바라보았다. 그러다가 인식과 재발견, 깨달음을 점차 뚜렷하게 느꼈다.

나는 침대에서 벌떡 일어나 그 얼굴 앞으로 다가섰다. 멍하니 크게 뜬 초록색 눈을 아주 가까이에서 바라보았다. 오른쪽 눈이 왼쪽보다 약간 높이 있었다. 그때 그 오른쪽 눈이 갑자기 찡긋 했다. 가볍고 섬세하게, 그러나 또렷하게 찡긋거렸다. 그 찡긋거림을 보고서 나는 그림을 알아보았다…….

어쩌면 이렇게 늦게야 알아차렸을까! 그것은 데미안의 얼굴이었다.

훗날 나는 내가 기억하고 있는 데미안의 실제 생김새와 그 그림을 자주 비교해 보았다. 둘은 비슷하기는 했지만 똑같지는 않았다. 그래도 그 그림은 데미안이었다.

어느 초여름 저녁, 서쪽으로 나 있는 내 방 창문으로 붉은 햇살이 비스듬하게 비쳐 들어왔다. 방이 어스름해졌다. 그때 베아트리체 또는 데미안의 초상화를 십자 모양으로 교차하는 창틀에 핀으로 고정해 두었다. 석양이 그림을 비추면 어떨지 보고 싶어서였다.

얼굴 윤곽은 흐릿해졌지만, 언저리가 붉은 눈과 밝은 이마와 새빨간 입이 도화지 위에서 진하고 강렬하게 빛났다. 나는 빛이 사라진 뒤에도 오랫동안 그림 맞은편에 앉아 있었다. 그것이 베아트리체나 데미안이 아니라……, 나 자신이라는 느낌이 서서히 들었다. 그림은 나를 닮지 않았고, 그럴 수도 없다고 느꼈다……. 그러나 그것은 내 삶을 결정하는 것이었고, 나의 내면이었으며, 내 운명 또는 내 수호신이었다. 내가 다시 친구를 한 명 찾는다면 이런 모습일 터였다. 나에게 언젠가 연인이 생긴다면 그녀가 바로 이런 모습일 터였다. 내 삶과 죽음이 이런 모습일 터였다. 그것은 내 운명의 울림이며 리듬이었다.

그 몇 주 동안 나는 아주 깊은 인상을 준 책을 한 권 읽기 시작했다. 나중에도 그런 인상을 준 책은 지극히 드물었다. 니체를 제외하고는. 그것은 노발리스(1772~1801, 독일의 시인이자 소설가)가 지은 책으로, 편지와 격언이 쓰여 있었다. 이해하지 못하는 부분이 많았는데도 그 책은 강렬한 힘으로 나를 끌어당겼다. 격언 가운데 하나가 눈에 띄어, 초상화 아래에 펜으로 적었다.

운명과 마음은 하나의 개념에 붙은 두 개의 이름이다.

나는 그때 그 말을 이해했다.

베아트리체라고 이름 붙인 소녀와는 자주 마주쳤지만, 더 이상 마음의 동요를 느끼지는 않았다. 그러나 부드러운 조화와 풍부한 감정은 늘 느꼈다. 너는 나와 연결되어 있어. 너 자체가 아니고 네 이미지만 그래. 너는 내 운명의 일부분이야.

막스 데미안을 향한 내 그리움은 다시 강렬해졌다. 그에 관한 소식을 듣지 못했다. 몇 년째 아무것도 몰랐다. 방학 때 딱 한 번 마주친 적이 있었다. 이 짤막한 만남을 내 기록에서 빼놓았다는 사실을 이제야 깨달았다. 그리고 수치심과 허영심 때문에 그랬다는 것도 안다. 그걸 만회해야겠다.

그러니까 방학 중 언젠가 있었던 일이다. 한창 술집을 드나들던 시절이라, 나는 창백하고 피곤한 얼굴로 산책용 지팡이를 돌리며 거리를 어슬렁거리고 있었다. 늙고 고루한 속물들의 경멸스러운 얼굴을 보고 있을 때, 맞은편에서 옛 친구가 걸어왔다.

나는 그를 보자마자 소스라치게 놀랐다. 프란츠 크로머가 번개처럼 떠올랐다. 데미안이 그 일을 까맣게 잊었다면 좋을 텐데! 그에게 이런 부채감을 가지고 있다는 사실이 매우 불편했다. 사실 그건 어리석은 어렸을 적 사건이었지만, 어쨌든 부채감은 부채감이었다…….

데미안은 내가 먼저 인사를 건네는지 아닌지 기다리는 듯했다. 내가 최대한 느긋하게 인사를 하자, 그가 내게 악수를 청했다. 그의 악수는 여전했다! 따뜻하면서도 단호하고, 냉철하고도 남성적이었다!

그가 내 얼굴을 세심하게 살피면서 말했다.

"싱클레어, 너 그새 키가 많이 컸구나."

그는 조금도 달라지지 않은 것 같았다. 늘 그렇듯이, 똑같이 나이 들고 똑같이 어려 보였다.

그는 나와 나란히 걸었다. 우리는 함께 산책을 하며 온갖 사소한 일들을 이야기했지만, 예전 이야기는 꺼내지 않았다. 문득 그에게 여러 번 편지를 썼는데, 답장을 받지 못했다는 생각이 났다. 아, 그가 그것도 잊어버렸다면 좋을 텐데. 그 바보 같은, 바보 같은 편지들을! 그는 그 편지들에 대해 아무 말도 하지 않았다!

당시는 베아트리체도, 초상화도 아직 없었다. 내가 방종한 시기의 한가운데에 있을 때였다.

교외에 이르자, 나는 그에게 술집에 가자고 했다. 그가 따라왔다. 나는 허세를 부리며 포도주 한 병을 주문했다. 그런 다음 술을 따르고 그와 건배를 하고는, 술집에 자주 드나드는 학생처럼 행동하며 첫 잔을 단숨에 비웠다.

"술집에 자주 와?"

"아, 그렇지 뭐."

나는 느긋하게 대답했다.

"달리 뭘 하겠어? 이게 제일 재미있는 일이잖아."

"그렇게 생각해? 그래, 그럴 수도 있지. 멋진 면도 있기는 해……. 무아지경, 바커스(술의 신)적인 것! 하지만 내 생각에, 술집에 오래 앉아 있는 사람들은 오히려 그런 것을 완전히 잃어버린 것 같아. 술집에 드나드는 건 속물 같은 짓이라고 생각해. 그래, 하룻밤쯤 불타는 횃불을 켜 놓고 멋진 도취와 황홀경에 빠지는 건 좋아! 하지만 늘 이렇게 술을 마시는 건 좋은 일이 아닐 거야. 저녁마다 술집에 앉아 있는 파우스트를 상상할 수 있어?"

나는 술을 마시며 적의에 찬 눈길로 그를 바라보았다.

"그래, 그런데 누구나 파우스트는 아니니까."

나는 짤막하게 말했다.

그는 약간 의아한 표정으로 나를 바라보았다. 그러더니 예전처럼 우월감이 가득한 웃음을 터뜨렸다.

"흠, 이런 일로 싸울 것까진 없잖아. 어쨌든 술꾼이나 무뢰한의 삶은 일반 시민의 삶보다 아마 더 활기차겠지. 그리고 언젠가 읽었는데……, 무뢰한의 삶은 신비주의자를 위한 최고의 준비라더군. 성 아우구스티누스처럼 예언자가 되는 사람은 언제나 존재하잖아. 그 사람도 전에는 향락주의자에 방탕아였지."

나는 찜찜한 기분이 들었고, 그에게서 훈계를 받는 것이 싫었다. 그래서 냉담하게 말했다.

"그래, 각자 취향대로 사는 거지! 솔직히 말해서 난 예언자나 그 비슷한 게 될 생각은 전혀 없어!"

데미안은 눈을 약간 가늘게 뜨고, 알았다는 듯이 나를 노려보았다.

"이것 봐, 싱클레어."

그가 천천히 말했다.

"너에게 불쾌한 말을 할 의도는 조금도 없었어. 그건 그렇고, 네가 왜 지금 술을 마시는지는 우리 둘 다 몰라. 하지만 네 안에 있는 것, 네 인생을 결정하는 것은 그 이유를 알고 있지. 우리 안의 모든 것을 알고 모든 것을 원하며, 우리 자신보다 모든 것을 더 잘하는 어떤 이가 있다는 사실을 아는 건 좋은 일이야……. 그런데 미안하지만, 난 이제 집에 가 봐야겠다."

우리는 짤막하게 작별 인사를 했다. 나는 기분이 무척 상한 채 그대로 앉아 술병을 다 비웠다. 술집에서 나오려고 할 때, 데미안이 이미 술값을 치렀다는 사실을 알았다. 그것 때문에 기분이 더 나빠졌다.

내 생각은 이 작은 사건에 다시 매달렸다. 온통 데미안 생각뿐이었다. 그가 교외 술집에서 한 말들이 내 기억 속에서 이상하리만치 생생하게 다시 떠올랐다.

"우리 안의 모든 것을 알고 모든 것을 원하며, 우리 자신보다 모든 것을 더 잘하는 어떤 이가 있다는 사실을 아는 건 좋은 일이야!"

창문에 걸려 있는, 빛이 모두 사라진 그림을 바라보았다. 그러나 눈은 여전히 작렬하는 듯했다. 데미안의 눈길이었다. 또는 내 안에 있는, 모든 것을 아는 그 사람이었다.

데미안을 얼마나 그리워했던가! 그에 대해 아무것도 알지 못했다. 그는 연락이 닿을 수 없는 사람이었다. 내가 아는 거라고는 그가 어디선가 대학을 다니고 있으리라는 것, 그가 김나지움을 마치자마자 어머니와 함께 다른 도시로 떠났다는 사실뿐이었다.

나는 프란츠 크로머와의 사건까지 거슬러 올라가, 막스 데미안과 관련된 모든 기억을 들추었다. 그가 나에게 한 말들이 하나하나 떠올랐다. 얼마나 많은 것이 다시 울려 왔던가. 모든 것이 여전히 의미를 지녔고, 현실적이었으며, 나에게 중요했다!

정말이지 달갑지 않았던 마지막 만남에서 그가 무뢰한과 성인에 대해 한 말도 내 영혼 앞에 환하게 나타났다. 나도 똑같은 일을 겪지 않았던가? 나는 취기와 더러움, 마비와 상실 속에서 살지 않았던가? 새로운 생의 추진력, 순수를 향한 욕구와 성스러운 것에 대한 그리움이 내 안에서 살아나기 전까지는.

나는 그렇게 계속 기억을 따라갔다. 이미 오래전에 밤이 되었다. 바깥에서 비가 내리고 있었다. 내 기억 속에서도 비 내리는 소리가 들렸다. 그가 예전에 밤나무 아래서 프란츠 크로머에 대해 캐묻고, 내 첫 비밀들을 알아맞히던 때의 일이었다. 하나씩 차례로 기억이 났다. 등하굣길의 대화, 입교식 수업 시간. 끝으로 막스 데미안과의 마지막 만남이 떠올랐다. 무슨 이야기를 했던가? 금방 기억나지는 않았지만, 나는 시간을 두고 오래오래 추억했다.

다시 생각이 났다. 그 일도 떠올랐다. 데미안과 나는 우리 집 앞에 서 있었다. 데미안이 카인에 대한 자기 생각을 내게 말한 뒤였다. 그때 그는 우리 집 대문 위에 있는, 이제는 흐릿해진 문장에 관해 이야기했다. 아래에서 위로 갈수록 넓어지는 이맛돌에 있는 문장이었다. 그는 그것에 관심이 있다고, 그런 일에 주의를 기울여야 한다고 말했다.

그날 밤 나는 데미안과 그 문장 꿈을 꾸었다. 데미안이 손에 들고 있는 그 문장은 계속 모습이 바뀌었다. 어떤 때는 작고 잿빛이었지만, 어떤 때는 엄청나게 커지면서 여러 가지 색을 띠었다. 그러나 데미안은 문장이 언제나 똑같다고 말했다. 그러다가 마지막에는 나에게 문장을 먹으라고 강요했다. 그것을 삼켰을 때, 문장의 새가 내 속에서 살아나서 나를 꽉 채우고, 안에서부터 나를 파먹기 시작하는 것을 느꼈다. 죽음의 공포에 싸여 후다닥 잠에서 깨었다.

정신이 번쩍 들었다. 한밤중이었다. 방에 비가 들이치는 소리가 들렸다. 창문을 닫으려고 자리에서 일어났다. 그러다가 바닥에 놓여 있던, 뭔가 환한 것을 밟았다. 아침에 보니, 내가 그린 그림이었다. 그림은 축축하게 젖어서 뭉쳐진 채 바닥에 놓여 있었다. 나는 그림을 말리려고 흡수지를 앞뒤로 댄 뒤 두꺼운 책 속에 끼워 두었다. 다음 날 다시 보니 바짝 말라 있었다. 그러나 그림은 변했다. 붉은색 입술은 빛이 바랬고 약간 가늘어졌다. 이제 완전히 데미안의 입이었다.

나는 새 도화지에 문장의 새를 그리기 시작했다. 새가 어떤 모습이었는지 또렷하게 기억나지는 않았다. 실제로 가까운 곳에서 보아도 명확하게 보이지 않는 부분들이 있었다. 그 문장은 오래된 데다, 덧칠을 몇 번 했기 때문이다. 새는 서 있었던 것 같기도 하고, 꽃이나 바구니 또는 둥지로 보이는 뭔가에 앉아 있었던 것 같기도 하다. 나는 거기에는 신경 쓰지 않고 또렷하게 생각나는 것부터 그리기 시작했다. 먼저 강렬한 색채로 시작을 했는데, 어느 순간 내 도화지 위의 새 머리는 황금색을 띠고 있었다. 그때그때 기분에 따라 진도를 나갔고, 며칠 뒤에는 그림을 완성했다.

날카롭고 용감한 새매 머리가 있는 맹금이 되었다. 새의 몸 절반은 거대한 알처럼 보이는 어두운 지구에 박혀 있었고, 새는 거기서 벗어나려고 애를 썼다. 배경은 푸른 하늘이었다. 오래 보면 볼수록 그림은 점점 더 내가 꿈에서 보았던 문장처럼 보였다.

데미안에게 편지를 쓰는 일은 불가능했다. 설령 어디로 보내야 하는지 알고 있었다고 해도 마찬가지였다. 그러나 그 당시 나는 몽환적인 예감으로 모든 일을 처리하고 있었고, 배달되든 되지 않든 그에게 새매 그림을 보내기로 마음먹었다. 그림에 아무것도 쓰지 않았다. 내 이름조차 안 썼다. 가장자리를 조심스럽게 자르고, 큰 종이봉투를 사서 내 친구의 예전 주소를 적어 보냈다.

시험이 가까워졌다. 이번에는 다른 때보다 더 많이 공부해야 했다. 선생님들은 무례한 품행을 갑자기 바꾼 나를 다시 너그럽게 받아들였다. 그렇다고 내가 훌륭한 학생이 된 것은 아니지만, 이제는 그 누구도 내가 반년 전에 하마터면 징계로 퇴학을 당할 뻔했다는 일을 떠올리지는 않았다.

아버지는 비난이나 위협을 하지 않고, 다시 예전과 같은 어투로 편지를 보냈다. 나는 누구에게든 내 변화에 대해 설명하고 싶은 마음이 없었다. 이 변화가 부모님과 선생님의 소망과 일치한 것은 우연이었다. 변화에도 불구하고 나는 다른 사람들과 섞이지 못했다. 아무와도 가까워지지 않았으며, 더욱 고독해졌다.

변화는 어딘가를, 데미안을, 먼 운명을 목표로 하고 있었다. 나 스스로도 몰랐다. 그 한가운데에 서 있었으니까. 베아트리체로 시작된 일이었다. 그러나 얼마 전부터 나는 그림을 그린 도화지들, 그리고 데미안을 향한 생각에 파묻혀 살았다. 그래서 베아트리체도 머릿속에서 깨끗이 사라졌다. 내 꿈과 기대와 내면의 변화에 대해 누구에게도 말할 수 없었다. 설령 내가 원했더라도 하지 못했을 것이다.

하지만 내가 어떻게 원할 수 있었으랴?

제 5 장

새는 알에서 나오려고 힘겹게 싸운다

내가 그린 꿈의 새는 내 친구를 찾아 길을 떠났다. 그런데 너무나 기이한 방법으로 답장이 왔다.

어느 날, 학교에서 쉬는 시간이 막 끝났을 때였다. 나는 책갈피에 끼워져 있는 쪽지를 발견했다. 그것은 우리 반 학생들이 수업 시간에 선생님 몰래 주고받는 쪽지와 똑같은 모양으로 접혀 있었다. 나는 평소에 반 친구들과 이런 쪽지를 주고받지 않았기 때문에, 누가 이런 일을 했는지 의아하게 생각했다. 같이 장난을 치자는 요구쯤으로 여기고는, 어차피 낄 마음이 없었기에 읽지도 않은 채 책 앞쪽에 꽂아 두었다. 그런데 수업 중에 우연히 그 쪽지가 다시 손에 잡혔다.

나는 쪽지를 만지작거리다가, 아무 생각 없이 펼치고는 거기에 쓰여 있는 몇 마디를 훑어보았다. 그러다가 어떤 말에 눈길이 멈추었다. 그 순간 하도 놀라서, 엄청난 추위를 만난 듯 내 심장이 운명 앞에 쪼그라들었다.

새는 알에서 나오려고 힘겹게 싸운다. 알은 세계다. 태어나기를 원하는 자는 하나의 세계를 깨뜨려야 한다. 새는 신을 향해 날아간다. 그 신의 이름은 아프락사스다.

그 글을 여러 번 읽은 뒤, 나는 깊은 생각에 잠겼다. 이것은 데미안이 보낸 쪽지였다. 그와 나 말고는 새에 대해 아무도 알지 못했다. 그는 내 그림을 받은 것이다. 그는 이해했고, 내가 해석할 수 있게 돕고 있었다. 그러나 이 모든 것이 무슨 연관이 있을까? 무엇보다 나를 괴롭힌 것은 아프락사스가 무엇인가, 하는 점이었다. 들어 본 적도, 읽어 본 적도 없는 말이었다.

"그 신의 이름은 아프락사스다!"

아프락사스에 매여 있는 동안 수업은 끝이 났다. 곧 오전의 마지막 수업이 시작되었다. 대학을 갓 졸업한 선생님이 담당하는 시간이었다. 나이가 젊기도 하지만, 우리 앞에서 거짓 위엄을 내세우지 않는다는 점이 마음에 드는 선생님이었다.

우리는 폴렌 선생님의 지도 아래 헤로도토스의 저서를 읽고 있었다. 이 강독은 내 관심을 끄는 몇 안 되는 과목 가운데 하나였다. 그런데 이번에는 정신이 딴 데 팔려 있었다. 나는 기계적으로 책을 펼치고는 줄곧 딴생각에 빠져 있었다.

참, 데미안이 예전에 종교 수업 시간에 했던 말이 얼마나 옳은지 나는 여러 번 경험했다. 강렬하게 원하는 것, 그것은 실제로 이루어졌다. 수업 시간에 내가 딴생각에 깊이 빠져 있으면, 선생님은 나를 정말로 방해하지 않았다. 그런데 산만하게 굴거나 졸고 있을 때면 어김없이 옆에 와 있었다. 나도 이미 겪은 일이었다. 하지만 진짜로 생각에 열중할 때는 안전했다. 뚫어지게 바라보는 실험은 이미 해 보았고 내세울 만한 성과도 거두었다. 데미안과 함께 있던 시절에는 성공하지 못했지만, 나중에는 눈길과 생각으로 아주 많은 일을 할 수 있다는 사실을 자주 느꼈다.

그때도 나는 헤로도토스와 교실로부터 멀리 떨어진 채 우두커니 앉아 있었다. 그런데 한순간, 선생님 목소리가 번개처럼 내 의식 속으로 들어왔다. 나는 깜짝 놀라 정신을 차렸다. 선생님 목소리가 또렷하게 들렸다. 바로 내 옆에 서 있었다. 내 이름을 불렀다고 생각했지만, 선생님은 나를 바라보지 않았다. 나는 안도의 숨을 내쉬었다.

선생님의 목소리가 다시 들렸다. 분명히 '아프락사스'라고 말했다. 앞부분은 이미 놓쳤다.

폴렌 선생님은 설명을 이어 갔다.

"그 소수 종파의 견해와 고대의 신비주의적인 단체를 이성적인 관점으로 단순하게 상상해서는 안 됩니다. 고대에는 우리가 말하는 의미의 학문이 없었습니다. 그 대신 철학적·신비주의적 진리를 향한 탐구가 고도로 발달해 있었지요. 바로 거기에서 주술과 유희가 나왔는데, 이게 사기와 범죄로 이어지는 경우도 잦았던 듯합니다. 그러나 이 주술에도 고결한 유래와 심오한 사상이 있었습니다. 앞에서 내가 예로 든 아프락사스 교리도 마찬가지입니다. 사람들은 이 이름이 그리스 주문과 연관이 있다고 생각하고, 오늘날에도 야만족이 섬기고 있는 주술적인 악마 정도로 간주합니다. 하지만 아프락사스에는 훨씬 많은 의미가 들어 있습니다. 신적인 것과 악마적인 것을 결합하는 상징적 임무를 지닌 신 정도로 생각할 수 있을 겁니다."

학식이 풍부한 선생님은 예리하면서도 열정적으로 설명을 이어 갔다. 관심을 보이는 학생은 아무도 없었다. 그 이름이 더는 나오지 않자, 내 관심도 금방 수그러들었다.

"신적인 것과 악마적인 것을 결합한다."는 말의 여운이 내 안에서 울렸다. 이 말 끝에서 생각이 이어졌다. 우리 우정의 마지막 시기에 데미안과 나누었던 대화 덕분에 매우 익숙한 말이었다. 그때 데미안은 우리가 숭배하는 신을 하나 가지고 있긴 하지만, 그 신은 임의로 나눈 절반의 세계(공식적이고 허용된 '환한' 세계였다.)만 나타낼 뿐이라고 했다. 그러나 우리는 세계 전체를 숭배할 수 있어야 한다고, 다시 말해 악마이기도 한 신을 하나 소유하든가, 아니면 신을 향한 예배와 더불어 악마를 향한 예배도 지내야 한다고 말했다……. 그러니까 아프락사스는 신인 동시에 악마였다.

나는 한동안 열성적으로 아프락사스의 흔적을 찾았지만 큰 성과는 얻지 못했다. 아프락사스를 찾아 도서관을 샅샅이 뒤졌는데 아무런 소용이 없었다. 손에 쥔 돌에 들어 있는 진리나 찾는, 그런 직접적이고 의식적인 탐구 방식은 나와 맞지 않았다.

내가 깊이 몰두했던 베아트리체의 형상은 이제 서서히 가라앉았다. 아니, 내게서 차츰 떠나갔다. 점차 지평선에 가까워지다가 아예 그림자 같아졌다. 멀고 멀어져 빛이 바랬다. 그 형상은 내 영혼을 더 이상 충족시키지 못했다.

나 자신 속에 가두어 놓은 삶, 내가 몽유병자처럼 떠돌던 그 삶에 새로운 형상이 만들어지기 시작했다. 삶을 향한 그리움이 내 안에서 꽃을 피웠다. 아니, 그보다는 사랑을 향한 그리움, 그리고 한동안 베아트리체를 숭배함으로써 해결되었던 성을 향한 욕구가 새로운 형상과 목표를 원하고 있었다. 나는 여전히 그어떤 것도 성취하지 못했다. 그리움을 속인다거나, 내 친구들이 행복을 찾는 그런 여자들에게서 뭔가를 바란다는 것은 그 어느 때보다도 불가능했다.

다시 꿈을 꾸기 시작했는데, 밤보다는 낮에 더 많이 꾸었다.

시도 때도 없이 상상과 영상과 소원들이 마음속에서 솟아올라 나를 바깥 세계와 떼어 놓았다. 그래서 나는 실제보다 내 안의 영상과 꿈과 그림자와 더 활발하게 교류하며 살았다.

특정한 꿈이 반복하여 나타났다. 그러면서 그 환상의 유희 하나가 나에게 중요한 의미를 지니게 되었다. 내 인생에서 가장 중요하고 가장 불길한 꿈은 대략 이랬다.

나는 부모님 댁으로 돌아갔다……. 대문 위에 있는 문장의 새가 파란색 바탕 위에서 노랗게 반짝였다……. 집 안에서 어머니가 나왔다……. 내가 다가가 포옹하려고 하면, 그 사람은 어머니가 아니라 한 번도 본 적 없는 인물로 바뀌었다.

키가 크고 힘이 세었는데, 막스 데미안이거나 내가 그린 그림과 비슷하면서도 달랐다. 힘이 센데도 여성적인 느낌을 물씬 풍겼다. 그 사람이 나를 끌어당겨 전율이 느껴질 만큼 깊은 사랑의 포옹을 했다. 희열과 공포가 뒤섞였다. 그 포옹은 예배인 동시에 범죄였다.

나를 안은 그 사람에게서 어머니에 대한 추억과 내 친구 데미안에 대한 추억이 어른거렸다. 그 사람의 포옹은 경외심을 모두 몰아내고 행복감을 느끼게 했다. 나는 깊은 행복을 느끼며 꿈에서 깰 때도 많았고, 끔찍한 죄를 저지른 것처럼 죽음의 공포와 양심의 가책을 받으며 깰 때도 많았다.

내면 속의 이 형상과 외부에서 접근한 암시는 서서히 무의식적으로 연결되었다. 외부에서 접근한 암시는 찾아야 할 신에 관한 것이었다. 이 연결은 좀 더 긴밀해졌다. 나는 내가 예감의 꿈 속에서 아프락사스를 부르고 있다는 사실을 깨달았다. 희열과 공포, 남자와 여자, 성스러운 것과 혐오스러운 것이 서로 얽히고 섞였다. 가장 여린 순결함에 의해 깊은 죄악이 느껴지는 상태……. 이것이 내 사랑의 꿈이 보여 주는 모습이었고, 아프락사스 또한 이런 모습이었다.

이제 사랑이란 내가 처음에 걱정하며 느꼈던 것처럼 동물적인 어두운 충동이 아니었고, 베아트리체의 초상화에 바쳤던 것처럼 경건한 정신적 경배도 아니었다. 사랑은 그 둘 모두였다. 아니, 그보다 훨씬 많았다. 사랑은 천사의 상(像)인 동시에 악마였고, 남자와 여자가 하나 된 것이었다. 사람과 동물이었고, 최고의 선이자 극단적인 악이었다.

나는 이렇게 살라고 정해졌다고, 이것을 맛보는 일이 내 운명이라고 여겼다. 나는 이런 운명을 동경했고 두려워했다. 그러나 그것은 언제나 존재했고, 언제나 내 위에 있었다.

다음 해 봄에 나는 김나지움을 졸업하고 대학에 가기로 예정되어 있었다. 어디서 어떤 공부를 할지는 아직 정하지 못했다. 입술 위에 콧수염이 조금 자랐다. 몸은 어른으로 다 자랐지만, 여전히 속수무책이었고 목표가 없었다. 확실한 것은 내 안의 목소리, 꿈속의 상(像)뿐이었다. 나는 이것을 맹목적으로 따라야 한다는 의무감을 느꼈다.

그러나 그것은 생각만큼 쉽지 않았다. 매일 저항하지 않으면 안 되었다. 어쩌면 내가 미쳤는지 모른다는 생각이 들기도 했다. 혹시 내가 다른 사람과 같지 않은 건 아닐까? 그러나 다른 사람들이 해내는 것은 나도 모두 해낼 수 있었다. 조금만 노력하고 애쓰면 플라톤을 읽을 수 있었고, 삼각함수 문제도 풀 수 있었고, 화학적 분석도 따라갈 수 있었다. 그러나 한 가지만은 할 수 없었다.

다른 사람들이 그러듯이, 내 안에 숨겨진 목표를 찾아내어 눈앞에 그려 보는 일이었다. 다른 사람들은 교수나 판사, 의사, 예술가가 되고 싶어 했고, 그러려면 시간이 얼마나 걸리고 나중에 어떤 장점을 누리게 되는지 명확하게 알고 있었다. 그런데 나는 그러지 못했다. 아마 나도 언젠가 그럴 수도 있겠지만 지금 당장 장담할 수는 없었다. 앞으로도 계속 찾고 또 찾겠지만, 아무것도 되지 않고 그 어떤 목표에도 이르지 못할 수도 있었다. 어쩌다 어떤 목표에 도달할지도 모르지만, 그것이 사악하고 위험하고 끔찍한 것일 수도 있었다.

내 안에서 저절로 우러나오는 것, 나는 바로 그대로 살아 보려고 했다. 그게 왜 그다지도 어려웠을까?

나는 꿈에서 본 강렬한 사랑의 형상을 그리려고 시도했지만 한 번도 성공하지 못했다. 성공했더라면 그 그림을 데미안에게 보냈을 것이다. 그는 어디에 있을까? 알 수 없었다. 나는 그저 그가 나와 연결되어 있다는 것만 알았다. 그를 언제 다시 만나게 될까?

베아트리체를 생각하면서 느꼈던 친근한 평온함은 오래전에 사라졌다. 그때 나는 어떤 섬에 닿아 평화를 발견했다고 생각했다. 그러나 늘 똑같은 상황이었다……. 상황이 좋아지자마자, 어떤 꿈이 마음에 들자마자 금방 시들고 흐릿해졌다. 탄식해도 아무 소용이 없었다. 나는 채워지지 않는 욕구와 호기심으로 가득한 기대감의 불길 속에서 살았다. 그것은 나를 미치게 만들 때가 많았다.

꿈속 연인의 영상이 눈앞에 선명하게 자주 떠올랐다. 내 손보다도 더 또렷했다. 나는 그 영상과 이야기를 나누었고, 그 앞에서 울었으며, 이따금 저주도 퍼부었다. 나는 그 영상을 어머니라고 부르고 눈물을 흘리며 그 앞에 무릎을 꿇었다. 연인이라고 부르며 성숙한 입맞춤을 예감하기도 했다. 나는 그것을 악마요 창녀라고, 흡혈귀요 살인자라고 불렀다.

그 영상은 말할 수 없이 다정한 사랑의 꿈으로, 방종한 음탕함으로 나를 유혹했다. 그 영상엔 진짜 좋거나 귀중한 것도 없었고, 너무 나쁘거나 비천한 것도 없었다.

그 해 겨울 내내 나는 묘사하기 어려운 내면의 폭풍 속에서 살았다. 외로움에는 이미 오래전에 익숙해졌다. 외로움은 나를 짓누르지 않았다. 나는 데미안과 새매, 내 운명이자 연인인 꿈속의 거대한 형상과 함께 살았다. 그 안에 사는 것으로 충분했다. 만물이 위대한 것과 광활한 것을 바라보았고, 만물이 아프락사스를 가리켰기 때문이다. 그러나 이 꿈들 중 그 어느 것도, 내 생각 중 그 어느 것도 나에게 순종하지 않았다. 나는 아무것도 부를 수 없었고, 그 어느 것도 내 마음대로 색칠할 수 없었다. 그것들이 나를 점령했다. 나는 그들에게 지배받았고, 그들에 의해 살았다.

외부 세계에 대해서는 그나마 안전했던 것 같다. 나는 사람을 두려워하지 않았고, 친구들도 그 점을 알았다. 그들이 보내는 은밀한 존경은 나를 자주 미소 짓게 했다. 나는 마음만 먹으면 그들의 내면을 잘 꿰뚫어 보았고, 그걸로 이따금 그들을 깜짝 놀라게 만들었다.

그러나 그러고 싶은 마음이 거의 들지 않았다. 나는 언제나 나 자신에게 열중해 있었다. 이제 드디어 인생의 한 토막을 살아 보기를, 내 안에서 나온 뭔가를 세상에 보여 주기를, 세상과 관계를 맺고 맞붙어 싸우게 되기를 아주 간절히 바랐다.

저녁에 거리를 걷다가 자정까지 집에 돌아가지 못할 때도 나는 이따금 생각에 잠겼다. 지금, 바로 지금 내 연인이 내 앞에 나타날 거라고, 다음 길모퉁이를 지나갈 거라고, 다음 창문에서 나를 부를 거라고. 이 모든 것이 때때로 견딜 수 없이 괴로워 스스로 목숨을 끊을 생각도 했다.

그때 나는 특이한 피난처를 하나 발견했다……. 흔히 말하듯이 '우연히' 발견한 것이다. 하지만 실제로 그런 우연이란 없다. 뭔가 절실하게 필요한 사람이 절실한 그것을 발견한다면, 우연이 아니라 그 스스로가, 그 자신의 욕구와 필요가 그를 그곳으로 인도한 것이다.

나는 산책을 하다가 교외의 작은 교회에서 오르간 연주를 두세 번 들은 적이 있다. 하지만 걸음을 멈추지는 않았다. 다음 번에 그곳을 지나갈 때도 그 소리를 들었다. 바흐의 곡이었다. 문 앞으로 가 보니 문이 굳게 잠겨 있었다.

골목에 사람이 거의 없었으므로, 교회 옆 갓돌에 앉아 외투 깃을 세우고 귀를 기울였다. 크지는 않은 듯했지만 좋은 오르간이었고, 무척 훌륭한 연주였다. 의지와 인내심을 개성적으로 표현하였는데, 그 음률이 마치 기도처럼 울렸다.

연주하는 사람이 이 음악에 보물이 숨겨져 있다는 것을 아는 듯했다. 자기 목숨을 걸고 이 보물을 얻으려 애쓰고 있다는 느낌을 받았다. 나는 음악을 잘 알지는 못했다. 그러나 어릴 때부터 영혼의 표현은 본능적으로 이해했고, 음악적인 것을 자연스럽게 느꼈다. 그 연주자는 이어서 현대 작품을 연주했다. 막스 레거(1873~1916, 독일의 작곡가. 바로크 형식으로 된 오르간곡으로 유명하다.)의 작품인 것 같았다.

교회는 완전히 어두워졌고, 옆의 창문으로 가느다란 불빛만 새어 나왔다. 나는 음악이 끝날 때까지 기다렸다. 그러고는 오르간 연주자가 나올 때까지 이리저리 거닐었다. 그는 아직 젊었으며 나보다는 나이가 위로 보였다. 뚱뚱한 체형에 키가 작달막했다. 그는 힘차면서도 뭔가 못마땅한 걸음걸이로 급히 그곳을 떠났다.

나는 이따금 저녁에 교회 앞에 앉아 있거나 그 앞을 이리저리 서성였다. 언젠가 한번은 문이 열려 있었다. 오르간 연주자가 흐릿한 가스등 아래서 연주를 하는 동안, 나는 추위에 오들오들 떨면서도 행복에 젖어 반 시간을 교회 의자에 앉아 있었다. 그가 연주하는 음악에 그 사람만 들어 있는 게 아니었다. 그가 연주하는 모든 것이 비밀스럽게 서로 연결되어 있는 듯했다.

그가 연주하는 음악은 독실하고 헌신적이며 경건했다. 그러나 교회에 다니는 사람이나 목사님처럼 경건한 게 아니라, 중세의 순례자나 걸인들처럼 경건했다. 모든 종파를 초월해 아낌없이 헌신하는 경건함이었다. 바흐 이전의 거장들과 옛날 이탈리아 음악가들의 작품이 계속 연주되었다. 모든 곡이 같은 것을 말하고 있었다. 모든 곡이 연주자의 영혼 속에 들어 있는 것을 음률로 들려주었다. 그것은 깊은 그리움, 세상을 향한 이해, 세상과의 이별, 자신의 어두운 영혼을 향한 불타는 경청, 경이로움에 대한 깊은 호기심 같은 것이었다.

언젠가 교회에서 나온 오르간 연주자를 몰래 따라간 적이 있다. 그는 멀리 떨어진 교외의 작은 술집으로 들어갔다. 나는 그를 따라 술집으로 들어갔다. 거기서 처음으로 그를 또렷하게 보았다. 그는 머리에 검은색 펠트 모자를 쓴 채 포도주 한 잔을 앞에 놓고 구석진 식탁에 앉아 있었다.

그의 얼굴은 내 예상과 같았다. 추하고 거칠었다. 탐색적이고 완고했으며, 고집과 의지로 가득했다. 그러나 입 주위는 아이처럼 부드러웠다. 남성적이고 강한 것은 모두 눈과 이마에 있었고, 얼굴 아랫부분은 여리고 미완성 같았다. 자제력이 없어 보였고, 부분적으로는 허약한 듯했다. 우유부단해 보이는 턱은 이마나 눈길과 대조적으로 소년처럼 보였다. 자부심과 적개심이 서린 짙은 갈색 눈이 내 마음에 들었다.

나는 말없이 그의 맞은편에 앉았다. 술집에는 우리뿐이었다. 그는 나를 쫓아내려는 듯이 쏘아보았다. 그러나 나는 그 눈길을 버텨 내며 계속 그를 바라보았다. 그가 퉁명스럽게 으르렁거렸다.

"왜 그렇게 노려보는 건가? 내게 용건이라도 있나?"

"아닙니다. 당신에게서 이미 많은 걸 받았어요."

내 대답에 그가 이마를 찡그렸다.

"아, 음악 팬? 음악에 열광하는 건 구역질나는데."

나는 조금도 놀라지 않았다.

"저기 교회에서 당신 연주를 여러 번 들었습니다. 당신을 귀찮게 할 생각은 없어요. 난 그저 당신에게서 뭔가를 발견할지도 모른다고 생각했습니다. 뭔가 특별한 느낌인데, 그게 뭔지 나도 정확하게는 모릅니다. 내 말에 굳이 귀를 기울이지 않아도 됩니다! 난 교회에서 당신 연주를 들을 수 있으니까요."

"난 언제나 문을 잠그는데?"

"최근에 잊은 적이 있어요. 덕분에 안에서 들었지요. 다른 때는 바깥에 서 있거나 갓돌에 앉아서 들었고요."

"그래? 다음에는 안으로 들어오게. 안이 더 따뜻하니까. 대신 문을 두드려야 돼, 세게⋯⋯. 연주할 때는 빼고. 자, 말해 보게. 무슨 말이 하고 싶었던 거지? 아직 어려 보이는데⋯⋯. 고등학생, 아니면 대학생? 음악 공부를 하고 있나?"

"아닙니다. 음악을 즐겨 듣긴 하지만 아무 음악이나 좋아하진 않아요. 당신이 연주하는 것 같은 지극히 절대적인 음악만 듣습니다. 누군가 천국과 지옥을 흔드는 게 느껴지는 음악 말이지요. 난 음악을 무척 좋아합니다. 음악은 도덕적이지 않아서일 겁니다. 다른 것들은 대개 도덕적이지요. 난 그렇지 않은 걸 찾고 있습니다. 도덕적인 것에 늘 시달렸으니까요. 잘 표현하지 못하겠군요⋯⋯. 신인 동시에 악마인 존재를 아시나요? 그런 신이 존재했다는 말을 들었습니다."

오르간 연주자는 챙이 넓은 모자를 뒤로 젖히고는, 짙은 머리카락을 넓은 이마 위로 쓸어올렸다. 그러면서 나를 뚫어지게 바라보더니 얼굴을 나에게로 기울였다.

그가 나지막한 목소리로 물었다.

"지금 말하는 그 신 이름이 뭔가?"

"유감스럽게도 아는 게 거의 없습니다. 이름만 알지요. 아프락사스입니다."

연주자는 누군가 우리의 말을 엿들을 수도 있다는 듯이 주위를 둘러보았다. 그러고는 나에게 더 가까이 다가와 속삭였다.

"그럴 줄 알았지. 자네는 대체 누구인가?"

"김나지움 학생입니다."

"아프락사스는 어디서 알았나?"

"우연히."

그가 탁자를 손으로 내리쳤다. 그 바람에 포도주가 넘쳤다.

"우연이라고! 빌어먹……. 멍청한 소리 하지 마! 아프락사스는 우연히 알게 되는 게 아니야. 잘 알아 두게. 내가 더 이야기해 주지. 그에 대해 조금 아니까."

그는 입을 다물고 의자를 뒤로 밀었다. 내가 기대에 찬 얼굴로 바라보자 인상을 찡그렸다.

"여기서 말고! 다음에……. 자, 받게!"

그는 입고 있던 외투의 주머니를 뒤지더니, 군밤 몇 개를 꺼내 나에게 던졌다. 나는 말없이 그것을 받아 먹었다. 무척 만족스러웠다.

"자!"

시간이 어느 정도 흐르자 그가 속삭이듯이 물었다.

"어디서…… 알게 되었나?"

나는 망설이지 않고 대답했다.

"그때 난 어찌할 바를 몰랐습니다. 혼자였거든요. 하지만 예전 친구 한 명이 떠올랐어요. 아는 게 무척 많은 친구였지요. 그래서 그림을 그렸습니다. 지구를 뚫고 나오는 새였지요. 그 그림을 그 친구에게 보냈습니다. 그러고 나서 거의 잊고 있을 때, 쪽지 하나를 받았어요. 거기에 이렇게 쓰여 있었습니다. '새는 알에서 나오려고 힘겹게 싸운다. 알은 세계다. 태어나기를 원하는 자는 하나의 세계를 깨뜨려야 한다. 새는 신을 향해 날아간다. 그 신의 이름은 아프락사스다.'라고 말입니다."

그는 아무 대답도 하지 않았다. 우리는 밤 껍질을 벗겨 내고 안주 삼아 먹었다.

"우리, 한잔 더 할까?"

그가 물었다.

"아니요, 괜찮습니다. 술을 좋아하지 않아요."

그는 실망스런 표정으로 웃음을 터뜨렸다.

"좋을 대로 하게! 난 여기 조금 더 있을 테니……. 이제 가 봐!"

다음에 만났을 때, 그는 말이 별로 없었다. 오르간 연주를 끝내고 난 뒤, 나를 오래된 골목에 있는 어느 집의 위층으로 데리고 갔다. 그러고는 크고 음산하며 황량한 방으로 안내했다. 피아

노를 제외하고는 음악과 연관된 것이 없었다. 하지만 방 한켠에 놓여 있는 커다란 책장과 책상은 뭔가 학자 풍의 분위기를 자아냈다.

"책이 참 많군요!"

나는 감탄 어린 목소리로 말했다.

"일부는 아버지 서재에서 가지고 온 거야. 난 아버지한테 얹혀 살고 있거든……. 다시 말하지만, 난 아버지와 어머니 집에 얹혀살고 있어. 두 분께 자네를 소개할 수는 없다네. 내 교우 관계가 이 집에서 그다지 존중받는 편은 아니어서……. 나는 잃어버린 자식이나 다름없어. 이만하면 무슨 뜻인지 알겠나? 우리 아버지는 세상 사람들에게 존경을 받는 분이지. 이 도시에서 아주 잘 알려진 목사이자 설교자라네. 한때는 나도 재능이 있고 장래가 촉망되는 아들이었어. 하지만 탈선을 했지. 정신도 살짝 돌았어. 신학생이었는데, 졸업 시험 직전에 학부를 그만두었으니까. 개인적으로 연구하고 있는 걸로 치자면, 여전히 신학생이라 해도 틀리지 않지만. 사람들이 때에 따라 어떤 신을 생각해 냈는지가 나에게는 가장 큰 흥밋거리지. 그건 그렇고, 지금은 음악가라네. 보잘것없기는 하지만, 곧 오르간 연주자 자리를 하나 얻게될 것 같아. 그러면 다시 교회로 돌아가는 거나 마찬가지야."

나는 책장에 꽂혀 있는 책들을 훑어보았다. 탁상용 램프의 흐릿한 불빛이 미치는 데까지 보니, 그리스어와 라틴어와 헤브라

이어로 된 제목들이 눈에 들어왔다. 그러는 동안, 그는 벽 쪽의 바닥에 엎드린 채 뭔가에 몰두하고 있었다.

"이리 와 보게."

잠시 뒤, 그가 소리쳤다.

"이제 철학을 좀 해 보도록 하지. 주둥이 닥치고 배 깔고 엎드려 생각하자는 거야."

그는 종이에 성냥불을 붙인 다음, 자기 앞에 있는 벽난로에 넣고 장작에 불을 붙였다. 불꽃이 솟았다. 그는 조심스럽게 불을 쑤셔서 돋우었다. 나는 닳아 해진 양탄자 위에 엎드렸다. 그는 불을 뚫어지게 바라보았다. 불은 내 마음도 잡아당겼다. 우리는 펄럭이며 타오르는 장작불 앞에서 한 시간 정도 아무 말 없이 배를 깔고 엎드려 있었다. 불이 너울거리며 타닥거리다가 가라앉고 휘어지는 모습, 깜박이며 경련을 일으키듯 움찔거리다가 조용히 허물어져 바닥으로 잦아드는 모습을 지켜보았다.

"배화교(불을 신격화하여 숭배하는 신앙)는 인간이 지금까지 만들어 낸 것 중에서 가장 멍청한 짓이라고 볼 순 없어."

그가 혼잣말로 중얼거렸다. 우리는 다시 아무 말도 하지 않았다. 나는 불을 멍하니 바라보며 꿈과 적막 속으로 가라앉았다. 연기 속에서 형상들이, 재 속에서 영상들이 보였다. 그러다가 나는 깜짝 놀랐다. 그가 작은 송진 조각을 이글거리는 불에 던지자, 작고 길쭉한 불길이 솟구쳐 올랐다. 그 속에 노란 새매 한 마리가 보였다. 사그라지는 벽난로 안의 불꽃에서 황금빛 실들이 그물처럼 엉키면서 철자와 형상이 나타났다. 얼굴과 벌레, 뱀 들에 대한 기억이 떠올랐다. 나는 정신이 번쩍 들어서 방 주인을 쳐다보았다. 그는 주먹 쥔 손으로 턱을 괸 채 재를 뚫어지게 바라보고 있었다.

"이제 가야겠어요."

내가 나지막하게 말했다.

"그래, 어서 가 보게. 또 보자고!"

그는 일어나지 않았다. 등불이 꺼져 있었기 때문에, 나는 음산한 방과 복도와 계단을 간신히 지나 마법에 걸린 듯한 그 낡은 집을 더듬어 나왔다. 거리로 나오자 발걸음을 멈추고 그 낡은 집을 올려다보았다. 불빛이 보이는 창문은 하나도 없었다. 놋쇠로 만든 자그마한 문패가 문 앞에 있는 가로등 불빛 속에서 반짝였다. '담임 목사 피스토리우스'라고 적혀 있었다.

집에 와서 저녁을 먹고 혼자 앉아 있을 때에야, 내가 아프락사스나 피스토리우스에 대해 아무것도 듣지 못했다는 사실을 떠올렸다. 우리는 채 열 마디도 주고받지 않았다. 하지만 그의 집을 방문한 일은 무척 인상적이었다. 그는 다음에 만나면 옛날 오르간 음악 중에서 북스테후데(1637~1707, 독일 작곡가이자 오르간 연주자)의 〈파사칼리아〉(17세기 초에 생겨난, 에스파냐의 춤곡)를 들려주겠다고 약속했다.

오르간 연주자 피스토리우스는 내가 은둔자의 음산한 방 벽난로 앞에 누워 있을 때, 나도 모르는 사이에 첫 번째 교훈을 주었다. 불을 들여다본 일은 두고두고 기억에 남았다. 그것은 내 안에서 잠자고 있는 성향들을 강하게 일깨워 주었다. 내 안에 있지만 조금도 신경 쓰지 않았던 성향들이었다. 그런 것들이 부분적으로나마 명확해졌다.

나는 어릴 때부터 자연에서 기괴하게 생긴 것들을 주의 깊게 바라보곤 했다. 관찰한다기보다는 그것이 지닌 고유한 매력을 찾는 데 관심이 많았다. 고목의 긴 나무뿌리, 암석 속의 오색 광맥, 물 위에 뜬 기름얼룩, 유리에 난 금……. 이런 것들이 나에게는 때때로 큰 매력으로 다가왔다. 특히 물과 불, 연기, 구름, 먼지가 그랬다. 그중에서도 눈을 감으면 보이는, 빙빙 돌아가는 색색깔의 얼룩들은 참 매력적이었다.

피스토리우스의 집을 방문하고 나서 며칠 동안은 이런 것들이 떠올랐다. 그날 이후로 내가 느낀 활기와 기쁨, 나 스스로에 대한 감정의 고조는 오로지 불을 오래 응시한 덕분이라는 사실을 깨달았다. 불을 응시하는 것은 이상하게도 유쾌하고 풍요로워지는 기분이었다! 내가 인생의 목표를 향해 가는 길에 발견한 몇 안 되는 경험들에 이 새로운 경험이 더해졌다.

그런 형상을 눈여겨 바라보다 보면, 그러니까 비합리적이고 뒤죽박죽이며 기이한 자연의 형태에 몰두하다 보면 우리의 내면이 이 형상들을 이루어지게 한 의지와 일치한다는 느낌을 받게 된다. 물론 우리는 그 일치감을 우리 자신의 기분으로, 우리 자신이 만들어 낸 것으로 간주하려는 유혹을 금방 느낀다.

우리는 자신과 자연 사이의 경계가 흔들리고 무너지는 것을 본다. 그러나 이런 형태들이 외부의 인상이 망막에 맺혀서 생긴 것인지, 아니면 내면에서 저절로 우러나 생겨난 것인지 알지 못한다. 우리가 얼마나 대단한 창조자인지, 우리 영혼이 세상의 영속적인 창조에 얼마나 쉴 새 없이 참여하는지 알아내는 데 이 연습만큼 간단하고 쉬운 것은 그 어디에도 없다.

나누어지지 않는 동일한 신이 우리 안에서, 그리고 자연에서 활동하고 있는 것이다. 만약 외부 세계가 몰락한다면 우리 가운데 하나가 그 세계를 다시 세울 수 있을 것이다. 산과 강, 나무와 잎사귀, 뿌리와 꽃, 자연의 모든 형상이 우리 안에 미리 만들어져 있으며, 본질이 영원인 영혼에서 나오기 때문이다. 우리는 그 본질을 알지 못하지만, 대부분은 사랑의 힘과 창조의 힘이라고 느낀다.

몇 년 뒤에야 나는 어떤 책에서 이런 내용의 관찰을 확인했다. 레오나르도 다빈치의 책이었다. 그는 여러 사람이 침을 뱉어 놓은 담벼락을 바라보는 일이 얼마나 좋으며 얼마나 깊은 자극을 주는지에 대해 이야기했다. 축축한 담벼락의 얼룩을 보고 그는 피스토리우스와 내가 불 앞에서 느낀 것과 똑같은 감정을 느꼈던 것이다.

우리가 다시 만났을 때, 오르간 연주자는 나에게 이런 설명을 해 주었다.

"우리는 우리 개성의 한계를 언제나 너무 좁게 긋고 있어! 독특하다고 구별되는 것, 다른 것과 구분되는 것만 개성이라고 간주하지. 하지만 우리는 모두 제각기 세상의 구성 성분들로 이루어져 있다네. 우리 몸이 물고기나 그보다 훨씬 더 먼 과거까지 거슬러 올라가는 진화의 계보를 지니고 있듯이, 우리 영혼도 지금까지 인류의 영혼에 나타났던 모든 것을 지니고 있는 셈이지. 그리스 사람의 신이든 중국 사람의 신이든 아프리카 흑인의 신이든, 지금까지 있어 온 모든 신과 악마가 우리 안에 있는 거라네. 가능성으로, 소망으로, 탈출구로 존재하지. 교육을 전혀 받지 않았지만 어느 정도 재능이 있는 어린이 한 명만 남기고 인류가 멸망한다 해도, 그 아이는 사물의 모든 과정을 다시 찾아낼 거야. 그 아이는 신과 악마, 낙원, 계명과 금기, 구약과 신약, 이 모든 것을 다시 만들어 낼 수 있을 거란 말이지."

"네, 좋습니다만,"

내가 이의를 제기했다.

"개인의 가치는 어디에 있나요? 이미 모든 것을 완성된 채로 가지고 있다면, 우리는 무얼 위해 노력하는 거지요?"

"잠깐!"

피스토리우스가 격하게 소리쳤다.

"그 세계를 그냥 안에 가지고 있는가, 아니면 그것을 알기도 하는가, 이 둘 사이에는 큰 차이가 있어! 정신병자도 플라톤을 연상하게 만드는 사상을 내놓을 수 있고, 헤른후트파(경건주의의 영향으로 18세기 보헤미아에서 등장한 복음주의자들) 학교에 나니는 어린 학생도 영지주의나 배화교에 나타나는 심오한 신화적 연관성을 독창적으로 생각해 낼 수도 있지. 하지만 그들은 아무것도 모른다네! 알지 못하는 한, 그들은 나무나 돌이고, 기껏해야 짐승에 불과하지. 그러나 이런 인식의 첫 불꽃이 반짝일 때 그들은 인간이 되는 거야. 자네는 거리를 돌아다니는 두 발 달린 존재를, 그들이 직립 보행을 하고 아홉 달 동안 새끼를 배고 있다고 해서 모두 인간이라고 여기지는 않을 테지? 그들 중 얼마나 많은 이가 물고기나 양, 벌레, 거머리, 개미, 벌인지 자네도 알 거야! 자, 그들 모두에게 인간이 될 가능성이 있어. 그러나 그들이 이 가능성을 예감하고, 심지어 부분적으로 그 가능성을 의식하는 것을 배울 때에야 비로소 그 가능성이 그들의 것이 되는 거지."

우리 대화는 대략 이런 식이었다. 내가 대화에서 완전히 새로운 것, 뭔가 아주 놀라운 것을 얻는 일은 거의 없었다. 그러나 모든 대화, 지극히 진부한 대화도 나지막한 망치질이 되어 내 안의 동일한 지점을 두드렸다. 모든 대화가 나를 형성하는 데, 내가 허물을 벗고 알껍데기를 깨는 데 도움을 주었다. 대화를 할 때마다 나는 머리를 조금 더 높이, 조금 더 자유롭게 들었다. 그러다가 마침내 내 노란 새가 산산이 부서진 세계의 껍데기 바깥으로 아름다운 맹금의 머리를 내밀었다.

우리는 서로 꿈 이야기도 했다. 피스토리우스는 꿈을 해석할 줄 알았다. 놀라운 예 하나가 지금 막 생각났다. 나는 날아다니는 꿈을 꾸었다. 그런데 그 난다는 것이, 마음대로 조종을 하는 게 아니라 공기 중에 던져지듯 도약하는 것이었다. 난다는 느낌은 감격적이었지만, 내 의지와 상관없이 높이 떠오르자 그 느낌은 곧 공포로 변했다. 그러다가 내가 숨을 멈추거나 내쉼으로써 상승과 하강을 조종할 수 있다는 사실을 깨닫게 되었다. 나를 구원할 수 있는 발견이었다.

피스토니우스는 그 꿈에 대해 이렇게 말했다.

"자네를 날게 하는 도약은 인간이라면 누구나 지닌 인류의 위대한 재산이야. 모든 힘의 뿌리와 연관돼 있긴 하지만, 그것은 곧 불안감이 되지! 빌어먹게 위험하니까! 그래서 대부분의 사람들은 날기를 포기하고 법 규정에 맞추어 인도를 걸어다니는 거라네. 하지만 자네는 그렇지 않아. 유능한 젊은이라면 마땅히 그래야 하듯이 계속 날고 있어.

잘 생각해 봐, 자네는 점차 날아다니는 일을 스스로 조종할 수 있다는 경이로움을 발견하고 있어. 자네를 이끌어 가는 거대하고 보편적인 힘에, 섬세하고 작은 자네의 힘이 더해지고 있지. 하나의 기관, 하나의 방향키라네. 아주 멋진 일이야. 그게 없다면 사람들은 아무런 의지도 없이 그저 공중으로 날아오르는 꼴이지. 예를 들어, 미친 사람들이 그렇다네. 그들은 저 인도를 걸어다니는 사람들보다 더 깊은 예감을 지니고 있지만, 거기에 맞는 열쇠와 방향키가 없어서 나락으로 떨어지고 말아. 하지만 싱클레어, 자네는 그 일을 하고 있어! 그런데 어떻게? 혹시 아직 모르고 있나? 새로운 기관, 즉 호흡 조절기로 그걸 하고 있는 거야. 자네의 영혼이 근본적으로 '개인적'이 아니라는 사실을 이제 알 수 있을 거야. 그러니까 이 조절기를 발명한 건 자네 영혼이 아니라네! 조절기는 새로운 게 아니라고! 그건 일종의 표절이지. 이미 수천 년 전부터 존재해 온 거니까. 그건 물고기의 평형 기관, 즉 부레야. 진화가 덜 된 어류가 지금도 실제로 몇 종 있지. 그 어류의 부레는 일종의 폐 역할을 하고, 상황에 따라 정말로 숨을 쉬는 데 사용되고 있어. 그러니까 자네가 꿈에서 비행사의 부레로 사용한 폐와 똑같은 셈이라네!"

그는 동물학 책을 한 권 가지고 와서는, 진화가 덜 된 그 물고기의 이름과 그림을 보여 주었다. 내 안에서 기이한 전율이 일어나면서, 진화 초기 단계의 기능 하나가 생생하게 느껴졌다.

제 6 장
야곱의 싸움

내가 그 기이한 음악가 피스토리우스로부터 아프락사스에 대해 들은 이야기를 짧게 다시 설명할 수는 없다. 그러나 내가 그에게서 배운 가장 중요한 것은, 나 자신에게로 향하는 길에서 한 걸음 더 전진했다는 점이다. 그때 열여덟 살가량이었던 나는 평범하지 않은 젊은이였다. 수백 가지 일에서는 조숙했고, 다른 수백 가지 일에서는 매우 뒤처지고 속수무책이었다.

이따금 다른 사람들과 비교하며 자랑스럽고 우쭐할 때도 많았지만, 또 그만큼 자주 우울하고 자존심이 상했다. 나 자신을 천재로 생각할 때도 많았고, 반쯤 미쳤다고 생각할 때도 많았다. 나는 또래들의 기쁨과 생활에 동참할 수 없었다. 그들과 나는 절망적으로 분리되어 있다고, 삶이 나에게는 닫혀 있다는 가책과 염려로 스스로를 괴롭힐 때가 많았다.

그 자신이 성숙한 괴짜였던 피스토리우스는 용기와 자존감을 유지해야 한다는 사실을 나에게 가르쳐 주었다. 그는 내 말과 꿈, 상상과 생각에서 언제나 가치 있는 것들을 찾아내고, 그것을 진지하게 받아들이고 논의하면서 예를 들어 보였다.

"자네가 그랬지."

그가 말했다.

"음악이 도덕적이지 않아서 좋아한다고. 반대하지 않아. 하지만 자네 자신 역시 도덕주의자일 필요가 없어! 다른 사람들과 자신을 비교하지 말게. 자연이 자네를 박쥐로 만들었다면, 타조가 되려고 해서는 안 되는 거야. 자네는 이따금 스스로를 별나다고 생각하고, 대부분의 사람들과 다른 길을 간다며 자신을 비난하고 있지. 그걸 버려야 해. 불을 봐, 구름을 봐. 자네 영혼 속에서 예감이 생기고 목소리가 말을 하기 시작하면 그것에 몸을 맡기면 그만이야. 그게 선생님이나 아버지나 어떤 사랑의 신에게도 타당하기를 바라지 말게. 그들의 마음에도 들까 묻지도 말고! 그게 바로 스스로를 망치는 길이거든. 그래서 인도로 올라가 화석이 되는 거야. 사랑하는 싱클레어, 우리의 신은 아프락사스라네. 그는 신인 동시에 사탄이고, 자기 안에 밝은 세계와 어두운 세계를 모두 가지고 있어. 아프락사스는 자네의 생각과 꿈, 그 어떤 것에도 이의를 제기하지 않아. 그 사실을 잊지 마. 그러나 언젠가 자네가 비난할 데 없는 평범한 사람이 되면 그는 당신을 미련 없이 떠날 거야. 자네를 떠나, 자기 생각을 넣고 끓일 수 있는 새로운 냄비를 찾겠지."

내 모든 꿈 가운데 가장 끈질긴 것은 저 어두운 사랑의 꿈이었다. 자주, 자주 그 꿈을 꾸었다. 내가 어린 시절에 살던 집, 새가 있는 문장 아래를 지나 안으로 들어가 어머니를 끌어안았다. 그러나 내 품에 있는 사람은 어머니가 아니라 반은 남자고 반은 어머니인 커다란 여자였다. 나는 그 여자에게서 공포를 느꼈지만, 가슴 깊은 곳의 뜨거운 욕망이 나를 그녀에게로 이끌었다. 이 꿈은 내 친구에게 절대로 이야기할 수 없었다. 모든 것을 다 털어놓았지만 이것만은 홀로 간직했다. 이것은 내 은신처이자 내 비밀, 내 피난처였다.

우울할 때면 나는 피스토리우스에게 북스테후데의 〈파사칼리아〉를 연주해 달라고 부탁했다. 그럴 때면 저녁 어스름이 내린 교회에 앉아, 스스로에게 몰두하고 스스로에게 귀를 기울이며 그 기이하고 은밀한 음악에 넋을 잃었다. 그 음악은 언제나 나를 기분 좋게 했고, 영혼의 소리를 들을 수 있게 더 잘 준비시켜 주었다.

이따금 우리는 오르간 소리의 여운이 사라진 뒤에도 한동안 교회에 그대로 앉아, 높고 뾰족한 아치형 창문 너머로 흐릿한 빛이 비쳤다가 사라지는 모습을 바라보았다.

"우습게 들릴지도 몰라."

피스토리우스가 말했다.

"내가 한때 신학생이었고, 목사가 될 뻔했다는 거 말이야. 하지만 그때 내가 저지른 것은 그저 형식상의 오류였어. 사제라는 존재, 그게 내 직업이고 목표였다네. 그런데 나는 너무 일찍 만족했고, 여호와가 나를 마음대로 쓰게 했지. 아프락사스를 알기 전에 말이야. 아, 모든 종교는 아름다워. 종교는 영혼이야. 기독교적인 성찬을 하든 메카로 순례를 가든 마찬가지지."

"그렇다면 정말 목사님이 될 수도 있었겠군요?"

내가 말했다.

"아니. 싱클레어, 아니야. 그랬다면 난 거짓말을 해야 했겠지. 우리가 믿는 종교는 마치 종교가 아닌 듯이 행해지지. 우리 종교는 이성의 산물인 듯이 행동하거든. 가톨릭이라면 혹시 몰라도, 개신교 목사는…… 아니야!

나는 진짜 신자들을 몇몇 아는데, 그 사람들은 문자 그대로를 믿기 좋아하지. 나는 그들에게 그리스도가 나에게는 인간이 아니라 반인반신인 영웅이며 신화라고, 거대한 그림자라고 말할 수 없을 거야. 그 그림자 안에서 인류는 영원의 벽에 그려진 자기 자신의 모습을 본다고 말이지.

그리고 현명한 말을 들으러, 의무를 수행하러, 아무것도 놓치지 않으려고 교회에 오는 다른 사람들에게는 무슨 말을 할 수 있을까? 그들을 전도해야 한다고 생각하나? 나는 그런 건 원하지 않아. 사제는 전도를 하지 않거든. 다만 신자들 사이에서, 그러니까 자기와 비슷한 사람들 사이에서 살기를 원하지. 그렇게 살면서 우리가 신들을 만들어 내는 그 감정을 지니고 표현하고자 하는 거야."

그가 말을 멈추었다가 다시 이었다.

"사랑하는 친구, 우리가 아프락사스라 이름 붙인 우리의 새로운 신앙은 아름다워. 우리가 가진 것 중에서 최고지. 하지만 아직은 젖먹이에 불과해! 아직 날개가 자라지 않았거든. 아, 외로운 종교. 그건 아직 진정한 종교가 아니야. 종교는 공동의 것이 되어야 해. 예배와 도취, 축제와 비밀 제의도 있어야 하고……."

그는 생각에 잠겨 자기 속으로 빠져들었다.

"혼자 또는 몇몇 사람만 모여서 비밀 제의를 행할 수도 있지 않나요?"

내가 머뭇거리며 물었다.

"그럴 수도 있지."

그가 고개를 끄덕였다.

"난 이미 오래전부터 그렇게 하고 있다네. 사람들이 알게 된다면 나를 여러 해 동안 감옥에 가두어 둘걸. 하지만 아직은 제대로 된 예배가 아니야."

나는 그가 갑자기 어깨를 치는 바람에 움찔했다.

"젊은이."

그가 강한 목소리로 말했다.

"자네도 비밀 제의를 가지고 있어. 나에게 말하지 않는 꿈 얘기가 있다는 걸 알고 있다네. 굳이 알고 싶지 않아. 하지만 이 말은 꼭 하고 싶어. 그 꿈대로 살아가라고. 그 꿈을 연주하고, 그 꿈에 제단을 만들게! 그것이 아직은 완벽하지 않다 해도 엄연히 하나의 길이니까. 언젠가 우리가, 자네와 나와 몇몇 사람들이 세상을 개혁하게 될지는 두고 봐야 알 거야. 하지만 우리는 마음속으로 매일 세상을 개혁해야 해. 그러지 않으면 우린 아무것도 아니니까.

그걸 생각해! 싱클레어, 자네는 열여덟 살인데, 거리의 창녀들에게 달려가지 않잖아. 사랑의 꿈, 사랑의 소망을 틀림없이 가지고 있을 거야. 자네는 어쩌면 그런 꿈과 소망을 두려워하고 있는지도 모르겠네. 두려워하지 마! 그건 자네가 지닌 것 중에서 최고의 것이니까! 내 말을 믿게. 나는 그걸 많이 잃어버렸어. 자네 나이 때 사랑의 꿈들을 짓밟았지. 그래서는 안 돼. 아프락사스를 안다면 더 이상 그래서는 안 되지. 아무것도 두려워하지 말게. 그리고 우리 내면에서 영혼이 원하는 것은 그 무엇도 금지되어 있다고 생각하면 안 된다네."

나는 깜짝 놀라 반박했다.

"하지만 떠오르는 모든 일을 행할 수는 없습니다! 어떤 사람이 마음에 들지 않는다고 죽이는 것도 안 되고요."

그가 나에게 가까이 다가왔다.

"상황에 따라서는 그럴 수도 있다네. 물론 죽이는 건 대부분의 경우, 오류에 지나지 않지만 말이야. 자네에게 떠오르는 생각을 무조건 행동으로 옮기라는 뜻은 아니야. 그건 옳지 않아. 하지만 좋은 의미를 지닌 생각들을 몰아내거나, 그것에 도덕적인 잣대를 이리저리 대어서 망치지 말라는 거지. 자기 자신이나 다른 사람들을 십자가에 못 박는 대신, 장엄한 사상이 담긴 잔으로 포도주를 마시면서 희생의 비밀 제의를 생각하는 거야. 그런 행위를 하지 않더라도, 자신의 충동이나 유혹을 존중과 사랑으로 다룰 수도 있어. 그러면 그것들은 자기가 지닌 의미를 보여 준다네. 모두 의미가 있으니까……

싱클레어, 언젠가 다시 아주 미친 생각 또는 죄스러운 생각이 떠오르거든, 누군가를 죽이고 싶거나 뭔가 야비한 일을 하고 싶거든, 자네 마음속에서 그런 상상을 하는 존재는 아프락사스라고 잠깐 동안 생각하게! 자네가 죽이고 싶은 사람은 구체적인 아무개 씨가 절대로 아니고, 그저 하나의 변장에 불과하니까. 우리가 어떤 사람을 미워한다면, 그 모습 안에 있는 뭔가를 미워하는 거지. 우리 자신 속에도 있는 어떤 것……. 우리 안에 있지 않은 것은 우리를 흥분시키지 않으니까."

피스토리우스가 이렇듯 내 마음속 은밀한 곳을 깊이 파고드는 말을 한 적은 한 번도 없었다. 나는 대답을 할 수 없었다. 그러나 내 마음을 강렬하게 감동시킨 것은 분명했다. 그의 말이 몇 년 동안 내 마음속에 품고 있던 데미안의 말과 똑같은 울림을 가져다주었다. 두 사람은 서로를 몰랐지만 나에게 똑같은 말을 했던 것이다.

"우리가 보는 사물은,"

피스토리우스가 나지막하게 말했다.

"우리 안에 있는 것과 똑같은 사물이라네. 우리 안에 있는 것 말고 다른 현실은 없어. 그래서 대부분의 사람들이 비현실적으로 사는 거지. 자기 밖의 모습을 현실로 여기고, 자기 안에 있는 본래의 세계에게는 말할 기회를 주지 않는다네. 그렇게 해서 행복할 수도 있어. 하지만 일단 다른 것을 알고 나면, 대부분의 사람들이 가는 길을 선택할 수 없다네. 싱클레어, 대부분의 사람들이 가는 길은 쉬워. 하지만 우리의 길은 어렵지⋯⋯. 우리, 그 길을 함께 가 보세."

며칠 뒤, 나는 그를 기다리다 두 번이나 허탕을 치고서야 저녁 늦게 거리에서 우연히 만났다. 그는 차가운 밤바람을 외로이 맞으며 모퉁이를 돌고 있었는데, 술에 취해 온몸이 비틀거렸다. 나는 그를 부르고 싶지 않았다. 그는 나를 못 보고 그냥 지나쳤다. 미지의 세계에서 오는 어두운 부름에 이끌리기라도 하듯, 고독한 눈으로 앞을 뚫어지게 바라보며 걸어가고 있었다.

나는 그의 뒤를 한참 동안 따라갔다. 그는 눈에 보이지 않는 줄에 매달려 끌려가듯이, 광적이면서도 흐트러진 걸음걸이로 유령처럼 움직였다. 나는 서글픈 마음으로 집으로, 구원받지 못한 내 꿈들로 돌아왔다.

'그가 이제 저렇게 자기 안에서 세계를 개혁하는구나!'

나는 이렇게 생각하면서도 동시에 그것이 저급하고 도덕적인 판단이라고 느꼈다. 내가 그의 꿈에 대해 뭘 알고 있었던가? 어쩌면 취중에도 그는, 두려움에 떠는 나보다 더 안전한 길을 갔을지도 모르는데.

학교에서 쉬는 시간에, 내 관심을 한 번도 끈 적이 없는 친구가 내 주위를 서성대는 모습이 눈에 띄었다. 작고 허약해 보이는 가냘픈 학생이었다. 붉은색이 도는 숱이 적은 금발에, 눈빛과 태도에 뭔가 독특한 점이 있었다.

어느 날 저녁, 내가 집으로 가고 있을 때였다. 그 친구가 골목에 숨어서 나를 기다렸다. 그는 내가 그냥 지나쳐 가게 내버려두더니 곧 나를 뒤쫓아 와서 우리 집 대문 앞에 멈추어 섰다.

"나한테 용건 있어?"

내가 물었다.

"그냥 너랑 이야기하고 싶어서."

그가 수줍어하며 말했다.

"나랑 조금만 같이 걸어 줘."

나는 함께 걸어가면서 그가 몹시 흥분했으며 기대에 차 있다는 걸 느꼈다. 그의 두 손이 떨리고 있었다.

"너, 심령론자야?"

그가 갑자기 물었다.

"아니야, 크나우어."

내가 웃으며 말했다.

"전혀 그렇지 않아. 어떻게 그런 생각을 하게 되었니?"

"그럼 접신술사?"

"그것도 아니야."

"그렇게 감추려고만 하지 마! 너에게 뭔가 특별한 게 있다는 걸 진작부터 느끼고 있었으니까. 네 눈을 보면 알아. 너, 정령들과 교류하고 있지? 다 알아. 싱클레어, 단순히 호기심으로 묻는 게 아니야. 아니고말고! 나도 엄연히 구도자란 말야. 알아? 그래서 늘 혼자야."

"다 말해 봐!"

나는 그가 말을 계속할 수 있도록 격려했다.

"난 정령들에 대해선 잘 몰라. 그냥 내 꿈속에서 살고 있어. 네가 그걸 느낀 거야. 물론 다른 사람들도 꿈속에서 살겠지만 그들 자신의 꿈은 아니지. 그게 차이점이야."

"그래, 그럴지도 몰라."

그가 속삭였다.

"어떤 종류의 꿈속에서 사는가, 하는 것이 문제겠지……. 혹시 너, 백색 마법이라는 말 들어 본 적 있어?"

나는 아니라고 대답했다.

"그건 스스로를 통제하는 법을 익히게 해. 죽지 않는 존재가 될 수도 있고, 요술을 부릴 수도 있어. 넌 그런 연습을 한 번도 해 본 적 없어?"

내가 호기심에서 질문을 던지자, 그는 처음에 숨기려는 듯 말을 하지 않았다. 그러다가 내가 가려고 몸을 돌리자 그제야 털어놓기 시작했다.

"나는 잠들고 싶을 때나 집중하려고 할 때 그런 연습을 해. 뭔가 하나를, 그러니까 어떤 단어나 이름, 기하학 도형 하나를 머릿속에 떠올려. 그리고 최대한 집중해서 내 안으로 밀어 넣어. 그게 내 안에, 내 머릿속에 있다고 상상해. 그게 정말 그 안에 있다고 느껴질 때까지 말이야. 그런 다음에는 목구멍으로 밀어 넣어. 그런 식으로 계속 하다 보면 내가 온통 그걸로 가득 차게 돼. 그러면 나는 완전히 견고해져서 아무도 나의 그런 안정 상태를 깨뜨리지 못해."

나는 그가 하는 말이 무슨 뜻인지 조금은 이해할 수 있었다. 그러나 그에게 아직 뭔가 다른 할 말이 남았다는 게 느껴졌다.

그는 이상하리만치 흥분해 있었다. 그리고 몹시 서둘렀다. 나는 그가 질문하기 쉽게 해 주려 애썼다. 그는 곧 원래의 관심사를 털어놓았다.

"너도 금욕하지?"

그가 불안한 표정으로 물었다.

"무슨 뜻이야? 성적인 것 말이야?"

"그래, 맞아. 난 이 년째 금욕하고 있어. 그 학설에 대해 안 뒤부터야. 그전에는 부도덕한 짓을 많이 했어. 무슨 말인지 알지……? 넌 여자랑 있어 본 적 없어?"

"없어. 마음에 드는 여자를 만나지 못했거든."

내가 대답했다.

"그럼 마음에 드는 여자를 찾으면 같이 잘 거야?"

"물론이지……, 그 여자가 반대하지 않는다면 말이야."

나는 조롱 섞인 목소리로 말했다.

"오, 그렇다면 너는 잘못된 길을 가는 거야! 내면의 힘은 완전히 금욕을 해야만 키울 수 있거든. 난 이 년 전부터 그렇게 하고 있어. 이 년하고도 한 달 조금 더 되었지! 정말 힘들어! 이따금 견딜 수 없을 정도야."

"이봐, 크나우어. 난 금욕이 그 정도로 엄청나게 중요하다고 생각하지 않아."

"알아."

그가 내 말을 막았다.

"모두 그렇게 말하지. 하지만 너도 그럴 줄은 몰랐어. 좀 더 높은 정신적인 길을 가려는 사람은 정결해야 해, 반드시!"

"그래, 그럼 넌 그렇게 해! 하지만 난 자신의 성을 억누르는 사람이 왜 다른 사람보다 '더 정결하다'는 건지 이해하지 못하겠다. 혹시 넌 성적인 것을 생각이나 꿈에서도 모두 몰아낼 수 있어?"

그가 절망적인 표정으로 나를 바라보았다.

"아니, 그러지 못해! 세상에, 그럴 수 있어야 하는데 말이야. 나는 밤마다 내 입에 담기조차 어려운 꿈을 꿔! 야, 정말로 끔찍한 꿈이야!"

나는 피스토리우스가 했던 말을 떠올렸다. 그러나 그의 말이 아무리 옳다고 느껴도, 그걸 크나우어에게 전해 줄 수는 없었다. 나 자신의 경험에서 우러나오지 않은 충고, 나 스스로도 아직 따르지 못하는 충고를 남에게 할 수는 없었다. 나는 입을 다물었다. 누군가 나에게 조언을 구했는데, 아무 말도 해 줄 수 없다는 것이 굴욕스럽게 느껴졌다.

"난 온갖 시도를 다 해 봤어!"

크나우어가 내 옆에서 한탄했다.

"사람이 할 수 있는 건 다 해 봤어. 찬물을 뒤집어쓰기도 하고, 차가운 눈을 몸에다 비비기도 하고……. 하지만 다 소용없었어.

매일 밤 생각해서도 안 되는 꿈을 꾸다가 깨. 진짜 끔찍한 것은, 그것 때문에 내가 정신적으로 배운 것들을 점점 잃어버린다는 거야. 집중력도 떨어지고 잠도 쉽게 들지 못해. 이불 위에 누운 채 밤새 깨어 있을 때도 많아. 더는 버티기가 힘들어. 내가 결국 이 싸움을 끝까지 하지 못한다면, 내가 포기해서 다시 더러워진다면, 애초에 싸워 본 적도 없는 사람들보다 더 나빠지는 거야. 내 말을 이해하겠니?"

나는 고개를 끄덕이긴 했지만, 거기에 대해 할 말이 없었다. 차츰 그의 말이 지루해지기 시작했다. 그의 절망과 고통이 크게 와 닿지 않았다. 그런 나 스스로에게 깜짝 놀랐다. 나는 그저 '너를 도와줄 수 없어.'라고만 느꼈다.

"그러니까 나에게 해 줄 말이 전혀 없어?"

마침내 그가 지쳐 서글프게 말했다.

"정말로 없어? 분명히 어딘가에 길이 있을 거야! 넌 이럴 때 어떻게 하니?"

"크나우어, 난 아무 말도 해 줄 수 없어. 이런 일은 서로 도울 수가 없어. 나도 그 누구의 도움도 받은 적 없어. 너 스스로 잘 생각해 봐. 그러고 나서 너의 본질에서 나오는 것, 그것을 행해야 해. 다른 건 없어. 네가 너 스스로를 찾을 수 없다면, 넌 어떤 정령도 발견하지 못할 거야."

그 조그만 녀석은 실망하여 입을 꾹 다문 채 나를 물끄러미 바라보았다. 그러다가 갑자기 눈빛이 증오감으로 불타오르더니, 인상을 찌푸리며 고함을 질렀다.

"야, 넌 참 훌륭한 성자로구나! 너한테도 부도덕한 면이 있다는 거 알아! 넌 현명한 사람처럼 굴지만, 알고 보면 나나 다른 아이들과 마찬가지로 진창에 빠져 있어! 넌 돼지야. 돼지라고! 나와 똑같은 돼지야. 우리 모두는 돼지라고!"

나는 그를 내버려 둔 채 그곳을 떠났다. 그는 두세 걸음 따라오다가 멈추더니, 몸을 돌려 달려가 버렸다. 나는 동정과 혐오감이 뒤섞여 구역질이 났다.

나는 그 감정을 떨치지 못한 채 집으로 돌아왔다. 자그마한 내 방으로 들어서서, 그림 몇 장을 주변에 늘어놓았다. 구역질나는 감정은 지극히 간절한 마음으로 나 자신의 꿈에 빠져들고서야 사라졌다. 그러자 내 꿈이 머릿속에 환히 그려졌다. 집의 대문과 문장, 어머니와 낯선 여인. 그 여인의 모습이 그 어느 때보다 또렷하게 보였다. 나는 그날 저녁에 바로 그녀의 모습을 그리기 시작했다.

꿈을 꾸듯이 무의식적으로 십오 분씩 그린 그 그림은 며칠 뒤에 완성되었다. 그날 저녁, 나는 그림을 벽에 걸어 놓고 그 앞에 탁상용 램프를 켰다. 그러고는 결판이 날 때까지 싸워야 하는 유령이라도 마주한 듯이 그 앞에 우뚝 섰다. 그것은 예전에 그린 그림과 많이 비슷했고 내 친구 데미안과 몹시 닮아 있었다. 몇 군데는 나 자신과도 닮은 듯했다. 한쪽 눈이 다른 쪽 눈보다 훨씬 위에 있었다. 운명으로 가득 찬 그 눈빛은 나를 넘어 어딘가를 골똘히 응시하고 있었다.

그 앞에 서 있노라니, 나는 긴장감으로 가슴속까지 서늘해졌다. 그림 속 인물에게 질문을 던졌다가 비난을 퍼부었다. 그림을 어루만지며 기도를 하기도 했다. 그 그림을 어머니라고, 연인이라고, 창녀라고, 아프락사스라고 불렀다.

그러는 동안, 피스토리우스의 말이 떠올랐다. 아니, 데미안이 한 말이었던가? 언제 들었는지는 기억나지 않았다. 어쨌든 처음 듣는 소리가 아니었다. 야곱이 하느님의 천사와 싸울 때 나온 말이었다.

"나를 축복하지 않으면 당신을 보내지 않겠습니다."

그림 속 얼굴은 내가 이름을 부를 때마다 불빛 아래서 모습을 바꾸었다. 환하게 반짝이기도 하고, 어두침침해지기도 했다. 스러져 가는 눈동자 위로 창백한 눈꺼풀을 늘어뜨렸다가, 다시 활짝 열고 이글거리는 눈빛으로 쏘아보기도 했다. 그것은 여자였고, 남자였고, 소녀였고, 아이였고, 동물이었다. 얼룩처럼 번졌다가 다시 커지면서 또렷해졌다.

마지막에 나는 내면의 강렬한 부름을 좇아 눈을 감았다. 내 안에서 그 그림이 보였다. 더 강하고 더 힘차게 보였다. 나는 그 그림 앞에 무릎을 꿇으려 했지만, 그림이 내 안 깊숙이로 들어와 있어서 나와 분리할 수가 없었다. 그 그림이 내가 되어 버린 듯했다.

그때 초봄의 폭풍처럼 어둡고 무거운 소리가 들려왔다. 나는 뭐라고 표현할 수 없는 공포와 체험의 새로운 감정으로 몸이 떨렸다. 별들이 내 앞에서 반짝이다가 꺼졌다. 까맣게 잊어버린 유년 시절의 기억들이, 아니 존재하기 이전의 시기, 생성의 초기 단계까지 거슬러 올라가는 기억들이 물밀 듯이 흘러와 내 곁을 스쳐 갔다.

가장 비밀스러운 것까지 포함하여 나의 생애 전체를 반복하는 듯이 보이는 이 기억들은 어제와 오늘에서 멈추지 않고 계속 나아가서 미래를 비추었고, 나를 오늘에서 떼어 내어 새로운 삶의 형식으로 이끌어 갔다. 그 영상들은 엄청나게 밝고 눈이 부셨다. 하지만 나중에는 아무것도 제대로 기억나지 않았다.

한밤중에 깊은 잠에서 깨어났다. 나는 옷을 입은 채 침대에 비스듬하게 누워 있었다. 불을 켰다. 뭔가 중요한 것을 생각해야 한다고 느꼈지만, 불과 몇 시간 전의 일이 아무것도 떠오르지 않았다. 방 안이 환해지자 기억이 점차 살아났다. 그림을 찾아보았다. 그림은 벽에 걸려 있지도, 책상 위에 있지도 않았다. 그러다가 어렴풋이 내가 그림을 태웠던 기억이 났다. 아니면, 그림을 태운 뒤 재를 먹은 것이 꿈이었던가?

거대한 불안감이 경련을 일으키듯 나를 몰아쳤다. 나는 모자를 눌러쓴 채 마치 누군가에게 강요당하기라도 하는 것처럼 집과 골목을 지나갔다. 폭풍에 밀려 가듯 거리와 광장을 걷고 또 걸었다. 내 친구의 음산한 교회 앞에 서서 귀를 기울여도 보았고, 뭘 찾는지도 모르면서 어두운 본능에 싸여 헤매고 또 헤매었다.

창녀들의 집이 늘어서 있는 교외를 지났다. 그곳은 아직 여기저기 불이 켜져 있었다. 더 멀리 바깥쪽에는 공사 중인 신축 건물이 있었고, 군데군데 벽돌 더미가 지저분한 눈에 덮여 있었다.

알 수 없는 압박감을 느끼며 몽유병자처럼 황무지 같은 이곳을 헤매다 보니, 예전에 나를 괴롭히던 크로머가 계산을 하겠다며 나를 끌고 갔던 고향의 신축 건물이 떠올랐다. 그것과 비슷하게 생긴 건물이 잿빛 어둠 속에 떡 버티고 있었다. 문이 달리게 될 입구가 시커먼 구멍처럼 나를 향해 입을 쩍 벌리고 있었다. 그 구멍이 나를 안으로 잡아끌었다. 나는 뒤로 물러서려다가 모래와 쓰레기에 발이 걸려 비틀거렸다. 그러나 안으로 들어가려는 충동이 더 강해서, 그렇게 하지 않을 수 없었다.

널빤지와 부서진 벽돌들을 지나 황량한 공간으로 비틀거리며 들어갔다. 축축한 냉기와 돌에서 나는 쿰쿰한 냄새가 불쾌하게 풍겼다. 한쪽에 쌓인 모래 더미가 희끄무레하게 보일 뿐, 다른 곳은 모두 캄캄했다.

그때, 깜짝 놀란 목소리가 나를 불렀다.

"세상에, 싱클레어. 대체 어디서 오는 거야?"

내 옆 어둠 속에서 한 사람이, 작고 마른 젊은이가 유령처럼 일어섰다. 나는 머리카락이 곤두설 만큼 놀랐지만, 곧바로 동급생인 크라우어라는 것을 알아보았다.

"여기에 어떻게 온 거지?"

그는 흥분하여 제정신이 아닌 사람처럼 물었다.

"어떻게 날 찾아냈어?"

나는 무슨 말인지 알아들을 수 없었다.

"널 찾으러 다닌 게 아니야."

나는 멍한 기분으로 대답했다. 한마디 한마디가 무척 힘들었다. 얼어붙은 듯 생기 없는 내 입술에서 겨우겨우 말이 비어져 나왔다.

그가 나를 뚫어지게 바라보았다.

"찾으러 다닌 게 아니라고?"

"응, 무언가가 나를 여기로 이끌었어. 네가 나를 부른 거니? 네가 날 부른 게 틀림없군. 그런데 여기서 뭐하고 있어? 한밤중에."

그는 가느다란 팔로 나를 힘껏 끌어안았다.

"그래, 한밤중이지. 이제 곧 아침이 될 테고. 아, 싱클레어. 나를 잊지 않았구나! 날 용서할 수 있겠니?"

"대체 뭘?"

"아, 내가 야비하게 굴었잖아!"

그제야 우리가 나누었던 대화가 생각났다. 네댓새 전이었던 가? 마치 그때 이후로 한평생이 지난 듯했다. 하지만 이제 모든 것이 분명해졌다. 우리 사이에 있었던 일뿐 아니라, 내가 왜 여기로 왔는지도 알 것 같았다. 크나우어가 여기서 뭘 하려고 했는지도.

"크나우어, 너 자살할 생각이었지?"

그는 추위와 공포로 떨고 있었다.

"그래, 그랬어. 내가 정말 그럴 수 있었을지는 모르겠지만. 아침이 될 때까지 기다리려고 했어."

나는 그를 바깥으로 끌고 나왔다. 저 멀리 지평선에서 뻗어 오른 새벽 햇살이 잿빛 대기 속에서 이루 말할 수 없이 차갑고도 무심하게 빛났다.

나는 그의 팔을 잡고 한참을 걸었다. 내 안에서 이런 말이 흘러나왔다.

"어서 집에 가. 그리고 아무한테도 말하지 마! 너는 잘못된 길을 간 거야, 잘못된 길을! 우리는 네가 말한 것처럼 돼지가 아니야. 사람이지. 우리는 신을 만들고 그들과 싸워. 신들은 우리를 축복해 주는 거야."

우리는 아무 말 없이 좀 더 걸어가다가 헤어졌다. 집으로 돌아왔을 때는 이미 날이 완전히 새었다.

성 ○○에서 보낸 시절 중 최고는 오르간 연주를 들으며, 또는 벽난로 앞에서 피스토리우스와 함께 보낸 시간이었다. 우리는 아프락사스에 관한 그리스어 원문을 같이 읽었다. 그는 《베다》에서 몇 군데를 번역하여 읽어 주었고, 신성한 '옴(불교의 진언 중 가장 위대하다고 간주되는 신성한 음절. 힌두교에서는 만물의 발생·유지·소멸을 의미한다.)'을 말하는 법을 가르쳐 주었다.

그러나 나의 내면을 키운 것은 이런 학식이 아니었다. 오히려 그 반대였다. 나에게 도움이 된 것은 내 안에서의 전진, 그리고 내 꿈과 사상과 예감에 대해 점차 커 가는 신뢰, 내 내면의 힘에 대해 점차 커 가는 자각이었다.

피스토리우스와 나는 어떤 식으로든 서로 통했다. 그를 강렬하게 생각하기만 하면 그가 찾아오거나 안부를 전해 온다는 사실을 깨달았다. 데미안의 경우와 마찬가지로, 나는 그가 옆에 없어도 그에게 뭐든지 물을 수 있었다. 그저 강렬하게 그를 상상하고, 그에게 내 질문을 집중해서 던지기만 하면 되었다. 그러면 질문에 담았던 영혼의 힘이 모두 대답이 되어 나에게 돌아왔다.

그러나 내가 상상하는 것은 피스토리우스나 막스 데미안이라는 인물이 아니라, 내가 꿈꾸고 그렸던 그림 속 모습이었다. 남자인 동시에 여자인, 내 수호신의 환영을 불러내야 했다. 그것은 이제 더는 내 꿈속이나 도화지 위에서만 살지 않았다. 소망의 모습이자 나 자신의 승화된 모습이 되어 내 안에 살았다.

자살에 실패한 크나우어가 나를 대하는 태도는 매우 특이했다. 이따금 우습기도 했다. 내가 그에게 갔던 그날 밤 이후로 충직한 하인이나 개처럼 나에게 매달렸다. 어떻게든 자기 삶을 내 삶과 연관시키려 애쓰며 나를 맹목적으로 따랐다. 아주 이상한 질문과 소원을 들고 나를 찾아왔다. 정령을 보고 싶다고도 했고 카발라(중세 유대교의 신비주의. 헤브라이어로는 '전승'을 뜻한다.)를 배우고 싶다고도 했다.

내가 그런 것들을 전혀 모른다고 아무리 말해도 믿지 않았다. 그는 나에게 온갖 능력이 다 있다고 믿었다. 그런데 이상하게도 그는 내 마음속에 뭔가 풀어야 할 매듭이 있을 때에 기이하고도 멍청한 질문들을 들고 올 때가 많았다. 그의 변덕스러운 착상이나 소원이 뜻밖에도 내 문제를 해결하는 실마리나 계기가 되는 경우가 자주 있었다.

하도 귀찮아서 그를 막무가내로 쫓아낸 적도 많았다. 그러면서도 그 또한 나에게 보내진 사람이라는 사실을, 내가 그에게 주는 것의 두 배가 그로부터 내게로 돌아온다는 사실을, 그 역시 나에게는 하나의 지도자이거나 하나의 길이라는 사실을 느꼈다. 그가 나에게 들고 오는 놀라운 책과 글들, 그가 그 안에서 구원을 찾으려고 하는 책이나 글들은 내가 바로 그 순간에 인식할 수 있었던 것보다 더 많은 가르침을 주었다.

시간이 흐른 뒤 크나우어는 나도 느끼지 못하는 사이에 내 인생에서 슬그머니 사라졌다. 작은 언쟁조차 없었다. 그러나 피스토리우스와는 달랐다. 성 ○○에서의 학창 시절이 끝나 갈 무렵, 이 친구와 또 하나의 특이한 일을 경험했다.

아무런 악의가 없는 사람도 살아가다 보면 한두 번쯤은 경건함이나 감사함이라는 아름다운 미덕과 마찰을 일으키게 마련이다. 누구나 아버지와 스승에게서 발걸음을 떼어야 하고, 누구나 외로움의 혹독함을 어느 정도는 느껴야 한다. 대부분의 사람들은 그것을 견디지 못하고 금방 숨을 곳을 다시 찾긴 하지만……

나는 아름다운 내 어린 시절의 그 '밝은' 세계에서 부모님이나 그분들의 세계와 격렬한 갈등이나 싸움을 통해 분리된 게 아니었다. 거의 느끼지 못할 만큼 서서히 멀어지고 낯설어졌다. 마음이 아팠다. 고향을 찾아가면 쓸쓸한 시간을 자주 겪었다. 그러나 그것이 마음속 깊이 파고들지는 않았다. 견딜 만했다.

하지만 우리가 습관이 아니라 자발적으로 사랑과 공경을 바친 경우에, 더없이 진정한 마음으로 제자나 친구가 된 경우에, 우리 안에서 흐르던 물결이 사랑하는 사람들로부터 떨어져 나가려는 것을 문득 깨닫게 되면 더 쓸쓸하고 더 고통스러운 순간이 온다. 그때는 친구와 선생님을 거부하는 마음이 모두 독침이 되어 자신의 심장을 겨누고, 방어를 위한 타격 역시 자신의 얼굴을 내려친다.

그럴 때 자기 안에 정당한 도덕성이 있다고 믿는 사람에게는 '배신'과 '배은망덕' 따위의 낱말들이 수치스러운 고함이나 낙인처럼 떠오른다. 그러면 깜짝 놀란 가슴은 두려움에 감싸여 유년 시절의 사랑스러운 미덕의 골짜기로 도망쳐 버리고, 이제 단절이 이루어졌음을, 그 시절과의 끈이 끊어져야 한다는 사실을 믿지 못한다.

시간이 흐르면서, 내 안에서 어떤 감정이 내 친구 피스토리우스를 무조건 지도자로 인정하려는 마음에 저항했다. 청년 시절의 가장 중요한 몇 달 동안 내가 경험한 것은 그와의 우정이었다. 그의 조언과 위로와 친근함이었다. 신은 그를 통해 나에게 말을 건넸다. 그의 입을 통해 내 꿈들이 나에게 돌아오고 설명되고 해석되었다. 그는 나에게 나 자신에게로 돌아갈 용기를 주었다.

아, 그런데 나는 점차 그에 대한 반감이 자라는 것을 느꼈다. 그의 말에는 교훈이 지나치게 많았다. 나는 그가 나의 일부분만을 온전하게 이해한다고 생각했다.

우리 사이에는 격렬한 싸움이나 극적 사건, 극심한 단절도 없었다. 청산조차 없었다. 난 그에게 그저 단 한마디, 그것도 악의 없는 말을 한마디 했을 뿐이다……. 그러나 바로 그 순간, 하나의 환상이 우리 사이에서 오색 파편이 되어 산산이 깨졌다.

나는 이미 그 전부터 그런 예감에 억눌려 있었다. 그 예감은 어느 일요일, 그의 낡은 서재에서 또렷한 감정으로 변했다.

우리는 벽난로 앞의 바닥에 엎드려 있었다. 그는 비밀 제의와 종교 형식에 대해 말했다. 그는 그런 것들을 곰곰이 생각하고 연구했으며, 그것들의 미래가 어떻게 될지를 가늠하는 데 몰두했다.

그러나 이 모든 것이 나에게는 인생에 아주 중요하다기보다는 그저 호기심을 끄는 흥밋거리로만 여겨졌다. 심지어 내게는 지루한 가르침으로, 과거 세계의 폐허를 뒤지는 힘겨운 탐색쯤으로 와 닿았다. 그래서 어느 순간 이 모든 방식과 신비주의에 대한 숭배, 그리고 전승된 신앙의 형식들을 짜맞추는 모자이크 유희에 대해 반감이 들었다.

"피스토리우스."

나는 나 스스로도 깜짝 놀랄 만큼 악의가 묻어나는 목소리로 말했다.

"차라리 꿈 이야기를 다시 들려주시는 편이 좋겠어요. 밤에 꾼 진짜 꿈 말입니다. 지금 당신이 하는 이야기는 너무…… 너무 고리타분하고 지루해요!"

그는 내가 이런 식으로 말하는 것을 한 번도 들어 본 적이 없었다. 바로 그 순간, 나 스스로도 수치심과 놀라움을 느끼며 번개처럼 번뜩 깨달은 사실이 있었다. 내가 그에게 쏘아 심장을 맞춘 그 화살은 바로 그 자신의 무기 창고에서 꺼낸 것이었다.

그 스스로 이따금 냉소적인 어조로 털어놓곤 하던 자기 비난을 내가 지금 악의에 차서 날카롭디날카롭게 벼리어 그에게 쏘아 보내고 말았다.

그는 금방 그것을 깨닫고 입을 꾹 다물었다. 나는 마음속으로 불안감을 느끼며 그를 바라보았다. 그는 끔찍할 만큼 창백해져 버렸다.

길고 무거운 침묵이 흐른 뒤에, 그가 새 장작을 불에 넣고는 나지막하게 말했다.

"싱클레어, 자네 말이 맞네. 자네는 똑똑한 친구야. 이제 지루한 애기로 자네를 귀찮게 하지 않을 거야."

그는 무척 차분하게 말했지만, 나는 그의 상처에서 스며 나오는 고통을 선명하게 들었다. 내가 무슨 짓을 한 건가!

눈물이 나올 것 같았다. 나는 그에게 진심으로 다가가 용서를 빌고, 내 사랑과 고마움을 확인시켜 주고 싶었다. 감동적인 말들이 떠올랐지만 차마 그 말들을 뱉을 수 없었다. 나는 바닥에 엎드린 채 불을 들여다보며 입을 다물었다.

그도 침묵했다. 우리는 그렇게 한참 동안 엎드려 있었다. 불이 타 들어가다가 서서히 잦아들었다. 나는 불꽃이 하나씩 사그라질 때마다 아름다움과 다정함도 함께 타서 돌아올 수 없는 곳으로 날아가 버리는 느낌이 들었다.

"내 말을 오해하신 것 같아 걱정스럽군요."

마침내 나는 압박감을 느끼며 메마르고 쉰 목소리로 말했다. 신문 소설을 낭독하는 것처럼 멍청하고 의미 없는 말들이 기계적으로 입술을 타고 새어 나왔다.

"자네 말을 제대로 이해했네."

피스토리우스가 나지막하게 말했다.

"자네가 옳아."

그는 잠시 쉬었다가 천천히 말을 이었다.

"한 인간이 다른 인간에 대해 올바를 수 있는 한도 내에서 말이지."

아니, 아닙니다. 나는 속으로 외쳤다. 내가 틀렸어요! 그러나 아무 말도 할 수 없었다. 나는 대수롭지 않은 단 한마디 말로 그의 본질적인 약점과 고민과 상처를 건드렸다는 사실을 깨달았다. 그 스스로도 끊임없이 의심하던 바로 그 부분을 건든 것이다. 그의 이상은 '케케묵은' 거였고, 그는 오로지 과거에 연연하는 탐구자요 몽상가였다.

나는 마음속 깊은 곳에서 이런 것을 느꼈다. 내 눈에 비친 피스토리우스와 그 스스로에게 비친 그의 존재는 다르다는 사실이었다. 또, 그는 나에게 주었던 것을 정작 자기 자신에게는 줄 수 없었다. 그는 인도자인 그 스스로도 이탈해서 떠나야 했던 길로 나를 이끌었던 것이다.

어떻게 그런 말이 나왔을까! 나쁜 뜻으로 한 말도 아니었고,

파국이 오리라는 예감도 없었다. 말하는 순간에는 나 스스로도 몰랐던 뭔가가 입 밖으로 비어져 나온 것이다. 약간 재치 있고 약간 악의가 스민 대수롭지 않은 착상이 떠올랐을 뿐인데, 그것이 그만 운명이 되었다. 나는 부주의하게 작은 잘못을 저질렀는데, 그게 그에게는 심판이 되었다.

아, 그때 나는 그가 화를 내면서 스스로를 변호하길 얼마나 바랐던가! 나에게 차라리 고함을 지르기를…… 그는 아무것도 하지 않았다. 나 스스로 마음속에서 이 모든 것을 해야 했다. 할 수만 있다면 그는 미소를 지었을 것이다. 그는 그러지도 못했다. 내가 그에게 얼마나 큰 타격을 주었는지는 그 점에서 가장 잘 알 수 있었다.

피스토리우스는 나에게서, 즉 건방지고 배은망덕한 제자에게서 받은 타격을 아무 말 없이 받아들였다. 침묵으로 내 말이 옳다고 했고, 내 말을 운명으로 인정했다. 그럼으로써 그는 내가 나 스스로를 증오하게 했고, 내 경솔함을 천 배나 크게 만들었다. 타격을 가할 때만 해도 나는 방어력이 있는 강한 사람을 공격하는 줄 알았다…… 그러나 막상 그는 참고 견디는 조용한 사람이었고, 말없이 항복하는 무방비한 사람이었다.

우리는 사그라드는 불 앞에 오랫동안 엎드려 있었다. 불 속에서 타오르는 모습 하나하나가, 서서히 오그라들어 재로 변해 가는 장작 하나하나가 행복하고 아름답고 풍요로웠던 시간들을 기억나게 했고, 내가 피스토리우스에게 진 빚을 점점 더 크게 쌓아올렸다.

마침내 나는 더 이상 견디지 못하고 일어서 밖으로 나왔다. 그의 방문 앞에, 어두운 계단에, 대문 밖에 오랫동안 서 있었다. 혹시라도 그가 나를 따라 나오지 않을까 기다리면서.

얼마쯤 뒤, 나는 하염없이 걸었다. 몇 시간이고 걸었다. 시내와 교외, 공원, 숲을 저녁때까지 돌아다녔다. 그때 나는 처음으로 내 이마에서 카인의 표식을 느꼈다.

곰곰이 생각해 보았다. 나는 조금 전까지 나 자신을 비난하고 피스토리우스를 변호하려고만 했다. 그러나 모든 것이 그 반대로 끝났다. 나는 경솔하게 내뱉었던 말을 후회하고 거둬들일 준비가 천 번이라도 되어 있었다…….

그러나 내가 한 말은 사실이었다. 그제야 비로소 피스토리우스가 이해되었고, 그의 모든 꿈을 그려 볼 수 있었다. 사제가 되어 새로운 종교를 선포하고, 정신적인 고양과 사랑과 경배를 위한 새로운 형식을 만들고, 새로운 상징을 세우는 꿈이었다.

그러나 그 꿈은 그의 힘으로 이룰 수 있는 게 아니었다. 그의 임무도 아니었다. 그는 과거에 존재했던 것에 열정적으로 취해 있었다. 예전 것을 아주 정확하게 알았으며, 이집트와 인도와 미트라스(페르시아에서 기원한 미트라교의 제신으로, 빛과 태양의 신)와 아프락사스에 대해 너무도 많이 알고 있었다.

그의 사랑은 세상이 이미 본 형상들에 매여 있었다. 그러면서도 그는 새로운 것은 새롭고 달라야 하며, 박물관이나 도서관에서 만들어지는 게 아니라 신선한 대지에서 솟아야 한다는 사실을 잘 알고 있었다.

그의 임무는 아마도, 그가 나에게 했듯이 사람들이 자기 자신에게 이르도록 도와주는 데 있었을 것이다. 그들에게 들어 보지 못한 것, 다시 말해 새로운 신들을 제시하는 일은 그의 임무가 아니었다.

그때 갑자기 예리한 불꽃 같은 깨달음이 나를 불태웠다……. 누구에게나 하나의 임무가 있지만, 그 누구도 스스로 선택하고 고치고 마음대로 지배할 수 없다는 사실이었다. 새로운 신을 원하는 것은 잘못되었다. 세상에 새로운 것을 부여하려는 일은 완전히 틀린 생각이었다! 깨달은 사람에게는 오로지 한 가지, 한 가지, 한 가지 의무밖에 없었다. 자기 자신을 탐색하고 자기 안에서 확고해지는 것, 그 길이 어디로 이끌든 자신만의 길을 계속 더듬어 앞으로 나아가는 것이었다…….

이 생각이 나를 깊이 뒤흔들었다. 이것이 내가 이 경험에서 얻은 결실이었다. 나는 미래의 모습을 장난치듯 자주 그려 보았고, 내게 주어질지도 모르는 역할을 꿈꾸었다. 그 역할은 시인이나 예언자나 화가였다. 아니면 다른 그 무엇이었다.

그러나 이것들은 아무것도 아니었다. 나는 시를 짓거나 설교를 하거나 그림을 그리려고 존재하는 게 아니었다. 나뿐만 아니라, 다른 그 누구도 그런 이유로 존재하지 않았다. 이 모든 것은 그저 곁다리로 생겨나는 일이었다.

모든 사람에게 진정한 임무는 자기 자신에게 도달하기, 이것 하나뿐이었다. 시인이나 정신병자, 예언자, 범죄자로 끝날 수도 있지만, 결국에 그것은 하나도 중요하지 않았다. 모든 사람이 해야 할 일은 임의의 운명 하나가 아니라, 자신의 운명을 찾아내어 자기 안에서 그 운명을 온전히 살아내는 일이었다. 다른 것은 반쪽에 불과했다. 도망치려는 시도이며, 대중의 이상 속으로 후퇴하고 적응하는 것이며, 자기 자신의 내면에 대한 두려움이었다.

새로운 영상이 두렵고도 성스럽게 내 앞에 떠올랐다. 수백 번 예감했고 어쩌면 이미 자주 입 밖에 냈을지도 모르지만, 이제야 비로소 경험을 한 것이었다. 나는 자연이 던진 존재였다. 불확실함 속으로 던져진 존재……. 어쩌면 새로운 것으로, 어쩌면 무(無)로 던져졌다. 본래의 심연에서 내던져진 이 존재를 작동하게 만들고, 그 존재의 의지를 내 안에서 느끼며, 그것을 완전히 내 것으로 만드는 것, 이것만이 내 임무였다. 오로지 이것만이!

나는 이미 고독을 많이 맛보았다. 그러나 이제 그것보다 더 깊은 고독이 있으며, 그 고독에서 벗어날 수 없다는 사실을 깨달았다.

피스토리우스와 화해하려는 시도는 하지 않았다. 우리는 여전히 친구였지만 관계가 달라졌다. 그 일에 대해서 우리는 단 한 번만 말했다. 아니, 사실 그렇게 한 사람은 그였다.

"난 사제가 되고 싶어. 그건 자네도 알 테지. 우리가 많이 예감하고 있는 새로운 종교의 사제가 제일 되고 싶다네. 난 절대 그렇게 될 수 없을 거야……. 그걸 알고 있어. 나 스스로에게 제대로 고백한 적은 없지만 이미 오래전부터 알고 있었다네. 그러니 다른 사제 봉사를 하게 될 거야. 아마 오르간, 또는 다른 방식으로 말이야. 나는 오르간 음악이나 비밀 제의, 상징과 신화처럼 내가 아름답고 성스럽게 느끼는 뭔가에 언제나 둘러싸여 있어야 하거든. 내겐 그런 것이 필요해. 그리고 그런 것에서 떠나지 않을 거야……. 그게 내 약점이지.

싱클레어, 나도 내가 그런 소망을 가져서는 안 된다는 사실을 알아. 그게 사치며 약점이라는 사실을 종종 깨닫지. 차라리 아무런 요구 없이 운명에 완전히 순종하는 편이 더 위대하고 더 올바른 일인지도 모르겠어. 하지만 난 그렇게 하지 못해. 내가 할 수 없는 유일한 일이야. 어쩌면 자네는 언젠가 할 수 있을지도 모르지. 그렇게 운명에 자신을 내맡기긴 어려워. 이봐, 그건 세상에서 제일 어려운 일이라네. 난 그런 꿈을 자주 꾸었지. 그러나 그렇게 하지 못했어. 그 앞에서 전율을 느끼지. 나는 그렇게 완전히 벌거벗은 채 외롭게 서 있을 수가 없어.

나 역시 불쌍하고 약한 한 마리 개라네. 온기와 먹이가 필요하고, 이따금은 나와 비슷한 부류에게서 친밀감을 느끼고 싶어 하는 개 말이야. 자기 운명 이외에는 아무것도 원하지 않는 사람에게는 자기 부류라는 게 없지. 그는 완전히 홀로 서 있는 데다, 그의 주위에는 오로지 차가운 우주뿐이니까. 알겠나? 겟세마네 동산의 예수만이 그럴 수 있어. 십자가에 기꺼이 못 박힌 순교자들도 있지만, 그들 역시 영웅은 아니지. 자유롭지 못했으니까. 그들도 자기에게 정답고 친밀한 뭔가를 원했지. 그들에게는 본보기도 있었고 이상도 있었지. 하지만 오로지 운명만 원하는 사람에게는 본보기나 이상이 없어. 사랑스러운 것도, 위안이 되는 것도 없지!

인간은 원래 이 길을 가야 해. 나와 자네 같은 사람은 상당히 외롭지만, 그래도 우리에게는 서로가 있지. 우린 남과 다르다는, 저항할 수 있다는, 평범하지 않은 것을 원한다는 남모를 만족감이 있잖아. 하지만 그 길을 온전히 가려는 사람은 그런 것들도 버려야 해. 혁명가나 본보기, 순교자가 되려고 해서도 안 되고. 상상할 수도 없는 일이지……."

그랬다, 상상할 수도 없었다. 그러나 꿈꿀 수는 있었다. 미리 짐작하고 예감할 수도 있었다. 아주 고요한 시간에 몇 번인가 조금이나마 느꼈다. 내 안을 들여다보고, 두 눈을 부릅뜨고 있는 내 운명의 상을 보았다. 그 눈은 지혜로 가득한 때도 있었고, 광기로 가득한 때도 있었다. 사랑을, 또는 깊은 악의를 내뿜을 때도 있었다.

그러나 모두 마찬가지였다. 그중 아무것도 고를 수 없었고 원할 수도 없었다. 자기 자신만을, 자기 운명만을 원할 수 있었다. 피스토리우스는 거기에 이르는 한 구간에서 내 인도자 역할을 하였다.

그때 나는 눈이 먼 듯 이리저리 헤맸다. 마음속에서 폭풍이 일었고, 한 걸음 한 걸음이 모두 위험했다. 내 앞에 어마어마한 어둠밖에 보이지 않았다. 지금까지의 모든 길은 그 어둠으로 뻗어 있었고, 그 속으로 가라앉았다. 내 안에서 나는 데미안과 닮은 안내자의 모습을 보았다. 그의 눈 속에 내 운명이 있었다.

나는 종이에 이렇게 적었다.

나의 길 안내자가 나를 떠났다. 나는 어둠 속에 서 있다. 혼자서는 한 걸음도 움직일 수 없다. 도와줘!

그 종이를 데미안에게 보내려고 하다가 그만두었다. 그러려고 할 때마다 어리석고 무의미한 일처럼 느껴졌다. 그러나 나는 그 간단한 기도문을 외우고는, 마음속으로 그것을 자주 되뇌었다. 그 기도는 언제나 나를 따라다녔다. 나는 기도가 무엇인지 느끼기 시작했다.

학창 시절이 끝났다. 나는 여행을 떠나기로 했다. 아버지가 계획한 일이었다. 그다음에는 대학교에 가야 했다. 어느 학부로 갈지는 몰랐다. 한 학기는 철학 공부를 하기로 했다. 어차피 다른 과목을 선택했더라도 나는 똑같이 만족했을 것이다.

제 7 장
에바 부인

   방학 중에, 나는 막스 데미안이 몇 년 전에 그의 어머니와 함께 살던 집에 찾아가 보았다. 나이 든 부인이 정원에서 거닐고 있었다. 나는 그 부인에게 다가가 말을 걸었고, 그녀가 그 집의 주인이라는 걸 알게 되었다.

   나는 데미안의 가족에 대해 물어보았다. 그 부인은 그들을 잘 기억하고 있었지만, 지금 어디에 사는지까지는 몰랐다. 그녀는 내가 데미안의 가족에 대해 궁금해한다는 것을 알고는 나를 집 안으로 데리고 들어갔다. 그러고는 가죽 앨범을 꺼내 와 데미안 어머니의 사진을 보여 주었다.

   나는 데미안 어머니의 모습을 또렷하게 기억하지 못했다. 그러나 그 사진을 보는 순간, 심장이 멎어 버리는 줄 알았다…….
내 꿈속의 영상과 똑같았다! 그녀였다. 키가 큰 데다, 남성적인
분위기가 흠씬 묻어나는……. 아들과 많이 닮았으면서도 모성애
와 엄격함, 그리고 깊은 열정이 깃들여 있는 표정이었다. 아름답
고 매혹적인 동시에, 감히 함부로 범접할 수 없는 모습이었다. 나
의 수호신이자 어머니이자 운명이자 연인이었다. 바로 그녀였
다!

　내 꿈속의 영상이 이 땅에 살아 숨 쉰다는 사실이 격렬한 기적
처럼 나를 뚫고 지나갔다! 내 운명의 모습을 지닌 여인이 실제
로 존재하고 있었다! 어디에, 어디에……? 그녀는 놀랍게도 데
미안의 어머니였다.

　나는 곧바로 여행을 떠났다. 아주 특별한 여행이었다! 머릿속
에 떠오르는 대로 그 여인을 찾아서 쉴 새 없이 돌아다녔다. 그
녀를 닮았거나 그녀를 떠올리게 하는 그 무엇을 찾아서, 뒤엉킨
꿈속에서처럼 낯선 도시의 골목과 기차역, 기차 안을 헤집고 다
녔다.

　그러다가 이렇게 찾아다니는 일이 얼마나 부질없는 짓인지
를 깨닫는 날도 있었다. 그럴 때면 공원이나 호텔 정원, 혹은 대
합실에 멍하니 앉아 내 안을 들여다보았다. 어떻게든 그 꿈속의
영상을 좀 더 생생하게 떠올려 보려 애썼다. 그러나 그 영상은
생각만큼 또렷하게 떠오르지 않았다. 나는 잠을 잘 수도 없었다.

기차를 타고 낯선 풍경 속을 달리면서 그저 십오 분 정도씩 조는 게 다였다.

한번은 취리히에서 어떤 여자가 내 뒤를 따라왔다. 겉모습이 매력적이긴 했지만 약간 뻔뻔해 보이는 여자였다. 나는 마치 그녀가 공기라도 되는 듯이 눈길 한번 주지 않은 채 계속 걸어갔다. 다른 여자에게 단 한 순간이라도 관심을 보내느니 차라리 죽는 편이 나을 것 같았다.

시간이 갈수록 내 운명이 나를 끌어당기고 있다는 것이 느껴졌다. 실제로 만날 날이 머지않았다는 예감이 들었다. 그런데도 내가 할 수 있는 일이 아무것도 없다는 사실에 자꾸만 초조해져서 미칠 것만 같았다.

언젠가 어떤 역(인스부르크 역이었던 것 같다.)에 서 있다가, 막 출발하는 기차의 창가에 그 여인과 닮은 사람이 앉아 있는 것을 보았다. 그 후로 며칠 동안 몹시 괴로웠다. 그 모습이 꿈에 나타났다. 나는 이렇게 계속 무의미하게 찾아다니는 일이 부끄럽고 참담해, 잠에서 깨자마자 곧장 집으로 돌아왔다.

몇 주 뒤에 H대학교에 등록을 했다. 모든 것이 나를 실망시켰다. 내가 들은 철학사 강의는 신입생들의 자유분방한 행동만큼이나 실체가 없었고 기계적이었다. 모든 것이 틀에 박혀 있었고, 말과 행동이 누구나 똑같았다. 아직 어린 티가 가시지 않은 얼굴들에 깃든 즐거움도 서글플 만큼 공허하고 진부해 보였다!

그러나 나는 한없이 자유로웠다. 하루 종일 교외의 낡은 집에서 조용하고 편안하게 지냈다. 책상 위에는 항상 니체의 책이 몇 권 놓여 있었다. 나는 니체와 함께 살면서 그 영혼의 고독을 느꼈고, 끊임없이 그를 몰아 댄 운명의 냄새를 맡았다. 그와 함께 괴로워하면서, 그토록 꿋꿋이 자기 길을 간 사람이 이 세상에 존재했다는 사실에 행복감을 느꼈다.

어느 날 늦은 저녁, 가을바람이 부는 시내를 어슬렁거리고 있을 때였다. 술집에서 학생들의 노랫소리가 흘러나왔다. 열려 있는 창문으로 담배 연기가 구름처럼 새어 나왔다. 노랫소리는 엄청나게 쏟아지는 물처럼 크고 우렁찼지만, 감격이나 생기는 없이 그저 단조롭기만 했다.

나는 길모퉁이에 서서 귀를 기울였다. 잘 훈련된 청춘의 쾌활함이 술집 두 군데에서 어둠 속으로 앞다투어 쏟아져 나왔다. 어디를 가나 단결이었고, 어디를 가나 집회였다. 어디서나 사람들은 자신의 운명을 내려놓고, 같은 부류의 안락함 속으로 달아났다! 그때 뒤에서 걸어오던 남자 둘이 내 옆을 천천히 지나갔다. 나는 두 사람의 대화를 언뜻 들었다.

"흑인 마을에 있는 청년 회관과 똑같지 않습니까?"

한 남자가 말했다.

"모든 게 똑같아요. 심지어 문신도 아직까지 유행하네요. 보세요, 이게 바로 새 유럽입니다."

그 목소리는 이상하게 경고처럼 울렸다. 귀에 익은 목소리였다. 나는 두 사람을 따라 어두운 골목으로 갔다. 한 사람은 키가 작고 세련된 일본인이었다. 미소짓고 있는 그의 노란 얼굴이 가로등 불빛 아래서 반짝 빛났다.

아까 말을 하던 남자가 다시 입을 열었다.

"당신네 나라 일본에서도 상황이 더 낫지는 않을 겁니다. 무리를 쫓아다니지 않는 사람은 어디를 가도 드무니까요. 물론, 이곳에도 그런 사람이 몇몇 있기는 하지요."

말 한마디 한마디가 기쁨과 놀라움으로 내 가슴을 꿰뚫고 들어왔다. 나는 말하는 사람이 누구인지 알아차렸다. 바로 데미안이었다. 바람 부는 밤에 어두운 골목에서, 나는 그와 일본인의 뒤를 쫓았다. 그들의 대화에 귀를 기울이며 데미안의 목소리 특유의 울림을 즐겼다. 그 목소리는 예전과 같은 음색이었다. 옛날처럼 아름다운 안정감과 평온을 지녔고, 나를 지배하는 힘이 있었다. 이제 모든 것이 만족스러웠다. 나는 그를 찾아내었다.

일본인은 교외의 어느 거리 끝에서 작별 인사를 하고 대문을 열었다. 데미안은 간 길을 되돌아왔다. 나는 그 자리에 멈추어선 채, 길 한복판에서 그를 기다렸다. 데미안은 갈색 비옷을 입고 가느다란 지팡이를 팔에 건 채 꼿꼿하고 절도 있는 걸음걸이로 다가왔다. 나는 그의 그런 모습을 가슴 두근거리며 바라보았다. 그는 바로 내 앞까지 와서 모자를 벗었다. 그러자 단호한 입과 넓은 이마, 예의 그 환한 얼굴이 드러났다.

"형!"

내가 소리치자, 그가 손을 내밀었다.

"싱클레어, 너구나? 안 그래도 널 기다리고 있었어."

"내가 여기에 있다는 걸 알았어?"

"정확히 알지는 못했지만, 분명히 기대는 했지. 오늘 저녁에야 이렇게 만났지만 말이야. 너, 내 뒤를 계속 따라왔지?"

"나를 바로 알아본 거야?"

"물론이지. 뭐, 겉모습이 약간 변하기는 했지만 넌 표식을 갖고 있잖아."

"표식? 무슨 표식?"

"네가 기억할지 모르겠지만, 우리는 예전에 그걸 카인의 표식이라고 불렀어. 우리의 표식이야. 넌 언제나 그걸 가지고 있었어. 그래서 난 네 친구가 된 거고. 그런데 이제 그게 더 뚜렷해졌구나."

"난 몰랐는데. 아니, 알고 있었나? 언젠가 형의 모습을 그린 적이 있었는데, 그 그림이 나하고도 닮아서 깜짝 놀랐어. 그게 표식이었나?"

"그래, 맞아. 네가 여기에 있으니까 좋은데! 우리 어머니도 기뻐하실 거야."

나는 깜짝 놀랐다.

"어머니? 어머니도 여기에 계셔? 하지만 나를 전혀 모르실 텐데……."

"아니야, 알고 계셔. 내가 말씀드리지 않아도 네가 누군지 금방 알아보실 거야. 그런데 넌 참 오랫동안 소식이 없었어."

"아, 여러 번 편지를 쓰려고 했는데 뜻대로 되지 않았어. 하지만 얼마 전부터는 이제 곧 형을 만날 거라는 예감이 들었어. 그래서 날마다 기다렸지."

그는 나에게 팔짱을 끼고 함께 걸었다. 그의 몸에서 번져 오는 평온함이 나에게로 흘러들었다. 우리는 곧 예전으로 돌아가, 이런저런 이야기를 나누었다. 학창 시절과 입교식 준비 수업, 방학 때의 그 불행한 만남까지 기억해 냈다……. 그러나 우리 사이를 최초로 긴밀하게 이어 준 프란츠 크로머에 관한 이야기는 이번에도 꺼내지 않았다.

어느새 우리는 특이한 예감으로 가득 찬 대화에 깊이 빠져들었다. 데미안과 일본인이 나눈 대화의 내용과 비슷했다. 대학생들에 대한 이야기를 하다가 아주 동떨어져 보이는 이야기로 옮겨 가기도 했지만, 그런 이야기들조차도 데미안이 입 밖에 내는 순간 서로 긴밀하게 연결되었다.

그는 유럽의 정신과 이 시대의 징후에 대해 이야기했다. 어디에서나 끼리끼리 모여 무리를 짓곤 하지만, 자유와 사랑은 그 어디에도 없다고 말했다. 대학생 연합과 합창 동아리에서부터 국가에 이르기까지, 모든 단체가 강박감에 의해 꾸려질뿐더러 불안과 공포와 당혹감에서 생겨난 공동체라고 주장했다. 그렇기에 그 속은 썩을 대로 썩고 낡아서 허물어지기 직전이라는 것이었다.

"여럿이 모여 함께한다는 건 멋진 일이지."

데미안이 말했다.

"하지만 지금 곳곳에서 생겨나고 있는 것은 진정한 의미의 연대가 아니야. 개인들이 서로 알아 가면서 새로운 연대가 생겨날 거고, 한동안은 세상을 변화시킬 거야. 지금의 연대는 그저 무리 짓기에 불과해. 사람들은 서로서로가 두려워서 서로에게로 도망치는 거야……. 주인은 주인끼리, 노동자는 노동자끼리, 학자는 학자끼리! 왜 두려운 걸까? 인간은 자기 자신과 하나가 되지 못할 때 두려움을 느껴. 그들은 자기 자신을 인정해 본 적이 없기 때문에 두려움에 빠지는 거지.

모두 자기 안에 있는 미지의 존재에게 두려움을 느끼는 사람들로 이루어진 연대야! 그들은 자기 삶의 법칙들이 더는 맞지 않다는 것을, 자기들이 낡은 규범에 따라 살고 있다는 것을 느끼고 있어. 그들의 종교나 도덕심, 그 어떤 것도 우리의 필요와는 맞지 않아. 유럽은 백 년이 넘도록 연구만 하고 공장만 세웠어! 사람을 한 명 죽이는 데 화약이 몇 그램 필요한지는 잘 알지만, 신에게 어떻게 기도해야 하는지는 몰라. 한 시간을 즐겁게 보내는 방법도 모르지.

대학생들이 몰려가는 술집을 봐! 아니면 부자들이 가는 유흥업소를 보든지……. 희망이 없어! 싱클레어……, 그 어디에서도 즐거움은 찾을 수 없어. 불안해서 모인 사람들은 공포와 적의에 가득 차 있을 뿐, 다른 사람을 절대로 믿지 않거든. 이제 더는 이상이 아닌 이상에 매달린 채, 누군가 새로운 이상을 내놓기만 하면 무턱대고 돌을 던지지. 나는 이 시대의 대립이 피부로 느껴져. 곧 싸움이 벌어질 거야. 내 말을 믿어. 머지않아 반드시 그럴 테니까!

물론 전쟁이 세상을 '개선'하지는 못할 거야. 노동자들이 공장주를 때려죽이든, 러시아와 독일이 총질을 하든, 그저 주인만 바뀔 테지. 물론 아무 소용도 없는 일은 아닐 거야. 오늘날의 이상이 가치가 없다는 사실이 밝혀질 거고, 석기 시대의 신들이 제거될 테니까. 지금 이 세상은 죽어 가고 있어. 멸망의 길로 한 발짝 한 발짝 다가서고 있지. 그리고 그렇게 될 거야."

"그럼 우리는 어떻게 되지?"

내가 물었다.

"우리? 아, 어쩌면 함께 멸망하겠지. 우리 같은 사람도 때려죽일 테니까. 하지만 그걸로 우리가 완전히 끝장나지는 않아. 우리에게서 남은 것, 또는 우리 중에서 살아남은 자들 주위에 미래의 의지가 모여들 거야. 우리 유럽이 한동안 기술과 학문의 거대한 시장을 열고는 너무 소리를 지르는 통에 들리지 않았던 인류의 의지가 드러날 거야. 그러면 인류의 의지라는 게 오늘날의 공동체나 국가와 민족, 협회, 교회의 의지와 같지 않다는 사실이 밝혀지겠지. 자연이 인간에게 원하는 것은 개인의 내면에, 너와 나의 내면에 들어 있어. 예수 안에, 니체 안에 들어 있던 거지. 오늘날의 공동체가 무너지면, 이 유일하게 중요한 흐름들을 위한 공간이 생겨날 거야. 물론 그 흐름들이 날마다 다르게 보일 수도 있겠지만 말이야."

우리가 강가의 어느 정원 앞에 멈추어 섰을 때는 이미 매우 늦은 시각이었다.

"우리, 여기에 살아."

데미안이 말했다.

"놀러 와! 우린 항상 너를 기다리고 있으니까."

나는 서늘해진 밤공기를 뚫고 기쁜 마음으로 집으로 향했다. 대학생들이 여기저기서 소리를 지르고 비틀거렸다. 나는 그들의 우스꽝스러운 생활 방식과 나의 고독한 생활 방식에서 거리감을 느낄 때가 많았다. 어떤 때는 부러워하기도 하고, 또 어떤 때는 빈정거리기도 하면서……. 그러나 그것이 나와 얼마나 상관이 없는 일인지, 이 세계가 나와 얼마나 아득하게 동떨어져 있는지를 오늘처럼 평온하게 느낀 적은 없었다.

고향의 관리들, 그 늙고 위엄 있는 신사들의 모습이 떠올랐다.

그들은 행복한 낙원에 대한 기념품이라도 되는 듯이 술집을 전전하던 학창 시절의 추억에 집착했고, 시인이나 낭만주의자들이 유년 시절을 찬미하는 것처럼 학창 시절에 누렸다가 이제는 사라진 '자유'를 숭배했다.

어디나 마찬가지였다! 그들은 어디에 있든 자신의 과거 어딘가에서 '자유'와 '행복'을 찾았다. 자신의 고유한 책임을 떠올리게 될까 봐, 자신의 고유한 길을 가라는 경고를 받을까 봐 두려워서였다. 그렇게 몇 년 동안 술을 퍼마시며 즐겁게 살다가, 안전한 구역으로 기어 들어가 공직에 근무하는 근엄한 관리가 된 것이다.

그렇다, 썩었다. 우리가 있는 곳은 다 썩었다. 그래도 대학생들의 이런 짓거리는 수백 가지 다른 짓거리보다는 덜 어리석고 덜 사악했다.

그러나 멀리 떨어진 나의 집으로 돌아와 침대에 눕는 순간, 이런 생각들은 깡그리 사라져 버렸다. 내 생각은 오로지 이 하루가 나에게 선물해 준 찬란한 약속에만 쏠려 있었다. 원하기만 하면 내일이라도 당장 데미안의 어머니를 만날 수 있다는……. 대학생들이 술판을 벌이든, 얼굴에 문신을 하든, 세상이 썩어 문드러지든…… 나하고 무슨 상관인가! 나는 오직 운명이 새로운 모습으로 나에게 다가오기만을 기다릴 뿐이었다.

아침 늦게까지 푹 잤다. 새 날이 축제일처럼 밝았다. 어렸을 때 성탄절 이후로 더는 경험하지 못한 기분이었다. 마음 깊은 곳에는 동요로 가득했지만, 두려움은 조금도 없었다. 나에게 중요한 날이 밝았음을 느꼈다. 내 주변의 세계가 기대에 차서 의미심장하고 장엄하게 변화하고 있었다. 조용히 내리는 가을비마저 아름답고 고요했으며, 즐거운 음악으로 가득한 축제일의 분위기를 자아냈다. 바깥 세계가 처음으로 내 마음과 온전히 화음을 이루었다……

이럴 때면 영혼의 축제일이 열리고, 사는 보람이 느껴졌다. 어떤 집도, 어떤 진열창도, 길에서 만난 어떤 얼굴도 신경에 거슬리지 않았다. 모든 것이 본래의 모습 그대로였지만, 일상과 습관의 무미건조함에 찌든 텅 빈 얼굴이 아니었다. 모든 것이 경건하게 운명을 맞을 준비를 하고 느긋이 기다리는 자연 그대로의 모습이었다. 어렸을 때 성탄절이나 부활절같이 큰 축제일의 아침이 꼭 그랬다.

이 세상이 아직도 이렇게 아름다울 수 있다는 사실을 미처 몰랐다. 나는 지금껏 내 안의 삶에 익숙해 있었다. 저 바깥세상은 내게 의미가 없어진 지 오래였으며, 내 어린 시절을 놓치는 순간 빛나는 색채도 잃어버렸다. 영혼의 자유와 남성적인 성숙을 얻기 위해서는 어느 정도 이런 사랑스런 광채를 대가로 지불해야 한다고 생각했다.

그런데 이 모든 것이 그저 땅에 파묻히고 어두워져 있었을 뿐,

어린 시절의 행복을 포기한 대가로 자유를 얻은 사람도 반짝이는 세상을 바라볼 수 있고, 어린아이처럼 천진한 시선의 짜릿한 전율을 맛볼 수 있다는 사실을 황홀한 마음으로 깨달았다.

그날 밤 막스 데미안과 작별했던 교외의 정원을 다시 찾았다. 비에 젖어 짙은 잿빛 나무들 뒤에 자그마한 집이 한 채 숨어 있었다. 첫눈에도 환하고 아늑했다. 커다란 유리벽 뒤편으로는 키 큰 다년초들이, 말끔한 창문 뒤쪽에는 책을 꽂아 둔 선반과 그림이 걸린 어두운 벽이 보였다. 현관문은 온기가 흐르는 자그마한 홀로 바로 이어졌다. 검은색 옷에 흰색 앞치마를 두른 늙은 하녀가 말없이 나를 맞이하고는 외투를 받아 들었다.

그녀는 나를 혼자 남겨 두고 홀에서 나갔다. 주위를 둘러보다가 나는 곧장 꿈속으로 빨려 들어갔다. 문 위의 어두운 나무벽 위쪽에 검은 테두리를 두른 유리 액자가 걸려 있었다. 그 안에 눈에 익은 그림이 들어 있었다.

지구의 껍데기를 뚫고 나오려고 몸부림치는, 황금빛 새매 머리를 한 나의 새였다. 나는 감격스런 마음을 추스르지 못한 채 그대로 서 있었다……. 마치 내가 지금껏 행하고 경험한 모든 것이 바로 이 순간에 대답과 성취가 되어 나에게 돌아온 듯이 기뻤다. 그러면서도 마음 한켠이 아릿하게 아팠다.

수많은 영상이 번개처럼 빠르게 내 영혼을 스치고 지나갔다. 대문 아치 위에 낡은 석제 문장이 있는 고향집, 그 문장을 그리던 소년 데미안, 크로머의 마수에 걸려들어 옴짝달싹 못 하던 소년 시절의 나, 내 작은 방 책상 앞에 앉아 그리움의 새를 그리던 청년 시절의 나, 스스로 자아낸 실그물에 얽혀 어찌할 줄 모르던 영혼……. 그 모든 것이, 지금 이 순간까지의 그 모든 것이 내 안에서 메아리쳤다. 그 모든 것이 한꺼번에 내 안에서 긍정이 되고 대답이 되고 인정이 되었다.

나는 눈시울을 붉힌 채 내 그림을 뚫어지게 바라보며 내 마음을 들여다보았다. 내 눈길이 서서히 아래로 내려갔다. 새 그림 아래, 열린 문 앞에 어두운 색 옷을 입은 키 큰 여인이 서 있었다. 그녀였다. 나는 아무 말도 할 수가 없었다. 아름답고 기품 있는 여인이, 아들과 똑같이 생긴 여인이, 시간도 나이도 초월해 혼이 깃든 의지가 가득한 얼굴로 다정한 미소를 보냈다. 그녀의 눈길은 성취였고, 그녀의 인사는 귀향이었다. 나는 아무 말 없이 그녀에게 두 손을 내밀었다. 그녀는 힘차고 따뜻한 손을 내밀어 내 손을 꼭 잡았다.

"당신이 싱클레어지요? 금방 알아봤어요. 잘 왔어요!"

깊고 따뜻한 목소리였다. 나는 그 목소리를 달콤한 포도주처럼 들이마셨다. 그런 다음, 눈을 들어 그녀의 고요한 얼굴을, 깊이를 알 수 없는 검은 눈을, 맑고 성숙한 입을, 넓고 위엄 있는 이마를 하염없이 바라보았다. 이마에는 표식이 있었다.

"이렇게 뵙게 되어 정말로 기쁩니다!"

나는 이렇게 말하고는 그녀의 두 손에 입을 맞추었다.

"그동안 저는 길 위에 쭉 서 있었던 것 같습니다……. 이제야 집으로 돌아왔어요."

그녀가 자애로운 미소를 띠며 다정한 목소리로 말했다.

"누구도 완전히 집으로 돌아오지는 못해요. 하지만 서로에게 끌리는 길들이 만나면 잠시나마 온 세상이 고향처럼 보이기는 하지요."

내가 이곳으로 오는 동안에 느낀 것을 그녀가 입 밖에 내어 말했다. 그녀의 목소리와 말은 아들과 무척 닮은 듯하면서도 아주 달랐다. 모든 것이 더 성숙하고 더 따뜻했으며 더 명백했다. 그러나 예전에 막스 데미안이 누구에게도 소년 같은 인상을 주지 않았던 것처럼, 그녀도 다 자란 아들을 둔 어머니로는 전혀 보이지 않았다.

얼굴과 머릿결에서 풍기는 분위기는 젊고 달콤했다. 금빛 피부는 주름 하나 없이 팽팽했고, 입술은 갓 피어난 꽃처럼 생기가 넘쳤다. 그녀는 내 꿈속에서보다 더 기품 있는 모습으로 내 앞에 서 있었다. 그녀 곁에 있다는 것은 사랑의 행복이었고, 그녀의 눈길과 마주하고 있다는 것은 소망의 성취였다.

그러니까 이것은 내 운명이 스스로를 드러낸 새로운 그림이었다. 나를 더는 엄숙하지도 않고, 더는 고독하게 만들지 않았다. 그랬다, 이 그림은 성숙한 즐거움으로 가득했다! 나는 어떤 결심을 하지도, 맹세를 하지도 않았다, 하나의 목표에, 내 길의 어느 높은 지점에 도달해 있었다. 약속의 땅을 향한 길이 바로 그 지점에서 장엄하게 모습을 드러냈다.

그 길에는 나무 그늘이 행복하게 드리워져 있고, 즐거움이 가득한 정원에서 서늘한 바람이 살랑이며 불어왔다. 내가 어떻게 되든지 상관없었다. 그녀가 이 세상에 존재한다는 것을 알고, 그녀의 목소리를 들이마시고, 그녀의 곁에서 숨을 쉰다는 사실이 그저 행복하기만 했다. 그녀가 어머니든, 연인이든, 여신이든 상관없었다……. 그녀가 곁에 있기만 하다면! 내 길이 그녀의 길 가까이에 있을 수만 있다면!

그녀가 나의 새매 그림을 손가락으로 가리켰다.

"우리 막스가 이 그림을 받고 무척 기뻐했어요. 그 아이가 그렇게 기뻐하는 모습은 처음 보았어요."

그녀는 생각에 잠긴 채 말을 이었다.

"나도 마찬가지였어요. 그때부터 우리는 당신을 기다렸지요. 이 그림이 왔을 때, 우리는 당신이 우리를 향해 오고 있다는 걸 알아차렸거든요. 싱클레어, 당신이 아직 소년이었을 때 막스가 학교에서 돌아오더니 이런 말을 하더군요. '이마에 표식이 있는 아이가 있어요. 그 아이는 내 친구가 될 거예요.'라고요. 그게 당신이었어요. 그동안 매우 힘든 시간을 보냈겠지요. 하지만 우리는 당신을 믿었어요. 언젠가 방학 때 고향집에 왔다가 막스를 만난 적이 있지요? 열여섯 살 때쯤일 거예요. 막스가 나에게 그 이야기를……."

나는 그녀의 말을 가로막았다.

"아, 막스가 그 이야기를 했군요! 그때 저는 아주 비참한 시절을 보내고 있었어요!"

"그래요, 막스도 그렇게 말했어요. '지금 싱클레어는 아주 큰 어려움에 빠져 있어요. 또다시 사람들 속으로 도망치려 해요. 심지어 술집까지 들락거리면서요. 하지만 그렇게 되지는 않을 거예요. 지금 그의 표식은 가려져 보이지가 않지만, 남모르게 싱클레어를 불태우고 있거든요.'라고요……. 그렇지 않았나요?"

"아, 그래요, 그랬습니다. 정말로 그랬어요. 그 뒤에 베아트리체를 발견했고, 그다음에는 인도자가 나타났어요. 피스토리우스라는 사람이었지요. 그를 만나고 나서야 알게 되었어요. 제 소년 시절이 왜 그다지도 막스와 긴밀하게 연결되어 있었는지, 왜 그에게서 벗어날 수 없었는지……. 사랑하는 부인, 아니 사랑하는 어머니, 저는 그때 자살해야겠다는 생각을 자주 했어요. 그 길은 누구에게나 그렇게 어려운 건가요?"

그녀는 내 머리를 살며시 쓰다듬었다.

"태어나는 일은 누구에게나 어렵지요. 당신도 알잖아요? 새가 알을 깨고 나오기 위해 얼마나 애쓰는지를……. 지난날을 돌아보고 스스로에게 물어봐요. 그 길이 그렇게 어려웠던가? 어렵기만 했나? 아름답기도 하지 않았나? 혹시 그보다 더 아름답고 더 쉬운 길을 알고 있나요?"

나는 고개를 저었다.

"어려웠어요."

나는 꿈속인 듯이 아련하게 대답했다.

"몹시 어려웠어요, 그 꿈을 꾸기 전까지는."

그녀가 고개를 끄덕이고는 나를 뚫어지게 바라보았다.

"그래요, 자기 꿈을 찾아야 해요. 그러면 길이 한결 쉬워진답니다. 하지만 영원히 지속되는 꿈은 없어요. 어떤 꿈이든 시간이 지나면 새로운 꿈으로 바뀌게 마련이니까요. 그 어떤 꿈에도 집착하면 안 돼요."

나는 깜짝 놀랐다. 벌써 경고를 받는 것일까? 아니면 방어막을 치는 것일까? 그러나 아무래도 상관없었다. 나는 목적지가 어디든 그녀가 이끄는 대로 따라갈 준비가 되어 있었다.

"제 꿈이 얼마나 지속될지 모르겠어요. 다만 영원하기를 바랍니다. 저 새 그림과 함께 제 운명이 저를 어머니처럼, 연인처럼 맞아 주었으니까요. 저는 다른 누구의 것도 아니에요. 제 운명의 것입니다."

"그 꿈이 당신의 운명인 한, 당신은 그 꿈에 충실해야 해요."

그녀가 진지한 어조로 내 말에 동의했다.

왠지 모를 슬픔이 밀려왔다. 이 매혹적인 순간에 죽고 싶다는 간절한 소망이 나를 사로잡았다. 눈물이 걷잡을 수 없이 솟구쳐 온몸으로 퍼져 갔다. 얼마나 오랫동안 울지 못했던가! 나는 급히 그녀에게서 몸을 돌려 창가로 다가가, 화분 너머로 창밖을 바라보았다. 눈물이 앞을 가려서 아무것도 보이지 않았다.

등 뒤에서 그녀의 목소리가 들려왔다. 가장자리까지 포도주로 가득 찬 술잔처럼 부드럽고 차분한 목소리였다.

"싱클레어, 아직 어린아이군요! 당신의 운명은 당신을 사랑해요. 당신이 꿈꾸었듯이, 언젠가 완전히 당신 것이 될 거예요. 당신이 변함없이 그 운명에 충실하다면 말이죠."

나는 가까스로 마음을 추스르고 그녀에게로 고개를 돌렸다. 그녀가 나에게 손을 내밀었다.

"난 친구가 몇 명 있어요."

그녀가 미소를 지으며 덧붙였다.

"몇 안 되지만 무척 친한 친구들이지요. 그 친구들은 나를 에바 부인이라고 부른답니다. 원한다면 당신도 그렇게 불러요."

그녀는 나를 문 쪽으로 데려가더니, 문을 열고 정원을 가리켰다.

"막스가 저기 있어요."

나는 깊은 감동을 받고 온몸이 마비된 사람처럼 키 큰 나무들 아래에 한동안 우두커니 서 있었다. 예전보다 의식이 뚜렷한 것 같기도 하고, 꿈속인 양 몽롱한 것 같기도 했다. 나뭇가지에서 빗방울이 똑똑 떨어졌다. 나는 강줄기를 따라 길게 뻗은 정원으로 천천히 들어섰다.

드디어 데미안을 찾아냈다. 그는 웃통을 벗은 채, 문이 열려 있는 자그마한 정자에서 샌드백을 치고 있었다. 나는 깜짝 놀라 발걸음을 멈추었다. 데미안의 몸이 아주 멋있었다. 넓은 가슴, 단단하고 남성적인 머리, 근육이 탱탱하게 드러나는 팔은 매우 강하고 튼실해 보였다. 허리와 어깨, 팔 관절의 움직임이 분수에서 자유롭게 뿜어 나오는 물줄기처럼 가볍고 유연했다.

"데미안! 거기서 뭐해?"

내가 소리치자, 그가 환하게 웃었다.

"연습하고 있어. 그 일본인하고 한판 붙기로 했거든. 그 녀석이 체구는 작아도 고양이처럼 날래고 영리해서 말이야. 하지만 나를 이기지는 못할 거야. 내가 갚아 주어야 할 게 있어. 예전에 살짝 굴욕을 당한 적이 있어서 말이지."

그는 셔츠를 입고 그 위에 재킷을 걸쳤다.

"우리 어머니, 만났어?"

그가 물었다.

"응, 정말 멋진 분이셨어! 에바 부인이라! 이름이 참 잘 어울려. 그분은 모든 존재의 어머니 같으니까."

그는 잠깐 생각에 잠겨 내 얼굴을 바라보았다.

"흠, 그 이름을 벌써 알았다고? 이봐, 한껏 자랑스러워해도 돼. 우리 어머니가 첫 만남에서 그 이름을 알려 준 사람은 네가 처음이니까."

그날부터 나는 아들이자 형제, 연인처럼 그 집을 무시로 드나들었다. 대문을 열고 들어갈 때부터, 아니 멀리서 정원의 키 큰 나무들이 눈에 들어올 때부터 내 마음은 한없이 풍요롭고 행복했다.

바깥에는 엄연히 '현실'이 있었다. 그곳에는 거리와 집, 사람과 시설, 도서관과 강의실이 있었다……. 그러나 이 안에는 사랑과 영혼이 있었다. 이곳에는 동화와 꿈이 살았다.

그렇다고 우리가 세상과 동떨어져 산 것은 결코 아니었다. 우리는 생각과 대화를 통해 세상의 한복판에 서 있을 때가 많았다. 다만 다른 영역에서 살았을 뿐이다. 우리는 겉으로 보이는 경계에 의해서가 아니라, 단지 보는 방식이 달라서 다른 사람들과 구분되었다.

우리의 임무는 이 세상에 하나의 섬을 세우는 것이었다. 어쩌면 본보기라고도 할 수 있었다. 어쨌든 살아가는 데 다른 가능성도 있다는 걸 알리고 싶었다. 나는, 오랫동안 고독했던 나는 완벽하게 고독을 맛본 사람들끼리 꾸릴 수 있는 공동체를 알게 되었다. 행복한 사람들의 잔칫상이나 즐거운 사람들의 축제로 돌아갈 생각은 조금도 없었다. 다른 사람들의 공동체를 보아도 질투나 향수에 사로잡히지 않았다. 나는 '표식'을 달고 있는 사람들의 비밀을 서서히 공유해 나갔다.

세상 사람들의 기준으로 보면, 표식을 지닌 사람들이 이상하게 보일 수도 있었다. 어쩌면 위험해 보일지도 몰랐다. 우리는 이미 깨달았거나 깨달아 가는 사람들이었다. 다른 사람들은 자신의 견해와 이상, 의무, 삶, 행복을 군중의 그것들과 일치시키기 위해 노력했고, 또 거기에서 커다란 행복과 기쁨을 찾았다. 그러나 우리는 점점 더 완벽하게 깨달으려고 노력했다.

물론 다른 사람들도 최선의 노력을 기울일 것이고, 그들 나름의 힘과 위대함을 지니고 있을 터였다. 다만, 표식을 지닌 우리는 자연의 의지를 새로운 것과 개별적인 것, 미래의 것을 위해 제시하는 반면, 그들은 현재 상태를 안전하게 굳히는 데만 열중했다.

그들도 우리처럼 인류를 사랑했다. 그러나 그들에게 인류란 뭔가 완성된 것, 지키고 보호해야 할 대상이었다. 우리에게 인류란 하나의 먼 미래였다. 우리 모두는 그 미래를 향해 나아가지만, 그 미래의 모습이 어떠한지는 아무도 알지 못했고, 그 법칙역시 어디에도 쓰여 있지 않았다.

우리 모임에는 에바 부인과 막스, 나 말고도 다양한 방식으로 살아가는 구도자들이 있었다. 그중에서 어떤 사람들은 그들만의 오솔길을 걸어가면서 독자적인 목표와 의견, 그리고 의무에 매달렸다.

그들 중에는 점성술사와 카발라 연구자도 있었고, 톨스토이

백작 추종자도 한 명 있었다. 섬세하고 수줍음 많고 상처받기 쉬운 사람들, 소수 종파 신봉자, 인도식 수행을 하는 사람, 채식주의자 등 여러 부류의 사람들이 있었다.

사실 이 모든 사람과 우리는, 다른 사람의 비밀스러운 인생의 꿈을 존중한다는 것 말고는 아무런 공통점이 없었다. 과거에 인류가 신들을 어떻게 모색했는지, 그들이 새로운 소망의 형상을 어떻게 찾으려 노력했는지 연구하는 사람들과는 좀 더 가까이 지냈다. 이를테면 피스토리우스 같은 사람들이었다.

그들은 고대어로 쓰인 책을 우리에게 번역해 주었고, 고대의 상징과 제식에 관한 그림들도 보여 주었다. 또 지금까지 인류가 소유했던 이상(理想)은 모두 무의식적인 영혼의 꿈이었으며, 인류가 이 꿈을 더듬으며 미래의 가능성을 모색했다는 사실을 가르쳐 주었다. 우리는 이렇게 하여 머리가 천 개 달린 고대의 신들에서 시작해 기독교 탄생의 여명이 밝아 올 때까지를 쭉 훑었다. 고독하고 경건한 사람들의 신앙 고백과 한 민족에서 다른 민족으로 퍼져 나간 종교의 변천 과정도 알게 되었다.

이렇게 수집한 자료에서 이 시대와 유럽에 대한 비판이 쏟아져 나왔다. 유럽은 엄청난 비용과 노력을 들여서 강력한 무기를 새로 만들어 냈다. 그러는 사이에 정신은 무지막지하게 황폐해졌다. 새로운 무기로 전 세계를 지배하게 되었지만 그 과정에서 영혼을 잃어버린 것이다.

여기에도 특정한 희망과 구원론을 믿는 사람들이 있었다. 유럽을 개종시키려는 불교도들, 톨스토이 추종자들, 그 외 다른 종파들도 있었다. 우리는 그들의 이야기를 귀 기울여 듣기는 했지만, 어떤 교리든 상징의 의미로만 받아들였다.

미래를 어떻게 만들지 걱정하는 것은 표식을 지닌 사람들의 임무가 아니었다. 그래서 우리에게는 그 어떤 종파의 신앙 고백이나 구원론도 모두 부질없고 쓸데없어 보였다. 우리가 유일하게 의무이자 운명이라고 느낀 것은 다음과 같았다.

각자가 오롯이 자기 자신이 되는 것, 자기 안에서 자라는 자연의 싹에 완전히 일치하게 자신의 의지대로 살아가는 것, 불확실한 미래가 각자에게 어떤 일을 초래하든 준비가 되어 있는 것이었다. 말을 입 밖에 내든 내지 않든, 지금의 세계가 무너지고 새로운 세상의 탄생이 코앞으로 다가왔음을 우리 모두 명백하게 느끼고 있었기 때문이다.

데미안은 이따금 나에게 이렇게 말했다.

"앞으로 상상을 초월하는 일이 다가올 거야. 유럽의 영혼은 오랜 세월 동안 족쇄에 묶인 채 누워 있던 동물이나 다름없어. 만약 그 동물이 족쇄에서 풀려난다면 무척 거칠고 난폭하겠지. 하지만 그렇게 오랫동안 반복하여 사기당하고 마비당한 영혼의 진정한 고난이 드러나면, 지름길이든 에움길이든 조금도 중요하지 않아. 그다음에 우리의 날이 올 거야. 사람들에게 우리가 필요해질 테니까. 지도자나 새로운 입법자로서가 아니야. 우린 새로운 법률이 수립되는 걸 보지 못할 거야. 그보다는 운명이 부르는 곳으로 함께 가고, 그곳에 서 있는 데 필요한 사람들이 되겠지.

사람들은 자기 이상이 위협을 당하면 무슨 일이든 해낼 준비가 돼 있어. 하지만 새로운 이상, 새롭지만 위험할지도 모르는, 엄청난 성장의 움직임이 노크를 하면 아무도 문을 열어 주지 않아. 그때 문을 열고 함께 걸어갈, 얼마 되지 않는 사람이 바로 우리야. 그런 일을 하라고 우리에게 표식이 있는 거지, 카인처럼……. 카인의 표식은 사람들에게 공포와 증오를 불러일으켜. 그건 단지 사람들을 목가적이지만 좁은 세상에서 위험하지만 넓은 세상으로 내몰기 위한 방편이었어.

인류의 발걸음에 영향을 끼친 사람은 하나같이 운명에 따를 준비가 되어 있기 때문에 그런 능력을 발휘해 어떻게든 영향을 줄 수 있었어. 이건 모세와 부처에게도, 나폴레옹과 비스마르크에게도 모두 적용되지. 물론 시대의 어떤 조류에 몸을 싣고 어떤 쪽의 지휘를 받을지는 각자가 선택할 수 없어.

만약 비스마르크가 사회민주주의자들을 이해하고 그들의 뜻에 맞추었더라면, 현명한 신사는 되었을지 몰라도 운명의 주인이 되지는 못했을 거야. 나폴레옹도, 카이사르도, 로욜라도 마찬가지야! 그런 건 생물학과 진화의 역사를 함께 살펴보면 이해가 빨라.

아득한 옛날에 지각 변동으로 물에 살던 동물이 육지로, 육지
에 살던 동물이 물로 내몰렸을 때 운명을 맞을 준비가 돼 있던
종들만이 그 엄청난 일을 감당하고 또 새롭게 적응해 대대로 자
기 종을 보존할 수 있었지. 그 종들이 보수적이면서 생존 능력
이 뛰어난 개체들이었는지, 아니면 개혁적이면서 유별나게 튀
는 개체들이었는지는 알 수 없어. 어쨌든 그들은 준비되어 있었
기에 자기 종을 위기에서 구하고 한 단계 더 진화했다는 거지.
그래서 우린 준비를 하려는 거야."

이런 대화를 나눌 때 에바 부인이 함께 있을 때가 많았다. 하
지만 대화에 참여하지는 않았다. 그저 각자의 생각을 진지하게
경청하고 난 뒤, 신뢰와 이해심이 가득한 메아리를 우리에게로
보냈다. 우리의 생각이 에바 부인에게서 나와 그녀에게로 돌아
가는 것 같았다. 가까이 앉아서 그녀의 목소리를 듣고, 또 그녀
를 에워싼 성숙한 영혼의 분위기에 젖어드는 것이 나에게는 크
나큰 행운이었다.

그녀는 내 안에 어떤 변화나 모호함이나 새로움이 생기면 금
방 알아차렸다. 내가 자면서 꾸는 꿈조차 그녀에게서 오는 영감
처럼 느껴졌다. 나는 그녀에게 꿈 이야기를 자주 했다. 그녀는
내 꿈을 이해했고, 매우 자연스럽게 받아들였다. 그녀가 이해하
지 못할 것이란 이 세상에 없었다.

한동안 나는 낮에 나눈 우리의 대화를 그대로 복제한 듯한 꿈을 꾸었다. 온 세상이 혼란으로 소용돌이치고, 나 혼자 또는 데미안과 함께 긴장한 얼굴로 위대한 운명을 기다리는 꿈이었다. 운명은 여전히 가려져 있었지만, 어딘지 모르게 에바 부인을 닮은 듯했다. 그녀에게 선택되거나 쫓겨나는 것⋯⋯, 그것이 운명이었다.

에바 부인은 이따금 미소를 띤 얼굴로 말했다.

"싱클레어, 당신의 꿈은 완전하지 않아요. 가장 좋은 걸 잊고 있어요⋯⋯."

이 말을 듣고 나면 잊은 게 무엇인지 금세 떠올랐고, 어떻게 그걸 잊을 수 있었는지 이해가 되지 않곤 했다.

때때로 채울 수 없는 욕망으로 고통스러웠다. 그녀를 안아 보지 못한 채 곁에서 지켜보기만 하는 것이 무척 견디기 힘들었다. 그래서 며칠 동안 일부러 그 집에 가지 않다가 혼란스러운 마음을 잠재우지 못하고 다시 찾아갔다.

그러자 에바 부인이 나를 한쪽으로 데리고 가서 말했다.

"확신이 없는 갈망에 자신을 빼앗기면 안 돼요. 당신이 뭘 원하는지 난 알고 있어요. 그 갈망을 포기할 수 있어야 해요. 아니면 제대로 갈망하든가요. 마음속으로 성취될 거라는 확신으로 갈망한다면 실현도 되는 거예요. 하지만 당신은 갈망만 하다가 곧 후회를 하지요. 그러면서 두려워하고요. 그 모든 것을 극복해야 해요. 동화 한 편을 들려줄게요."

그녀는 별을 사랑하게 된 젊은이의 이야기를 해 주었다. 젊은이는 해변에 서서 하늘을 향해 두 손을 뻗고는 별을 깊이깊이 숭배했다. 밤마다 잠자리에서 별의 꿈을 꾸고, 별에게 자신의 생각을 끊임없이 쏟아내었다. 그는 별을 안을 수 없음을 알고 있었다. 아니, 안다고 생각했다. 이루어질 수 없다는 걸 알면서도 별을 사랑하는 것이 자신의 운명이라고 여겼다.

그래서 포기에 관한 시, 말도 없고 변함도 없지만 자기 자신을 가다듬고 정화시키는 고통에 관한 시 한 편을 썼다. 완전한 삶의 시였다. 그러는 동안에도 그의 꿈은 모두 별을 향했다.

어느 날 밤, 그는 해변의 높은 절벽 위에 서서 별을 바라보았다. 별을 향한 사랑이 가슴에서 불타올랐다. 그리움이 극도로 커지자, 자신도 모르게 별을 향해 뛰어올랐다. 그런데 몸이 허공으로 떠오르는 순간, 번개처럼 빠르게 이런 생각이 스쳐 갔다.

'이건 불가능해!'

그는 낭떠러지로 떨어져 온몸이 산산조각 나고 말았다.

그는 사랑하는 법을 알지 못했다. 만약 절벽 위에서 허공으로 몸을 던지는 순간에 자신의 사랑에 대한 확고한 믿음이 있었다면, 그는 하늘로 올라가 별과 하나가 되었을 것이다.

"사랑은 애원하고 구걸하는 게 아니에요."

그녀가 말했다.

"요구해서도 안 되지요. 사랑은 무엇보다 자기 안에서 확신에 도달하는 힘이 있어야 해요. 사랑은 억지로 끌려가는 게 아니라 스스로 끌어당기는 거예요. 싱클레어, 당신의 사랑은 나에게 끌려오고 있어요. 언젠가 그 사랑이 나를 끌어당기면 내가 다가갈 거예요. 나는 무작정 선물을 주고 싶지 않아요. 노력 끝에 얻기를 바라지요."

다음번에는 다른 동화를 들려주었다. 희망 없는 짝사랑에 빠진 남자의 이야기였다. 그는 자기 안으로 파고들어 깊숙이 틀어박혀 있었는데, 언젠가는 사랑 때문에 자신이 불타 없어지리라고 생각했다. 그에게 세상은 아무런 의미가 없었다. 그의 눈에는 파란 하늘도, 푸른 숲도 들어오지 않았다. 졸졸 흐르는 시냇물 소리도, 하프 소리도 들리지 않았다. 모든 것이 가라앉았다. 그는 가련하고 비참해졌다.

그런데도 그의 사랑은 하염없이 커져 갔다. 사랑하는 여인을 소유하지 못할 바에는 차라리 죽어 없어져 버리고 싶었다. 그는 자신의 사랑이 자기 안의 모든 것을 불태웠다는 사실을 알아차렸다. 그런데도 사랑의 힘은 점점 더 강해져서 그 여인을 끌어당기고 또 끌어당겼다. 결국 그 아름다운 여인은 끌려오지 않을 수가 없었다. 그녀가 스스로 다가오자, 그는 두 팔을 활짝 벌리고 안을 채비를 했다.

그런데 그 앞에 선 그녀는 이전과 완전히 다른 모습이었다. 순간, 그는 깜짝 놀랐다. 자기가 끌어당긴 것은 단순히 그 여인이 아니라 자신이 사랑에 빠져 잃어버렸던 온 세상이었음을 깨달았던 것이다.

세상이 그의 앞에 서서 모든 것을 바쳤다. 하늘과 숲과 시냇물이 아름다운 색채로 단장을 하고 그에게 다가와 그의 것이 되었다. 그리고 그의 언어로 사랑을 속삭였다. 그는 그 아름다운 여인 하나가 아니라 온 세상을 얻었던 것이다.

하늘의 모든 별이 그 안에서 불탔고, 그의 영혼을 통해 환희의 불꽃을 반짝였다……. 그는 사랑을 함으로써 자기 자신을 발견했다. 그런데 대부분의 사람들은 사랑을 하면서 자기 자신을 잃어버린다.

에바 부인을 향한 내 사랑은 내 삶을 채우는 유일한 내용물이었다. 그러나 그 사랑은 날마다 다른 모습이었다. 나는 이따금, 내가 이끌려 가고 있는 대상이 어쩌면 그녀라는 인물이 아닐지도 모른다는 생각이 들었다.

그녀는 그저 내 안에 있는 하나의 상징이며, 나를 나 자신에게로 더욱 깊게 이끌어 가는 존재일 뿐인지도 몰랐다. 그래서 그녀의 말은 나를 혼란스럽게 하는 급박한 질문에 대한 나의 무의식적인 대답처럼 느껴질 때가 많았다.

관능적인 욕구를 억누르지 못하고, 그녀가 만졌던 물건들에 입을 맞출 때도 있었다. 점차 관능적 사랑과 정신적 사랑이, 현실과 상징이 하나로 겹쳐져 움직였다. 예를 들면, 내 방에 앉아 그녀를 진심으로 생각하면, 그녀의 손이 내 손에, 그녀의 입술이 내 입술에 실제로 와 닿는 듯한 느낌이 들었다. 또 그 집에서 그녀의 얼굴을 보고 그녀와 이야기를 나누며 그녀의 목소리를 듣고 있는데도, 그것이 현실인지 꿈인지 헷갈릴 때가 있었다.

나는 어떻게 하면 사랑을 영원토록 소유할 수 있는지 예감하기 시작했다. 어떤 책을 읽다가 새롭게 깨달았는데, 그것은 에바 부인의 입맞춤 같은 느낌이었다. 그녀가 내 머리를 쓰다듬으며 따뜻한 미소를 지으면, 나는 나의 내면세계에서 한 발짝 앞으로 나아간 것과 같은 느낌을 받았다. 나에게 운명처럼 중요한 것들은 모두 그녀의 모습을 지니게 되었다. 그녀는 나의 모든 생각으로, 그리고 나의 생각은 그녀의 모습으로 언제든 마음만 먹으면 바뀔 수 있었다.

부모님 댁에서 성탄절 방학을 보낼 일이 걱정스러웠다. 이 주일 동안이나 에바 부인과 떨어져 지내는 게 고통스러울 듯해서였다. 그러나 실제로는 조금도 고통스럽지 않았다. 집에서 그녀를 떠올리는 것은 커다란 즐거움이었다.

H시로 돌아오고 나서도 이틀 동안이나 그 집을 찾아가지 않았다. 오랜만에 맞은 이 안정감을 좀 더 누리고 싶기도 했고, 또 관능적인 그녀의 존재에서 독립을 하고 싶기도 했다. 그러자 그녀와의 합일이 꿈속에서 비유적 방식으로 새롭게 이루어졌다.

그녀는 바다였다. 나는 그 바다로 흘러들었다. 그녀는 별이었
다. 나도 그녀를 향해 달려가는 별이었다. 우리는 공중에서 만나
서로를 끌어당겼다. 그러고는 가까이에서 소리를 내는 원을 그
리며 영원히 행복하게 서로의 주위를 맴돌았다.

나는 그녀를 다시 찾아갔을 때, 꿈 이야기를 들려주었다.

"아름다운 꿈이군요."

그녀가 나지막하게 말했다.

"그 꿈을 실현시켜요!"

이른 봄의 어느 날을 나는 결코 잊지 못한다. 내가 에바 부인
의 홀에 들어섰을 때, 열린 창문 너머로 히아신스 향기가 미풍
에 실려 와 방 안을 가득 채우고 있었다. 홀에 아무도 보이지 않
자, 나는 계단을 올라가 데미안의 서재로 갔다. 문을 손으로 가
볍게 두드린 뒤, 평소에 하던 대로 대답을 기다리지 않고 그냥
방문을 열고는 안으로 들어섰다.

방 안은 어두웠다. 커튼이 모두 쳐져 있었다. 데미안이 화학
실험실로 꾸며 둔 옆방으로 통하는 문이 열려 있었다. 비구름
사이로 밝고 하얀 봄날의 햇빛이 비쳐들었다. 나는 아무도 없다
고 여기면서 커튼 하나를 젖혔다.

그 순간 커튼이 쳐진 창문 옆, 등받이 없는 의자에 기이한 모
습으로 웅크리고 있는 데미안의 모습이 눈에 들어왔다. 어떤 느

낌이 번개처럼 머리를 스치고 지나갔다.

'언젠가 이런 모습을 본 적이 있다!'

두 팔은 미동도 없이 축 늘어져 있었고, 양손은 무릎 위에 얌전히 놓여 있었다. 고개를 앞으로 약간 숙인 채 눈을 뜨고 있었지만 아무것도 보고 있지 않는 것처럼 생명력이 느껴지지 않았다. 생기 잃은 빛줄기 하나가 눈동자에서 뻗어 나와 유리 조각처럼 반짝였다. 내면으로 깊이 가라앉은 듯한 창백한 얼굴은 몹시 경직되어 보였다. 신전의 현관을 장식하는 태곳적 동물처럼 딱딱하게 굳어 있었다. 숨도 쉬지 않는 듯했다.

어떤 기억이 나를 전율하게 했다……. 저 모습을, 바로 저 모습을 전에도 한 번 본 적이 있었다. 몇 년 전, 내가 아직 소년이었을 때였다. 그때도 눈동자는 저렇듯 내면을 깊숙이 응시했고, 양손은 죽은 듯이 나란히 무릎 위에 놓여 있었다. 파리 한 마리가 그의 얼굴로 기어 다녔지만 그는 꿈쩍도 하지 않았었다. 아마 육 년 전이었을 그때도 저렇게 나이 들고 저렇게 시간을 초월한 듯이 보였다. 얼굴의 주름살 하나도 지금과 다르지 않았다.

나는 두려움에 사로잡힌 채 방에서 나와 계단을 내려왔다. 홀에서 에바 부인을 만났다. 창백한 그녀의 얼굴이 몹시 지쳐 보였다. 그동안 내가 알지 못하던 모습이었다. 그늘이 창문을 스쳐 지나갔다. 눈부신 태양이 갑자기 자취를 감추었다.

"막스의 방에 갔더랬어요."

나는 빠르게 속삭였다.

"혹시 무슨 일이 생겼나요? 막스는 잠을 자고 있어요. 아니면 가라앉아 있거나. 모르겠어요. 전에도 저런 모습을 한 번 본 적이 있어요."

"설마 깨운 건 아니겠지요?"

그녀가 다급하게 물었다.

"예, 막스는 제 소리를 듣지 못했어요. 저는 금방 다시 나왔어요. 에바 부인, 말씀해 주세요. 그에게 무슨 일이 있는 건가요?"

그녀는 손등으로 이마를 쓸었다.

"싱클레어, 걱정 말아요. 아무 일도 없어요. 막스는 지금 자기 속으로 빠져 들어가 있는 거예요. 오래 걸리지 않아요."

그녀는 자리에서 일어나 비가 막 내리기 시작하는 정원으로 나갔다. 왠지 따라 나가면 안 될 것 같았다. 그래서 신경을 마비시킬 듯이 진하디진한 히아신스 향기를 맡으며 홀에서 서성거렸다. 문 위에 걸려 있는 새 그림을 바라보면서, 이 집안을 가득 채우고 있는 기이한 그늘을 불안한 마음으로 느꼈다. 이게 뭘까? 대체 무슨 일이 일어난 걸까?

에바 부인은 금방 돌아왔다. 머리카락에 빗방울이 매달려 있었다. 그녀는 안락의자에 주저앉았다. 몹시 피곤해 보였다. 나는 그녀 옆으로 다가가 몸을 숙이고 머리카락에 맺힌 빗방울들을 입맞춤으로 떼어 냈다. 그녀의 눈은 밝고 고요했지만, 빗방울에서는 눈물 맛이 났다.

"제가 막스에게 가 볼까요?"

내가 속삭이듯 물었다.

그녀가 흐릿하게 미소를 지었다.

"싱클레어, 어린아이처럼 굴지 말아요!"

그녀는 자기 내면에 있는 마력을 깨기라도 하려는 듯이 큰 소리로 나무랐다.

"돌아갔다가 나중에 다시 와요. 지금은 당신과 이야기를 나눌 수 없어요."

나는 그곳에서 나온 뒤, 집과 도시를 지나 산 쪽으로 갔다. 가느다란 빗줄기가 내 얼굴을 비스듬히 스쳤다. 군데군데 덩어리진 구름 떼가 겁을 먹은 듯 나지막하게 흘러갔다. 아래쪽에는 거의 바람이 불지 않는데, 높은 곳에는 폭풍이 휘몰아치는 듯했다. 창백하고도 눈부신 태양이 강철 같은 잿빛 구름을 뚫고 잠깐씩 모습을 드러냈다.

그때 하늘에서 노란 구름 한 조각이 흘러왔다. 그 구름이 잿빛 구름 떼의 벽에 막혀서 멈춰 서자, 거센 바람이 노란 구름과 파란 하늘로 몇 초 만에 어떤 형상을 만들어 냈다. 엄청나게 거대한 새였다. 새는 푸른 혼돈에서 빠져나와 크게 날갯짓을 하며 하늘로 사라졌다. 그러고 나서 폭풍우 소리가 들리더니 우박이 섞인 비가 세차게 쏟아졌다.

지축을 흔들 듯이 무시무시한 천둥소리가 채찍질하듯 비를 내리꽂는 대지 위에서 우르르 쾅쾅 하고 울렸다. 곧이어 햇살이 구름을 뚫고 나왔다. 갈색 숲 너머 가까운 산 위에서는 새하얀 눈이 아련하게 반짝였다.

몇 시간 뒤, 내가 비바람에 젖고 지쳐 엉망이 된 채 그 집을 다시 찾아갔을 때는 데미안이 직접 나와 대문을 열어 주었다. 그는 나를 자기 방으로 데리고 올라갔다. 실험실에는 가스불이 타고 있었고, 종이가 여기저기 흩어져 있었다. 그사이에 일을 한 모양이었다.

"앉아."

그가 권했다.

"피곤할 거야. 끔찍한 날씨군. 바깥에 오래 있었던 표시가 나네. 곧 차를 내올 거야."

"오늘 무슨 일이 있었어. 이건 그냥 단순한 폭풍일 리가 없어."

나는 망설이며 이야기를 꺼냈다. 그는 탐색하듯 나를 살폈다.

"뭘 보았어?"

"응, 구름 속에서 어떤 형상을 보았어. 짧은 순간이었지만 분명하게……."

"어떤 형상?"

"새였어."

"그 새매? 진짜? 네 꿈속의 새?"

"응, 내 새매였어. 노랗고, 엄청나게 컸지. 검푸른 하늘로 날아
갔어."

데미안은 숨을 깊게 내쉬었다.

그때 노크 소리가 났다. 늙은 하녀가 차를 가져왔다.

"싱클레어, 마셔. 자……, 그 새를 우연히 본 건 아니겠지?"

"우연히? 그런 걸 우연히 볼 수가 있어?"

"좋아, 아니지. 뭔가 뜻이 있어. 뭔지 알겠어?"

"아니. 그저 충격을 의미한다고, 운명 속의 한 걸음이라고 느
꼈을 뿐이야. 우리 모두와 관계가 있는 것 같아."

그는 조급하게 이리저리 오갔다.

"운명 속의 한 걸음!"

그가 크게 외쳤다.

"어젯밤에 나도 똑같은 꿈을 꾸었어. 그리고 우리 어머니도 어
제 예감을 받았지. 그 예감도 똑같은 말을 했어……. 나는 사다
리를 타고 나무줄기인지 탑인지로 오르는 꿈을 꾸었어. 위에 올
라가니까 온 나라가 한눈에 보이더군. 커다란 평지에 있는 도시
와 마을들이 불타고 있었어. 아직 전부를 말할 수는 없어. 모든
게 다 분명하지는 않아."

"그 꿈이 형하고 관련 있다고 생각해?"

내가 물었다.

"나하고? 물론이지. 자기 자신과 관련이 없는 꿈을 꾸는 사람

은 없어. 하지만 나하고만 관련된 꿈은 아니야. 네가 옳아. 난 내 영혼의 움직임을 보여 주는 꿈, 그리고 지극히 드물긴 하지만 온 인류의 운명을 의미하는 꿈을 정확히 구별할 줄 알아. 그런 꿈을 꾼 적은 거의 없어. 예언이라 단정지을 만한 꿈을 꾸지도 못했고, 그게 실현되었다고 말할 수 있을 만한 꿈을 꾼 적은 한 번도 없어.

꿈의 해석은 매우 불분명해. 하지만 나에게만 해당하는 게 아닌 꿈을 꾸었다는 것만은 확실하게 알아. 다시 말해 그 꿈은 내가 예전에 꾸었던 꿈들의 연속이야. 싱클레어, 전에 내가 너에게 말했던 예감들을 나는 이런 꿈에서 얻어. 우리 세계가 상당히 썩어 있다는 건 우리도 이미 알잖아. 하지만 그것만으로 세계의 멸망이나 그 비슷한 걸 예언하기에는 근거가 부족해.

하지만 난 몇 년 전부터 어떤 꿈들을 꾸는데, 결론이라기보다 느낀다고 해야 할까. 뭐가 되었든……, 어쨌든 난 그 꿈들을 통해 낡은 세계의 붕괴가 가까워지고 있다는 걸 느껴. 처음에는 아주 희미하고 아득한 예감이었지만, 점점 또렷해지고 강렬해지고 있어. 뭔가 거대하고 무서운 것이 다가오고 있다는 사실밖에는 아직 아는 게 없어. 나 자신이 휘말려 들 수도 있는…….

싱클레어, 우린 우리가 이따금 이야기한 것을 경험하게 될 거야! 세계는 새로워지려고 해. 죽음의 냄새가 나. 새로운 것은 죽음 없이는 오지 않아. 내가 생각했던 것보다 더 끔찍한 일이야."

나는 놀라서 그를 빤히 바라보다가 조심스럽게 물었다.

"그 꿈의 나머지 부분도 이야기해 줄 수 있어?"

그는 고개를 저었다.

"안 돼."

그때 문이 열리면서 에바 부인이 들어왔다.

"둘이 함께 있었구나! 설마 너희들, 슬퍼하고 있었던 건 아니지?"

에바 부인의 얼굴에는 다시 생기가 돌았고, 더는 피곤해 보이지 않았다. 데미안은 그녀에게 미소를 보냈다. 그녀는 겁을 내는 아이들을 달래는 어머니처럼 다정히 우리에게 다가왔다.

"어머니, 저흰 슬프지 않아요. 그저 이 새로운 징조와 수수께끼를 좀 풀어 보려고 했어요. 하지만 그건 중요하지 않아요. 닥쳐올 것은 갑자기 들이닥칠 테니까. 그러면 우리가 알아야 할 것들을 저절로 알게 되겠지요."

그러나 나는 기분이 썩 좋지 않았다. 작별 인사를 하고 혼자 홀을 지나갈 때, 히아신스 향기는 시들고 메마른 시체처럼 퀴퀴한 냄새를 풍겼다. 어떤 그림자가 우리 위에 드리워져 있었다.

제 8 장
종말의 시작

나는 부모님을 설득한 끝에 여름 학기도 H시에서 보냈다. 우리는 이제 더 이상 집 안에 있지 않고, 강가의 정원에서 많은 시간을 보냈다. 일본인은 떠났고, 톨스토이 추종자도 없었다. 말이 나온 김에 덧붙이자면, 그 일본인은 권투 시합에서 완패했다.

데미안은 매일 말을 타고 나갔다가 한참 만에 돌아왔다. 그 바람에 나는 그의 어머니와 단둘이 있을 때가 많았다. 때때로 내 삶의 이런 평화로움이 믿기지 않았다. 나는 혼자 지내며 단념을 연습하고, 나 자신의 고통과 맞서 싸우는 데 익숙해 있었다. 그래서 H시에서 보내는 이 몇 달이, 아름답고 유쾌한 일이 가득한, 그야말로 편안하고 황홀한 낙원처럼 느껴졌다.

나는 이것이 우리가 생각하던 그 새롭고 고결한 공동체의 전 조임을 예감했다. 그러나 이따금 이 행복을 지나 깊은 슬픔이 나를 사로잡을 때가 있었다. 이 행복이 지속될 수 없음을 잘 알 고 있었기 때문이다.

나는 풍요로움과 쾌적함 속에서 편안히 살 운명이 아니었다. 내게는 쫓기는 듯한 고통과 조급함이 언제나 따랐다. 그래서 언 젠가는 이 아름다운 사랑의 영상에서 깨어나 다시 혼자가 되리 라는 것, 평화나 공존은 없고 고독 혹은 투쟁뿐인 사람들의 차 가운 시선 속에서 다시 혼자가 되리라는 것을 느끼고 있었다. 그럴 때면 내 운명이 아직 이 아름답고 조용한 모습을 하고 있 다는 데 기뻐하며, 갑절의 애정으로 에바 부인의 곁에 바짝 달 라붙었다.

여름이 빠르게 지나갔다. 학기가 벌써 끝나 가고 있었다. 이별 이 곧 닥칠 터였다. 그런 생각은 하지 말아야 했고, 하지도 않았 다. 대신에 나비가 꿀이 든 꽃에 꼬이듯이 아름다운 나날에 매 달렸다. 행복한 시절이었고, 내 인생의 첫 성취였으며, 우리만의 공동체에 내가 처음으로 받아들여진 때였다……. 다음에는 무 슨 일이 벌어질까? 다시 싸우며 헤쳐 나가고, 그리움에 괴로워 하고, 꿈을 꾸면서 홀로 있을 터였다.

그러던 어느 날, 이런 예감이 너무나 강하게 엄습해 왔다. 그 러자 에바 부인을 향한 내 사랑이 고통스러울 정도로 타올랐다.

얼마 안 있어, 그녀를 더 이상 볼 수 없겠구나. 집 안을 거니는 단정한 발걸음 소리도 더는 듣지 못하고, 내 책상 위에 그녀의 꽃들도 더는 놓이지 못할 테지!

그런데 나는 뭘 이루었던가? 그녀를 얻는 대신, 그녀를 얻으려 싸우는 대신, 그녀를 영원히 내게로 끌어오는 대신, 나는 꿈을 꾸었고 쾌적함에 사로잡혀 있었다! 그녀가 예전에 진정한 사랑에 대해 말한 것이 떠올랐다. 수백 가지 경고의 말들, 나지막한 유혹들, 그리고 어쩌면 약속들……. 그걸로 난 무엇을 했나? 아무것도 하지 않았다, 아무것도!

나는 내 방 한가운데에 서서, 의식을 모두 모아 에바 부인을 생각했다. 그녀가 내 사랑을 느끼게 만들려고, 그녀를 나에게로 당겨 오려고 내 영혼의 힘을 그러모았다. 그녀가 와야 했고, 내 포옹을 열망해야 했다. 내 키스가 그녀의 입술을 탐욕스럽게 파고들어야 했다.

나는 가만히 서서 온 신경을 집중했다. 얼마 뒤, 손가락과 발가락 끝이 차가워졌다. 내게서 힘이 서서히 빠져나가는 것이 느껴졌다. 내 안에서 뭔가 밝고 서늘한 것이 단단하게 뭉쳐졌다. 한순간 가슴속에 수정을 품은 듯한 느낌이 들었다. 그것이 내 자아임을 깨달았다. 서늘한 기운이 내 가슴까지 차올랐다.

이 지독한 긴장감에서 깨어났을 때, 나는 뭔가가 다가오고 있다는 것을 느꼈다. 죽을 만큼 피곤했지만, 만약 에바 부인이 내 방으로 걸어 들어온다면 불타오르듯 황홀한 눈빛으로 바라볼 준비가 되어 있었다.

그때 망치질처럼 다닥거리는 말발굽 소리가 긴 거리를 따라 점점 가까이 다가왔다. 그 소리는 아주 가까이에서 세차게 울리더니 갑자기 멈추었다. 나는 창가로 달려갔다.

데미안이 말에서 내렸다. 나는 아래층으로 달려 내려갔다.

"무슨 일이야? 어머니에게 무슨 일이 생긴 건 아니지?"

그는 내 말을 듣지 않았다. 얼굴이 무척 창백했다. 땀이 이마에서 양쪽 뺨을 타고 흘러내렸다. 열이 오른 말의 고삐를 정원 울타리에 묶고는, 내 팔을 잡고 거리를 따라 걸어 내려갔다.

"소식 들었어?"

나는 아무것도 몰랐다. 데미안은 내 팔을 꽉 잡고는, 연민에 찬 얼굴을 내 쪽으로 돌렸다.

"친구, 이제 시작이야. 그동안 러시아와 긴장 관계가 심각할 정도였다는 건 알고 있을 테지……."

"무슨 말이야? 정말로 전쟁이 난 거야? 거기까진 생각하지 못했어."

그는 주변에 아무도 없는데도 목소리를 낮추어 말했다.

"아직 선전 포고가 되지는 않았어. 하지만 전쟁이 틀림없어. 내 말을 믿어. 난 그때 이후로 이 문제로 널 더 이상 괴롭히지 않았어. 하지만 그 뒤에 새로운 징조를 세 번이나 보았지. 세계의 멸망도, 지진도, 혁명도 아니야. 전쟁이 일어나는 거야. 전쟁이 어떻게 시작되는지 너도 곧 보게 될 거야! 사람들은 열광할 테지. 이미 모두 터지기를 고대하고 있었으니까. 그만큼 삶이 무미건조해졌거든……. 하지만 싱클레어, 이건 시작에 불과해. 아마도 아주 거대한 전쟁이 될 거야. 그것 역시 시작일 뿐이지만. 곧 새것이 시작될 거야. 새것은 옛것에 매달리는 사람들에게는 정말 끔찍하겠지. 그런데 넌 앞으로 어떻게 할 거야?"

나는 당황했다. 모든 것이 아직 낯설었다. 도무지 실감이 나지 않았다.

"아직 모르겠어……. 형은?"

그는 어깨를 으쓱했다.

"동원령이 내리면 입대해야지. 난 소위야."

"형이 소위라고? 처음 듣는 얘기네."

"그래, 그게 내 적응 방식 중의 하나였어. 너도 알다시피, 난 바깥 세계의 눈에 띄는 걸 좋아하지 않아. 하지만 올바르게 살기 위해서는 지나칠 만큼 많은 준비를 하지. 아마 일주일 뒤에는 전쟁터에 나가 있을 거야……."

"세상에……."

"이봐, 그걸 감상적으로 이해하면 안 돼. 살아 있는 사람에게 발포 명령을 한다는 게 누구에겐들 즐거울 수 있겠어? 하지만 그건 부차적인 문제에 불과해. 이제 우리 모두 거대한 수레바퀴로 빨려 들어가게 될 테니까. 너도 마찬가지야. 너도 곧 징집될 거야."

"형, 어머니는?"

나는 십오 분 전에 있었던 일을 그제야 다시 생각해 냈다. 그 사이에 세상이 얼마나 달라졌는가! 나는 가장 달콤한 영상을 불러내려고 온 힘을 집중하고 있었다. 그런데 갑작스럽게도 운명이 무시무시한 가면을 쓰고 나를 위협하고 있었다.

"우리 어머니? 아, 어머니 걱정은 할 필요가 없어. 어머니는 안전해. 이 세상 그 누구보다도 더 안전하시지……. 우리 어머니를 그 정도로 사랑한다는 거야?"

"형, 그걸 알고 있었어?"

그는 아주 활달하게 웃었다.

"어린 친구! 당연히 알고 있었지. 사랑하지 않으면서 우리 어머니를 에바 부인이라고 부른 사람은 여태껏 한 명도 없었어. 그건 그렇고, 어땠어? 네가 오늘 우리 어머니, 아니면 나를 불러 냈잖아. 안 그래?"

"응, 불렀지……. 에바 부인을 불렀어."

"어머니가 그걸 느끼셨어. 그래서 나더러 너한테 가 보라고 하신 거야. 어머니께 러시아 소식을 막 들려 드리고 나서였어."

우리는 왔던 길을 되돌아갔다. 그 후로 많은 말을 나누지는 않았다. 우리 집 앞에 닿자, 그가 울타리에서 고삐를 풀고 말에 올라됐다.

나는 방으로 올라와서야 내가 얼마나 지쳐 있는지를 깨달았다. 데미안이 전한 소식도 영향을 미쳤지만, 그 전에 겪은 긴장이 그보다 훨씬 더 크게 작용을 한 듯했다.

어쨌든 에바 부인이 내 소리를 들었다! 마음속의 생각만으로 그녀에게 가 닿은 것이다. 그녀가 직접 찾아왔더라면 더 좋았을 텐데……. 비록 오지 않았더라도, 이 모든 것이 얼마나 특별하고 아름다운 경험인가!

곧 전쟁이 일어난다고 했다. 우리가 자주 이야기했던 일들이 시작되는 셈이었다. 데미안은 이미 많은 것을 알고 있었다. 세계의 조류가 이제 더는 우리를 스치듯 지나가지 않고 심장 한복판을 가로지른다는 사실을, 모험과 거친 운명이 우리를 부른다는 사실을, 변화하려는 세상이 지금 당장, 혹은 머지않아 우리를 필요로 하는 순간이 온다는 사실을……

데미안이 옳았다. 결코 감상적으로 받아들일 일이 아니었다. 특이한 점이라면, 내가 이 고독한 '운명'을 많은 사람들과, 온 세상과 함께 경험해야 한다는 사실이었다. 어쨌든 해 보자! 나는 준비되어 있었다.

저녁에 시내를 지나다 보니, 모퉁이마다 흥분으로 들끓고 있었다. 어디서나 '전쟁'이라는 단어가 떠돌았다!

나는 에바 부인 집으로 갔다. 우리는 정원의 정자에서 저녁을 먹었다. 손님은 나밖에 없었다. 전쟁 이야기는 서로 꺼내지 않았다. 내가 떠나기 전에, 에바 부인이 입을 열었다.

"사랑하는 싱클레어, 오늘 나를 불렀지요. 내가 왜 직접 가지 않았는지 알 거예요. 하지만 잊지 말아요. 당신은 이제 나를 부르는 방법을 알아요. 표식을 지닌 누군가가 필요할 때는 언제든지 다시 불러요!"

에바 부인이 먼저 일어나, 정원의 어스름 속으로 걸어갔다. 비밀에 싸인 그녀는 침묵하는 나무들 사이로 멋지고 품위 있게 걸음을 옮겼다. 그녀의 머리 위에서 수많은 별들이 사랑스럽게 빛났다.

이제 내 이야기는 곧 끝난다. 사태는 급격하게 전개되었다. 실제로 곧 전쟁이 시작되었다. 데미안은 군복 위에 은회색 군용 외투를 걸친 채 엄청나게 낯선 모습으로 떠나갔다.

나는 에바 부인을 집까지 바래다주었다. 나도 곧 그녀와 작별했다. 그녀는 내 입술에 키스를 한 뒤 잠깐 나를 품에 안았다. 그녀의 커다란 눈망울이 내 눈에 또렷하게 아로새겨졌다.

사람들은 모두 형제가 된 것 같았다. 그들은 조국과 명예를 말했지만, 그것은 그저 그들의 운명이었다. 그들 모두가 한순간에 운명의 맨얼굴을 들여다보게 된 것이다.

젊은 남자들이 병영에서 나와서 기차에 올랐다. 나는 많은 얼굴에서 표식을 보았다. 우리와 같은 종류의 표식은 아니었다. 사랑과 죽음을 의미하는 아름답고 엄숙한 표식이었다.

나 또한 전혀 본 적이 없는 사람들에게 포옹을 받았다. 나는 그것을 이해했고, 기꺼이 응했다. 그들은 도취 상태에서 그렇게 했다. 운명의 뜻은 아니었다. 그러나 도취는 신성했다. 그들 모두가 흥분된 이 짧은 눈길로 운명의 눈을 보았기에, 도취는 깊은 감동을 주었다.

내가 전쟁터로 갔을 때는 이미 초겨울이었다.

처음에 나는 총격이라는 대사건이 일상적으로 벌어지고 있는 현장에서 왠지 모를 실망감을 느꼈다. 예전에 나는 이상을 위해 살아가는 사람이 왜 그렇게 드문지를 자주 생각했다. 그런데 지금은 많은 사람들이, 아니 거의 모든 사람이 이상을 위해 기꺼이 목숨을 내놓는다는 사실을 알게 되었다. 그러나 그것은 개인이 자유롭게 선택한 이상이 아니라, 공통으로 다 함께 떠안은 이상이었다.

하지만 시간이 흐르면서, 내가 인간을 과소평가했음을 깨달았다. 군인으로서의 의무와 코앞의 위험이 그들을 획일화했다 하더라도, 살아 있는 사람이든 죽어 가는 사람이든 하나같이 운명의 뜻에 훌륭하고 당당하게 다가서는 모습을 내 두 눈으로 똑똑히 보았던 것이다.

많은, 아주 많은 사람들이 딱히 공격을 할 때가 아니어도 언제나 마치 약간 신이 들린 듯 단호하면서도 아득한 눈빛을 하고 있었다. 이런 눈빛은 목표가 뭔지 전혀 모르면서도 어떤 무시무시한 것에 자신을 완전히 내맡긴다는 뜻이다. 그들의 믿음이나 생각이 설령 제멋대로라고 할지라도, 그들은 그러한 신조를 수행할 준비가 되어 있었고, 또 쓸 만했다. 미래는 앞으로 그들이 만들어 갈 터였다.

세상이 점점 더 완강하게 전쟁과 영웅주의, 명예, 그 밖에 옛날의 다른 이상을 향할수록, 그리고 가식적인 목소리가 점점 더 비현실적으로 울려 퍼질수록, 이 모든 것은 그저 껍데기에 지나지 않았다. 전쟁의 표면적이고 정치적인 목표가 껍데기에 지나지 않듯이.

저 깊은 곳에서는 무엇인가가 계속 만들어지는 중이었다. 새로운 인간성과 같은 그 무엇이었다. 나는 많은 사람들을 보았고, 그들 중 많은 수가 내 옆에서 죽었다……. 그들은 증오와 분노, 살육, 파괴가 그 대상과 연결되어 있지 않다는 사실을 느낌으로 알게 되었다.

그랬다, 대상은 목표와 마찬가지로 완전히 우연이었다. 가장 거친 감정까지 포함하여 근원적인 감정들은 적을 향한 게 아니었다. 그들의 피비린내 나는 행위는 그저 새롭게 태어나기 위해 날뛰고 죽이고 파괴하고 죽으려는 내면의 발산이자 영혼의 발산이었다. 거대한 새가 알에서 나오려고 힘겹게 싸우고 있었다.

알은 세계였고, 세계는 산산조각이 나야 했다.

어느 이른 봄날 밤, 나는 우리가 점령한 농가 앞에서 보초를 서고 있었다. 약한 바람이 이따금 변덕스럽게 지나가고, 플랑드르 지방의 높은 하늘에서는 구름 떼가 말을 달렸다. 그 뒤 어딘가에 달이 있을 것 같았다.

나는 하루 종일 불안했다. 알 수 없는 불안이 마음을 어지럽혔다. 어두운 초소에서, 나는 지금까지의 내 삶을 돌아보며, 에바 부인과 데미안을 간절하게 생각했다.

포플러 나무에 기대 서서, 하염없이 움직이는 하늘을 뚫어지게 바라보았다. 남모르게 움찔거리는 밝은 빛은 거대한 영상이 되어 연속적으로 솟아올랐다. 맥박이 눈에 띄게 약해지고, 피부가 바람과 비에 둔감해졌다. 그러나 내 내면은 불꽃을 일으키며 깨어 있었다. 내 주변에 인도자가 있는 게 분명했다.

구름 속에 커다란 도시가 보였다. 그곳에서 수백만 명의 사람들이 몰려 나와 넓은 지역으로 흩어졌다. 그들 가운데서 강력한 신의 형상 하나가 등장했다. 머리카락에서 별이 반짝이고, 덩치는 산처럼 컸다. 에바 부인의 모습이었다. 사람들의 대열이 거대한 동굴 속으로 들어가듯이 그 형상 속으로 서서히 스며들었다.

여신은 바닥에 웅크리고 앉았다. 이마에서 반점이 희미하게 빛났다. 어떤 꿈이 여신을 지배하는 듯했다. 여신은 눈을 감았다. 커다란 얼굴이 고통으로 일그러졌다.

그녀가 별안간 엄청나게 크게 소리를 질렀다. 그녀의 이마에서 별들이, 수천 개의 별들이 반짝이며 쏟아져 나왔다. 별들은 멋진 곡선을 그리며 어두운 하늘로 퍼져 갔다.

별 가운데 하나가 밝은 소리를 내며 내게로 돌진했다. 나를 찾는 것 같았다⋯⋯. 그러다가 큰 소리를 내며 수천 개의 불꽃으로 쪼개져 나를 들어 올리더니 다시 땅바닥으로 팽개쳤다. 세상이 천둥 같은 소리를 내며 내 머리 위에서 무너졌다.

나는 상처를 심하게 입고 흙을 뒤집어쓴 채 포플러 나무 옆에 쓰러져 있었다. 정신을 차렸을 때는 어느 지하실에 누워 있었다. 화포 소리가 머리 위에서 쾅쾅 울렸다. 나는 수레에 실려 텅 빈 들판을 덜컹거리며 지나갔다. 대체로 잠을 잤거나 의식이 없었다. 깊게 잠이 들수록 뭔가가 나를 끌어당기고 있음을, 내가 나를 지배하는 어떤 힘을 따라가고 있음을 더욱 강렬하게 느꼈다.

시간이 더 흐른 뒤, 나는 마구간의 짚더미에 누워 있었다. 그곳은 몹시 어두웠다. 누군가 내 손을 밟았다. 나의 내면은 자꾸만 더 나아가려고 했다. 무언가에 더 강하게 끌리고 있었다. 나는 다시 수레나 들것에 실려서 어딘가로 옮겨졌다. 나는 어딘가로 가라는 명령을 점점 더 강하게 느꼈다. 그 어딘가에 빨리 도착하고 싶다는 욕구 말고는 아무것도 느끼지 못했다.

드디어 목적지에 도착했다. 캄캄한 밤이었다. 이제 내 의식 상태는 멀쩡했다. 내면의 끌림과 욕망을 더욱더 강렬하게 느끼던

참이었다. 나는 바닥에 깔아 놓은 매트리스에 누워 있었다. 누군가가 나를 부른 곳에 도착해 있음을 느꼈다.

주위를 둘러보았다. 내 매트리스 바로 옆에 다른 매트리스가 있었고, 그 위에 사람이 누워 있었다. 그가 몸을 앞으로 숙이고 나를 바라보았다. 이마에 표식을 달고 있었다. 데미안이었다.

나는 아무 말도 할 수가 없었다. 그도 말을 할 수 없었거나, 아니면 하지 않으려 했다. 그저 나를 바라보기만 했다. 위쪽 벽에 걸린 등불 빛이 그의 얼굴을 환하게 비추었다. 그가 나에게 미소를 지었다.

그는 오랫동안 내 눈을 가만히 들여다보았다. 그러다가 그의 얼굴이 나에게로 가까이 다가왔다. 우리 얼굴은 거의 맞닿을 정도가 되었다.

"싱클레어!"

데미안이 속삭이듯 말했다. 나는 그의 말을 알아듣는다는 눈짓을 했다. 그는 다정하게 미소를 지어 보였다.

"어린아이!"

그의 입술이 내 입술 바로 옆에 있었다. 그가 나지막하게 다시 속삭였다.

"프란츠 크로머를 아직도 기억해?"

그가 물었다. 나는 미소를 지으며 그에게 눈을 깜박여 보였다.

"어린 싱클레어, 잘 들어! 난 떠나야 해. 넌 언젠가 내가 다시 필요할지도 몰라. 크로머든 누구든, 아니면 다른 일에 맞서기 위해서든. 하지만 이젠 네가 불러도 곧장 달려올 수 없어. 넌 너 자신의 내면에 귀를 기울여야 해. 그러면 내가 네 안에 있다는 걸 알게 될 거야. 알았어? 그리고 또 하나! 에바 부인이 말했어. 네가 나쁜 상황에 처하면, 나에게 해 준 키스를 너에게 전해 달라고…… 싱클레어, 눈을 감아!"

나는 순순히 눈을 감았다. 피가 약간 묻어 있는 내 입술에 가벼운 키스가 느껴졌다. 그리고 나는 잠이 들었다.

다음 날 아침에 사람들이 붕대를 새로 감으려고 나를 깨웠다. 잠이 완전히 깨었을 때, 나는 얼른 옆의 매트리스로 고개를 돌렸다. 한 번도 본 적이 없는 사람이 누워 있었다.

붕대를 감을 때는 몹시 아팠다. 그때 이후로 나에게 일어난 모든 일들이 몹시 아팠다. 그러나 내가 이따금 열쇠를 찾아내어 나의 내면으로 완전히 내려가면, 어두운 거울 속에 운명의 영상들이 잠들어 있는 그곳으로 가면, 검은 거울 위로 몸을 숙이기만 하면 된다. 그러면 나 자신의 모습을 볼 수 있다. 이제 '그'와 완전히 똑같은, 내 친구이자 인도자인 '그'와 똑같은 나 자신의 모습을.

내면 깊은 곳의
진정한 나를 찾아서

강혜원 _ 전 서울 상암고등학교 국어 교사

껍질을 깨고 나오는 새

새 한 마리가 알을 깨고 나온다는 것, 그것은 좁은 세계를 부수고 더 큰 세상으로 나아간다는 의미이다. 만약 알을 깨고 나오지 못하면 그 새는 자기가 갇혀 있는 그 알 속이 세상의 전부인 줄 알고 살다가 삶을 마감하게 된다. 즉, 드높은 하늘을 나는 자유를 누리지 못한 채 죽어 간다는 얘기다.

새는 일생에 딱 한 번 알을 깨고 밖으로 나오지만, 사람은 여러 차례에 걸쳐 자신을 가두고 있던 알을 깨고 세상으로 나온다. 유아기에서 유년기로, 청소년기로, 또 청년기로……. 이렇게 성장해 가는 인생의 여러 단계가 다 알을 깨고 더 큰 세계로 나아가는 과정이라 해도 지나친 말이 아니다.

초등학교에 다닐 때 누구나 한 번쯤 읽어 봤음직한 동화《피터 팬》. 스코틀랜드 작가 제임스 매튜 배리가 쓴 이《피터 팬》은 어른이 되고 싶지 않은 소년, 즉 피터 팬의 이야기를 그리고 있다.

어렸을 때는 누구나 가슴속에 네버랜드를 품은 채 피터 팬과 함께 환상의 나라로 모험을 떠나 보았을 테지만, 안타깝게도 현실에 발 딛고 사는 우리는 동화 속의 장난꾸러기 소년 피터 팬처럼 영원히 아이로 살아갈 수가 없다. 오히려 어른이 되어서도 피터 팬처럼 어린아이이고 싶어 하는 사람을 '피터 팬 증후군'이라 부르며 성숙하지 못하다고 여긴다.

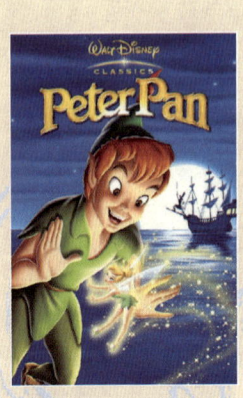

1953년에 월터 디즈니사에서 만든 애니메이션 〈피터 팬〉의 포스터

'우물 안 개구리'라는 속담도 같은 맥락에서 이해할 수 있다. 자기가 살고 있는 곳이, 자기의 생각이 세상의 전부라고 믿는 사람을 가리켜

영원히 아이로 살고 싶어요, 《피터 팬》

《피터 팬》은 1902년 성인 소설 《작고 하얀 새》의 일부 내용으로 처음 알려졌다. 이후 소설에 담긴 피터 팬의 이야기를 크리스마스 아동극으로 만들었고, 작가는 공연 내용을 다시 동화로 바꾸어 1911년에 《피터와 웬디》를 출간하였다.

네버랜드는 영원히 어른이 되지 않는 나라이다. 그곳에는 어렸을 적 부모님을 잃은 아이들이 살고 있는데, 피터 팬도 그중 한 명이다. 어느 날 피터팬은 달링 부부의 집에 들어갔다가 그 집의 개에게 그림자를 빼앗긴다. 이를 되찾기 위해 요정 팅커벨과 함께 다시 그곳을 찾는다.

1902년에 발표된 《작고 하얀 새》의 표지

1911년에 출간된 《피터와 웬디》의 표지

달링 부부의 딸 웬디 덕분에 그림자를 찾게 된 피터 팬은 웬디에게 네버랜드를 소개하며, 그곳에 살고 있는 아이들의 엄마가 되어 줄 것을 부탁한다. 그렇게 해서 피터 팬, 팅커벨, 웬디, 그리고 웬디의 두 동생 마이클과 존은 네버랜드로의 여행을 시작하게 된다.

그곳에서 피터 팬과 아이들은 즐거운 나날을 보내지만, 피터 팬을 시기하는 해적 후크가 호시탐탐 피터 팬을 노리고 공격한다. 피터 팬과 아이들은 힘을 모아 해적 일당을 물리치고, 웬디, 마이클, 존은 다시 부모님 곁으로 돌아간다. 그 후 피터 팬은 또 다른 순수한 아이들을 찾아다니고, 웬디, 마이클, 존은 해마다 피터 팬을 보기 위해 네버랜드로 향한다.

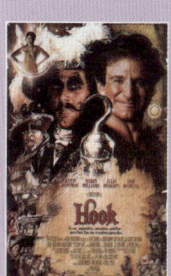
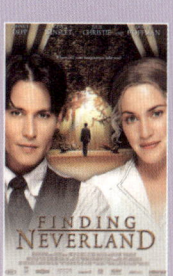

《피터 팬》은 1924년 허버트 브레논이 감독한 무성 영화 〈피터 팬〉으로 각색되었고, 1953년에는 월트 디즈니사의 애니메이션 〈피터 팬〉으로 다시 태어났다.

여기에 1991년 스티븐 스필버그 감독의 영화 〈후크〉, 2002년 월트 디즈니사의 〈리턴 투 네버랜드〉, 2003년 P. J. 호건 감독의 영화 〈피터 팬〉, 2004년 마크 포스터 감독의 〈네버랜드를 찾아서〉에 이르기까지 수많은 이야기들이 새롭게 만들어졌다.

1991년에 스티븐 스필버그 감독이 만든 영화 〈후크〉의 포스터

2004년에 상영된 영화 〈네버랜드를 찾아서〉의 포스터

우리는 흔히 '우물 안 개구리'라고 한다. 우물 안 개구리는 우물을 통해 보이는 작은 하늘이 하늘의 전체인 줄 안다. 그만큼 세상을 보는 눈이 좁다는 얘기다. 이제는 개구리도, 알을 깨고 나오는 새처럼 우물을 박차고 더 큰 세상으로 나가야 한다. 그래야 세상을 제대로 볼 수 있다.

독일 작가 헤르만 헤세가 쓴 소설《데미안》역시 이런 얘기를 담고 있다.

새는 알에서 나오려고 힘겹게 싸운다. 알은 세계다. 태어나기를 원하는 자는 하나의 세계를 깨뜨려야 한다.

《데미안》에 나오는 구절이다. 그동안 전 세계의 수많은 젊은이들이 이 말을 가슴에 두고 더 큰 세계를 꿈꾸며 자신을 성장시켜 왔다. 작가는 이 작품을 통해 인간이 성숙해 가는 과정, 내면의 깊이를 더해 가는 과정을 아주 정밀하게 보여 주고 있다.

젊은 시절의 헤르만 헤세

《데미안》은 1919년에 맨 처음 세상에 알려졌다. 처음에는 헤르만 헤세의 작품임을 숨기고 에밀 싱클레어라는 이름으로 발표되었다. 그래서인지 '에밀 싱클레어의 젊은 시절의 이야기'라는 부제가 붙은 이 작품은, 싱클레어라는 소년이 사춘기를 거쳐 청년으로 성장해 가면서 겪는 혼란과 방황을 담고 있다. 제목은 '데미안'이지만 주인공은 싱클레어라고 할 수 있다. 1인칭 주인공 시점으로 싱클레어가 화자가 되어 작품을 이끌어 간다.

내 안에 존재하는 크나큰 세계

싱클레어의 집안은 신앙과 지성이 조화된 밝은 분위기다. 그야말로 선과 밝음의 세계라 할 수 있다. 그러던 그에게 어두운 세계가 들이닥친다. 동네 친구들과 어울려 놀기 위해, 도둑질을 한 적이 있다고 거짓말로 허풍을 떨었기 때문이다.

《데미안》 초판본 표지

동네 깡패나 다름없는 프란츠 크로머는 싱클레어가 무심코 던졌던 말을 위협의 무기로 삼아 끊임없이 괴롭힌다. 그 과정에서 싱클레어는 어둠의 세계와 맞닥뜨린다. 크로머의 끝없는 위협 속에서 자기도 모르게 나쁜 짓을 하게 되고 양심의 고통을 느낀다.

그럴 즈음, 그는 데미안을 만나게 된다. 데미안은 싱클레어에게 카인과 아벨을 새롭게 해석하여 들려주고, 어떤 방법을 썼는지는 알 수 없지만 싱클레어를 크로머의 속박에서 벗어나게 해 준다.

김나지움에 진학한 싱클레어는 자신 속에 존재하는 두 세계 사이에서 갈등한다. 어린 시절 크로머를 통해 겪었던 밝음과 어둠 사이의 갈등처럼 금지된 것과 허락된 것 사이에서의 갈등이다.

이때 알게 된 베크라는 친구를 통해 술집, 뒷골목 풍경, 인생의 어두운 구석을 엿보게 된다. 그는 금지된 것을 갈망하는 자신의 모습을 발견하고 갈등에 빠진다. 이 무렵, 그는 다시 데미안을 만

헤세가 그린 그림들. 그는 수많은 수채화를 남겼는데, 포도밭, 동굴, 바위, 마을 등 시골에 대한 동경을 주로 캔버스에 담았다.

나게 되고, 데미안은 싱클레어에게 넌지시 충고의 말을 던진다.

성을 갈망하는 육체와 그것을 제어하고자 하는 정신 사이에서 괴로워하던 싱클레어는 자신이 베아트리체라 이름 붙인 여성을 만나면서 내면의 어두운 소용돌이를 이겨내기 시작한다. 베아트리체의 초상화를 그린 싱클레어는 그녀의 초상화가 데미안을 닮았다는 것을 느낀다. 싱클레어는 지구에서 날아오르려고 하는 새를 그려 데미안에게 보낸다.

그리고 어느 날인가, 데미안이 보낸 쪽지가 책갈피에 꽂혀 있는 것을 발견한다. 알을 깨고 나와 더 큰 세계로 향하는 새, 그 새가 지향하는 신 아프락사스에 대한 이야기가 적혀 있다. 아프락사스는 빛과 어두움, 선과 악이 공존하는 신의 이름이다.

싱클레어는 교회에서 오르간 연주자 피스토리우스를 만나 아프락사스에 대해 더 깊이 알게 된다. 피스토리우스와의 만남은 싱클레어에게 하나의 위안이며 도피처가 된다. 자기 자신을 좀 더 깊이 생각하고 내면세계에 귀를 기울일 수 있는 계기가 된 것이다.

그러다가 싱클레어는 같은 반 친구인 크나우어와 '금욕'에 대해 이야기를 나누며, 연민과 혐오의 혼란스러운 감정을 느낀다. 그리고 우연히 자살을 시도하려던 크나우어를 구하게 된다. 악의 위협 속에서 괴로워하던 어린 시절, 데미안이 그에게 다가온 것과 비슷한 체험이다. 싱클레어 자신이 크나우어에게 데미안의 역할을 한 셈이다.

피스토리우스와의 만남은 오래가지 않는다. 싱클레어는 그의 가르침이 진부하다는 생각을 하게 되고, 그를 뛰어넘은 자기 자신을 느끼게 된다. 그러면서도 지도자를 잃은 외로움과 혼란을 느끼면서 데미안을 그리워한다. 또한 데미안의 어머니 에바 부인이 자신의 환상 속에서 어렴풋하게 그리던 여인상이라는 것을 깨닫는다. 그는 에바 부인에게서 운명적인 연인, 이상적 여인상을 발견한다.

야외에서 그림을 그리고 있는 헤세. 헤세는 그의 나이 마흔이 가까운 1916년에 처음 그림을 그리기 시작했다. 그는 제1차 세계 대전으로 불안감이 심해져 심리를 치료를 받기 시작했는데, 유명한 심리학자 칼 융이 그에게 그림 그리기를 권했다고 한다.

데미안을 사랑한 작가, 전혜린

'《데미안》을 사랑한 작가' 하면 떠오르는
이름이 있다. 불꽃처럼 살다 간 작가, 전
혜린이다. 독일 문학자이기도 하고 번역
가이기도 하고 수필가이기도 했던 그의
수필집 《그리고 아무 말도 하지 않았다》
를 보면 데미안에 대한 뜨거운 애착이
담겨 있다.

전혜린은 1934년 평안남도 순천에서 태
어났다. 경기여중과 경기여고에서 학창
시절을 보냈는데, 그의 천재성은 사춘기
시절부터 이미 정신세계 속에서 싹을 틔
우고 있었다.

《그리고 아무 말도 하지 않았다》   대학 시절의 전혜린
초판본 표지

1952년에는 피난지 부산에서 서울대 법대에 진학했다. 오래지 않아 법학에 권태를 느낀 그는, 경기여고
시절의 단짝 친구가 다니던 문리대에서 오든과 엘리엇 같은 시인에 관한 강의를 몰래 들었다. 결국 법
학도로서의 길을 포기하고 독일 뮌헨 대학교로 유학을 떠났다.

1959년 독일 유학을 마치고 귀국한 뒤 서울대학교와 이화여대, 성균관대학교에서 강의를 하며 번역 작
업을 했다. 헤르만 헤세와 하인리히 뵐, 에리히 케스트너, 루이제 린저 등의 독일 작품들이 전혜린의 번
역으로 우리나라에 소개되었고 또 독자들에게 큰 사랑을 받았다.

전혜린은 자신이 쓴 책에서, 여러 독일 작품들 중에서도 《데미안》은 잊을 수 없는 작품이라고 말했다.
《데미안》을 몹시 사랑했던 친구가 빨간 줄 투성이인 《데미안》을 빌려 간 지 얼마 되지 않아 세상을 떠
났기 때문이다. 그 친구는 죽기 직전까지 《데미안》을 읽고 있었다고 한다. 그 친구에게 데미안이 어떤
의미였을까? 그 친구는 왜 죽었을까? 궁금해하면서 전혜린은 오랫동안 괴로움에 빠졌다.

전혜린은 《데미안》이 표현하고 있는 인간상을 '청춘의 고뇌의 상'이라고 정의하면서, "고독하게 모색하
고 지치도록 갈망하고는 죽음을 통해 자기 운명을 성취하는 모습이다. 이 인간상이 우리에게 와 부딪치
는 가장 큰 이유는 그것이 우리들이 어느 시기에 반드시 겪어야 하는 정신적 발전 단계를 솔직하게 표
현하고 있는 점"이라 하였다.

싱클레어의 고뇌와 성장을 고스란히 자기 것으로 삼아 불꽃처럼 살았던 전혜린은 서른둘이란 젊은 나
이에 안타깝게도 세상을 떠났다.

대학에 입학한 뒤, 싱클레어는 다시 데미안을 만난다. 환상 속에서 찾아 헤매던 여인인 데미안의 어머니도 만나게 된다. 모든 존재의 어머니처럼 여겨지는 에바 부인과 이야기를 나누며 싱클레어는 자신이 걸어온 길, 그리고 도달해야 할 길에 대해 생각하게 된다. 데미안은 유럽의 정신과 특징에 대해서 이야기한다. 집단에서 벗어나 개인의 내면에 귀를 기울여야 한다는 사실을 깨닫는다.

그때 전쟁이 터지고 데미안과 싱클레어는 차례로 참전한다. 부상을 당하고 병원으로 옮겨진 싱클레어는 누군가 자신을 내려다보고 있다는 것을 느낀다. 데미안이다.

데미안은 만약 언젠가 자신이 필요하게 되면 싱클레어 스스로의 내면에 귀를 기울이라고 말하고 어머니의 키스를 전한다. 싱클레어는 고통 속에서도 이따금 자신의 내면으로 들어가 친구이며 지도자인 데미안과 똑같은 자기 자신의 모습을 본다.

인간이란 어떤 존재인가?

《데미안》에는 싱클레어라는 소년이 성장하면서 겪게 되는 선과 악의 세계, 육체적 충동과 정신적 사유 사이에서 빚어지는 갈등, 성장의 단계마다 만나게 되는 사람들의 이야기가 담겨 있다. 이 같은 이야기의 중심에 데미안이란 인물이 있다. 데미안은 어린 싱클레어를 악의 위협에서 구해 주면서 싱클레어가 이해할 수 없는 새로운 사상을 보여 준다.

그래서 그런지, 제1차 세계 대전 직후 혼란에 빠진 젊은이들은 평소에 이 작품을 즐겨 읽었을 뿐 아니라, 제2차 세계 대전 중 전쟁터에 나갔던 젊은이들의 군복 주머니에도 너나없이 《데미안》이 꽂혀 있었다고 한다. 그리고 헤세가 세상을 떠난 지 오십 년이 지난 지금까지도 이 작품은 성장기에 꼭 읽어야 할 소설로 꼽히고 있다.

물론 이 작품에 대해 긍정적인 평가만 있는 것은 아니다. 인간에 대한 철학적 탐구를 표방하고 있지만, '전쟁'에 대한 시각이 불분명하다는 평가도 있고, 기독교에서 형제를 살인한 자로 죄인처럼 여기는 카인에 대한 색다른 해석이나 지나치게 신비주의적인 색채 등이 비판을 받기도 한다.

헤세는 '작가의 말'에서, 인간이란 어떤 존재인가에 대답할 수 있는 사람은 아무도 없다고 말한다. 그렇다. 인간이란 무엇일까, 라는 질문에 쉽게 대답할 수 있는 사람은 아무도 없다. 실제로 그것에 대해 깊이 생각하는 사람도 많지 않을 것이다.

사람들은 그런 골치 아픈 질문보다는 일상적인 생활 문제에 더 관심을 갖는다. 무얼 먹을까, 무얼 입을까, 무얼 하며 시간을 때울까 등등. 그러나 사람이 빵만으로 살 수 없다는 말이 있듯, 인간이 어떤 존재인가를 묻는 것은 삶을 제대로 살아가기 위해 꼭 필요한 질문이다. 인간에 관해 관심을 갖는 것은 삶의 의미에 대해 관심을 갖는 것이고, 자기의 삶을 아무렇게나

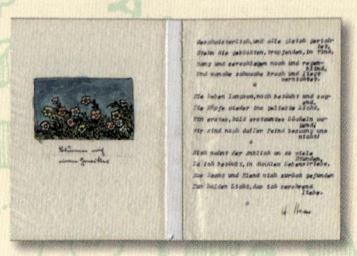

헤세가 주치 약사에게 보낸 친필 엽서

소설가이자 시인인 헤세의 시 〈비 온 뒤에 핀 꽃들〉. 직접 그린 그림과 글이 실려 있다.

헤르만 헤세 문학 기행

헤세의 고향, 칼브

칼브는 독일 남부 슈바르트발츠(검은 숲) 지역에 있는 작은 마을이다. 헤세가 어린 시절을 보낸 곳이고, 《수레바퀴 아래서》의 주인공 한스의 고향이기도 하다. 헤르만 헤세 광장, 박물관, 생가, 그의 동상 등 헤세와 관련된 볼거리가 많다. 헤세 광장은 그가 노벨 문학상을 받고 난 다음 해, 그의 탄생 70주년을 기념하여 붙여진 이름이다. 칼브의 중심을 끼고 흐르는 나골트 강은 소설 속 한스가 자주 낚시를 하러 가는 곳이기도 했다. 강 위의 니콜라우스 다리에는 헤세의 동상이 서 있다. 시청 근처에는 그가 태어난 집이 있는데 그의 흉상이 돋을새겨진 표지판이 붙어 있다. 이 집에서 1877년부터 1881년까지 살았다.

사춘기 시절에 머문 마울브론 수도원

1993년 유네스코 세계문화유산으로 등록된 마울브론 수도원은 독일 뷔르템베르크 주에 자리잡은 신학교이며 수도원이다. 헤세는 14세에 이곳에 입학하여 몇 개월을 다니다가 자퇴했다. 마울브론 수도원은 12세기 중엽부터 16세기에 걸쳐 건설된 요새처럼 든든한 대규모 수도원이다. 성벽의 길이가 850미터에 달한다고 한다. 헤세를 위시하여 천문학자 케플러, 시인 횔덜린 등이 이 학교에 다녔다.

보덴 호수의 가이엔호프

독일, 스위스, 오스트리아를 끼고 있는 아름다운 보덴 호숫가에 가이엔호프라는 아름답고 평화로운 마을이 있다. 헤세가 마리아 베르누이와 결혼하고 이사를 간 곳으로 베른으로 이주하기 전에 살았던 곳이다. 헤세는 이곳에서 8년간 살았는데, 《피터 카멘친트》를 발표하고 받은 돈으로 허름한 농가를 하나 빌렸다. 그곳에서 신혼 살림을 하며 가정 생활의 행복을 맛보았다. 그때의 신혼집은 기념관으로 남아 있고 가이엔호프 회피 박물관에는 헤세의 타자기, 안경, 책상 등의 유품이 전시되어 있다.

헤세가 사용하던 스미스 프리미어 No. 4 타자기와 1930년대에 사용했던 스틸 안경

《데미안》을 집필한 베른

헤세는 1912년 스위스의 베른이라는 도시로 이주하였고, 1919년 몬타뇰라로 이주하며 독일 국적을 버리고 스위스 국적을 받았다. 그는 베른에서 《데미안》을 집필했다고 한다. 스위스 한복판에 자리한 베른은 인구 15만의 작은 전원 도시지만 루소, 아인슈타인, 헤세 등이 머물며 많은 역사적 자취를 남겼다.

작업실에서 창작에 몰두하고 있는 헤세(좌)와 헤세가 1919년부터 1931년까지 살았던 집. 스위스 루가노의 몬타뇰라에 있으며,
지금은 헤르만 헤세 박물관으로 바뀌어 헤세를 추억하고 있다.

살지 않겠다는 다짐이기도 하기 때문이다.

그런 면에서 이 작품은 싱클레어라는 소년이 한 청년으로 자라나기까지의 과정을 그린 일종의 성장 소설이라 할 수 있다. 성장의 과정이란 성인식을 치르는 것처럼 혹독한 아픔을 겪는 과정이기 때문이다. 원시 사회에서 행해지던 성년식은 성년을 맞는 당사자에겐 고통스런 의식이다. 껍질이 찢어지는 아픔을 겪어야 더 성숙할 수 있다는 평범한 진리를 의식 속에 담아냈기 때문이다.

성인식을 맞는 소년 소녀는 신체의 한 부분에 상처를 내기도 하고 고된 훈련을 받기도 한다. 그 힘겨운 과정을 통해 성숙한 젊은이로 변화하는 것이다. 그 성숙의 과정에는 '갈등'이라는 것이 있다. 선과 악의 갈등, 감성과 지성의 갈등, 본능과 이성의 갈등 속에서 소용돌이치면서 인간은 성장해 간다. 싱클레어의 성장 역시 갈등의 연속이다.

헤세는 인간의 내부에 함께 존재하는 양면성을 발견하고 그것이 한 단계 승화되어 조화를 이루는 과정이 성장의 과정임을 보여 주고 있다. 여기에는 일원론적 사고가 깔려 있다. 일원론이란 대립된 두 원리를 가지고 실제의 모든 부분을 설명하려는 입장에 대비되는 사고이다. 하나의 원리로 어떤 이치를 설명하는 것이다.

인간의 내면 깊숙이에 자리 잡은 선과 악, 밝음과 어둠, 생명과 죽음 등이 하나로 조화를 이루는 신비한 사상의 일면을 보여 주면서 우리의 고정관념을 뒤흔들기 때문에 우리는 이 작품을 읽으며 떨림과 충격을 느낄 수밖에 없다.

성장이란 아픔의 다른 이름

자신의 내면에 있는 '데미안'을 만나기까지 싱클레어는 많은 사람을 만난다. 그들은 우리가 인생에서 거쳐야 하는 과정이고 계단이라 할 수 있다.

맨 처음 싱클레어의 세계를 뒤흔든 사람은 프란츠 크로머이다. 크로머는 밝은 빛에 가득 찬 싱클레어의 세계를 위협하는 어두운 세계이다. 크로머를 만나는 이 시기는 빛과 어둠, 선과 악이 갈등을 일으키는 시기라 할 수 있다.

크로머는 비열하고 저급하며 충동적이다. 모든 인간에게는 이런 구석이 있다. 그는 자신의 탐욕을 위해 남의 약점을 이용하고, 위협을 서슴지 않는다. 크로머에게 시달리는 싱클레어는 어쩌면 우리 자신의 모습일지도 모른다. 외면에서가 아니라 우리 내면에서도 이런 싸움이 일어나고 있다.

데미안은 싱클레어가 부닥친 최초의 시련에서 그를 쉽게 구해 준다. 데미안이 크로머를 꼼짝 못 하게 만든 것은 용기와 개성, 두

헤르만 헤세의 문학 세계 엿보기

《수레바퀴 아래서》(1906)

헤세의 대표적인 자전 소설로, 마울브론 기숙 신학교에 진학했다가 1년 만에 중퇴한 후 시계 부품 공장과 서점을 전전한 경험을 고스란히 담아내고 있다. 그런 뜻에서 심리적으로 불안정한 어린 신학도 '한스 기벤라트'는 헤세의 분신이나 다름없다. 그가 엄격한 신학교의 규율을 이겨내지 못하고 신경 쇠약에 걸려 학교에서 쫓겨난 점이나, 고향으로 돌아와 공장의 견습공으로 새로운 삶을 열어 보려 했던 점 등에서 헤세의 우울한 청소년기와 겹치는 부분이 많다. 결국 '수레바퀴 아래서'란 비유적 표현은, 한 개인의 내면세계와 상관없이 강압적으로 돌아가는 물리적 세계의 톱니에 짓눌린 어린 영혼을 나타낸다고 할 수 있다.

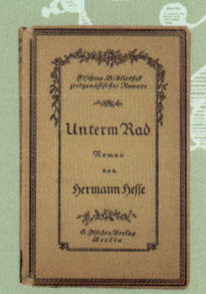

《수레바퀴 아래서》표지

《나르치스와 골드문트》(1930)

지성과 감성, 종교와 예술로 대립되는 세계에 속한 두 인물, 나르치스와 골드문트가 나눈 사랑과 우정, 이상과 갈등, 방황과 동경 등 인간의 성장기 체험을 아름답고 순수하게 그려낸 소설로, 《데미안》과 더불어 헤세의 소설 중에서 가장 많은 사랑을 받아 온 작품이다. 작가의 체험이 강하게 투영되어 있을 뿐 아니라, 젊은 시절 그의 영혼을 뒤흔들던 추억들이 고스란히 담겨 있다. 헤세는 불완전한 인간이자 방황과 방랑, 예술에 대한 동경, 여성적인 것에 대한 그리움으로 끊임없이 낯선 세계에 부딪히는 청년 골드문트를 통해 자신의 성장기 체험을, 한 인간의 운명에 대한 성찰로 승화시키고 있다.

《유리알 유희》(1945)

헤세의 생애 마지막 소설로, 그의 최대 걸작으로 평가받는 작품이다. 1931년부터 쓰기 시작하여 1943년 스위스에서 처음으로 출판되었으며, 이 소설로 1946년에 노벨 문학상을 받았다. 〈유희의 명인 요제프 크네히트의 회상〉이란 부제가 붙어 있으며, 여기서 '유희의 명인'은 유리알 유희에 가장 뛰어난 한 사람에게 주어지는 존칭이다. 이 소설은 '카스탈리엔'이라는 미래의 이상향에서 2400년경에 씌어졌다는 설정을 바탕으로, 이보다 약 200년 전에 존재했던 카스탈리엔의 유희 명인 크네히트를 회상하며 서술하는 형식을 띠고 있다. 언뜻 보기에는 시대를 초월한 가공의 이야기에 불과한 듯하지만, 20세기 문화에 대한 신랄한 비판과 헤세가 도달하려고 한 최고의 지성이 그 어느 작품에서보다 잘 드러나 있다.

려움 없는 자세이다.

싱클레어가 두 번째로 만난 사람은 알폰스 베크이다. 성에 대한 호기심과 충동으로 힘겨워하던 시기에 베크는 술집의 세계, 어두운 뒷골목의 세계를 가르쳐 준다. 싱클레어는 베크와 어울리던 시절을 '추잡하고, 주정뱅이고, 더럽고, 구역질나고, 비열하고, 사나운 짐승 같고, 추악한 충동의 노예가 되어 버린 모습'이라고 말한다. 그러면서도 그 세계에서 빠져나오지 못한다.

베크의 어두운 세계에서 싱클레어를 이끌어 낸 것은 어느 소녀이다. 싱클레어는 그 소녀에게 베아트리체라는 이름을 붙인다. 괴테가 《파우스트》라는 작품에서 그려낸 구원의 여인이 베아트리체이다.

우리도 사춘기 시절 이성에 대한 지고지순한 사랑을 경험한다. 그 풋풋한 사랑의 힘이 우리를 밝은 세계로 이끌고, 삶을 살아갈 힘을 주기도 한다. 그 사랑 때문에 무엇이든 할 수 있을 것 같고, 그 사랑이 우리 자신을 구원해 줄 것만 같다. 물론 사랑의 감정은 아름답지만 그것 역시 우리가 성장해 가는 하나의 과정이다. 두 번째 세계는 충동과 이성의 합일이 이루어진 시기라 할 수 있다.

싱클레어의 정신세계를 한 단계 높인 것은 피스토리우스와의 만남이다. 그와의 만남을 통해 싱클레어는 자기의 허물을 벗고 한 단계 발전할 수 있다. 그야말로 알 속의 새가 세상으로 나온 것과 같다. 피스토리우스는 용기와 자기 자신에 대해 존경을 갖도록 이끌어 준다. 자기의 내면을 들여다보는 것이 얼마나 중요한가도 가르쳐 준다.

이 사람과 만나 자기 껍질을 깨고 성장해 간 싱클레어는 어린 시절 크로머에게 위협을 받을 때 데미안이 와 주었던 것처럼 자살 충동에 휩싸인 친구를 돕는 경험을 하기도 한다.

그러나 싱클레어는 자기의 친구이자 스승인 피스토리우스를 뛰어넘는다. 시간이 지남에 따라 무조건적으로 그를 높이고 따를 수 없는 자신을 발견하기 때문이다.

우리도 종종 이 같은 경험을 한다. 어린 시절을 되돌아보라. 자기에게 가르침을 주었던 선생님들이나 부모님, 선배들을 생각해 보자. 처음에는 그들의 말을 무조건 믿고 따른다. 그러나 자기 자신의 판단력이 생기고 세상을 더 넓게 보면서 그들을 판단하게 되고 또 다른 자기의 길을 선택하게 된다.

그것은 때로 배은망덕한 행동으로 비쳐지기도 한다. 그러나 발전적인 인생이라면 당연할 것일 수밖에 없다. 그런 뜻에서 청출어람(靑出於藍, 쪽에서 뽑아 낸 푸른 물감이 쪽보다 더 푸르다는 뜻으로, 제자가 스승보다 나음을 이르는 말)이라는 말이 나왔고, "나를 딛고 오르거라."라는 스승의 가르침이 있는 것이리라.

프란츠 크로머, 알폰스 베크, 피스토리우스를 거쳐 싱클레어는 데미안의 어머니인 에바 부인을 만난다. 에바 부인은 연인이며 어머니이며 모든 존재의 근원처럼 여겨지는 인물이다. 싱클레어는 에바 부인을 통해 대립된 모든 것이 조화를 이루는 황홀한 느낌을 받는다.

결국 싱클레어가 최후로 만나는 인물은 데미안이다. 물론 작품의 첫 부분부터 그를 만난다. 그러나 그때는 자신의 외부에서 도와주고 이끌어 주는 역할을 한다. 하지만 마지막 부분에서 만난 데미안은 바로 싱클레어 자신이다.

그동안에 만난 사람들이 외부에서 자신을 위협하거나, 이끌거나, 새로운 세계를 보여 주는 인물이라면, 데미안은 바로 자신 속에서 자신의 길을 찾게 한 인물이다.

구원의 여인상, 베아트리체

싱클레어가 김나지움에 다니던 어느 봄날, 공원에서 한 소녀를 만난다. 숭배하고픈 마음을 느끼며 그 소녀에게 '베아트리체'라는 이름을 붙여 준다. 사랑에 빠진 남자들이 사랑하는 여인을 가리켜 '나의 베아트리체'라고 부르곤 한다.

우리나라 대중가요 중에도 조용필이 부른 〈슬픈 베아트리체〉라는 노래가 있다. 이루어지지 못한 사랑의 안타까움이 배어 나오는 노래이다. 이제 베아트리체는 고유명사를 넘어 남자들이 사모하고 경배하는 여인을 가리키는 보통 명사이다.

베아트리체는 실제로 살았던 여인이며, 서사시 속의 여인이기도 하다. 이탈리아의 시인 단테가 아홉 살 때 첫눈에 반해 죽을 때까지 사모한 여인의 이름이다.

보티첼리가 그린 단테의 초상화

현실 속의 베아트리체는 이탈리아 피렌체 귀족의 딸인 베아트리체 포르티나리라고 한다. 그는 시모네 데 바르디라는 사람과 결혼했다가 24세의 나이로 죽는다. 단테는 1293년쯤 서정시를 덧붙인 산문 작품 〈새로운 인생〉에서 베아트리체에 관한 이야기를 쓴다. 그녀와의 만남, 그녀의 아름다움, 그녀를 향한 자신의 감정 등을 담아내고 있다. 그리고 1만 4천여 행에 달하는 장편 서사시 《신곡》에서 베아트리체는 그를 이끌어 주는 구원의 여인상으로 그려진다.

이탈리아 피렌체에 있는 단테의 생가

1502년에 이탈릭체로 출판한 단테의 《신곡》

자신의 내면을 들여다보라

《데미안》을 읽다 보면 줄곧 생각하게 되는 말이 있다. "내면을 들여다보라."라는 말이다. 자신을 이해할 수 있는 것은 자기 자신 뿐이라는 말, 각성된 인간에게 주어진 한 가지의 의무는 자신을 찾고, 자신 속에서 확고해지면서 자신의 길을 더듬어 나가는 것이 필요하다는 말이 헤세가 데미안을 통해 강조하는 말이다.

불경에 자기 자신을 발견한 여인의 이야기가 있다.

옛날옛날에, 윗마을에 한 여인이 살고 있었다. 얼굴은 곱지만 성격이 날카로워서 주위 사람들과 잘 어울리지 못했다. 그녀는 하는 일마다 충돌이 생기자, 세상살이가 너무나 고단하고 힘들어서 죽기로 마음을 먹었다.

며칠 뒤, 물에 빠져 죽기로 결심하고 그 마을에서 제일 큰 연못으로 갔다. 연못에 몸을 막 던지려는 순간, 근처에서 인기척이 들렸다. 그녀는 깜짝 놀란 나머지, 자기도 모르게 옆에 서 있는 나무 위로 황급히 올라갔다.

오래지 않아, 아랫마을에서 가장 못생긴 처녀가 연못가로 다가왔다. 그녀는 연못가의 납작한 바위 위에 자리를 잡아 앉은 다음, 빨래할 물을 긷기 위해 연못 쪽으로 얼굴을 기울였다. 그러자 연못 속에 선녀처럼 아리따운 여인이 어릿거렸다. 조금 전에 나무 위로 올라간 여인의 얼굴이 연못에 비친 것이었다. 하지만 그 사실을 까맣게 모르는 처녀는, 그 얼굴이 자신의 것이라고 착각을 한 채 이렇게 중얼거렸다.

"아니, 이처럼 아름답게 생긴 내가 빨래 따위나 하고 있다니! 집안에 가만히 앉아 있어도 내로라하는 집안의 총각들이 줄을 서서

1997년, 헤세의 나이 120세를 기념해서 문을 연 헤르만 헤세 박물관의 내부

청혼을 할 터인데……."

그 처녀는 빨랫감을 내팽개쳐 두고는 곧장 아랫마을로 내려가 버렸다. 나무 위에서 그 모습을 가만히 지켜보고 있던 윗마을 여인은 그만 웃음을 터뜨리고 말았다. 남의 얼굴을 자기 얼굴로 착각을 하다니…….

윗마을 여인은 그길로 집으로 돌아갔다. 자신의 모습을 제대로 보지 못하는 아랫마을 처녀의 행동에서 자기 자신을 되돌아보게 되었던 것이다.

자기 자신이 누구인지 제대로 보라는 이 이야기는《데미안》에서 헤세가 전하려 한 메시지와 맥을 같이한다. 데미안을 읽으면서 우리는 자신이 누구인가를 묻게 된다. 일상에 찌들려 그러한 물음을 던지는 데 게을렀다는 생각을 하면서…….

이 소설의 주인공인 싱클레어에게 구원자처럼 여겨지는 데미안은 줄곧 "인간은 자신의 내면을 들여다보아야 한다."라고 강조한다.

'인간은 자기 자신과 일치하지 못할 때는 불안해하지. 그들은 결코 자기 자신을 알고 있지 못하기 때문에 불안감을 느끼게 되는 거야.'

'인간에 대하여 자연이 원하는 것은 개개인의 마음속에, 즉 너와 나의 내면에 기록되어 있는 거야.'

'나는 이따금 문을 열고 완전히 나 자신의 내면세계로 - 어두운 거울 속에서 운명의 형상이 잠자고 있는 그곳으로 내려가기만 하면, ……데미안과 같은 나 자신의 모습을 바라볼 수 있게 되는 것이다.'

자기 내면을 바라보는 일은 중요하다. 내가 어떤 인간인가, 라는 물음은 인간은 어떤 존재인가, 라는 물음과 이어지기 때문이다. 그 같은 의문을 품을 때 사람들은 삶의 의미를 다시 생각하게 된다. 헤세는 인간이 자신의 운명과 만나는 길, 세상을 제대로 이해하는 길은 자기 내면을 들여다보는 데 있다고 생각했다.

격동과 혼란의 도가니, 20세기 초 유럽

"작품은 그 시대의 산물이다."라는 말은 이 작품에도 해당된다. 진정한 자기를 찾는 일을 강조하는 작품이 세상에 나오게 된 것은 그만큼 내면을 돌아보지 않는 시대 상황 때문일 것이다. 또한 혼란 속에서 진정한 가치가 무엇인지를 찾아 헤매는 시절이기 때문이리라.

《데미안》은 제1차 세계 대전 직후 혼란과 격동을 겪고 있던 유럽 사회와 동떨어진 작품이 아니다. 가치관의 혼란 속에서 헤매던 젊은이들이 《데미안》에 빠져들었고, 자기 자신에게서 길을 찾았다.

작품 뒷부분에서는 좀 더 직접적으로 그 당시의 유럽 사회를 비판하고 있다. 데미안은 싱클레어에게 사회 어디서나 단결과 집단의 형성이 지배하고 있지만 자유와 사랑은 어디에도 없다고 비판한다. 자기 내면을 제대로 바라보지 못하는 사람들은 불안과 공포를 느낄 뿐이며, 집단을 이루어 그 공포에서 벗어나려 하지만 그것은 임시적인 방편일 뿐이라는 것이다.

《데미안》에서 작가가 던지는 또 하나의 문제는 바로 개인과 집단 사이의 관계이다. 우리 모두는 집단과 자신의 내면세계 사이에서 때로는 집단의 목적과 이해를 위해, 때로는

독일 칼브의 니콜라우스 다리에 세워진 헤르만 헤세 동상. 사람과 똑같은 크기로 만들었다.

대공황 시대, 20세기 초의 문학

비관론, 상대론, 소외론 등의 지적 분위기는 문학에서도 표현되었다. 20세기 소설가들은 이 새로운 현실을 표현할 새 기법을 개발했다. 19세기의 소설가들은 전지적 작가 시점에서 사실적 인물을 묘사했다. 그리고 그 인물과 이해 가능한 사회 간의 관계를 묘사했다.

이에 비해, 20세기의 작가들은 단일 개인의 제한적이며 혼돈된 관점을 채용했다. 그리고 인간의 감정, 기억, 욕망이 뒤범벅된 비이성적 측면에 초점을 맞췄다. 관심도 사회에서 개인에게로, 리얼리즘에서 심리적 상대성으로 돌렸다.

마르셀 프루스트

마르셀 프루스트는 의식의 흐름 기법을 이용하여 인간의 심리를 탐구하고, 기억의 가장 깊숙한 내면을 발견하고자 했다. 버지니아 울프나 윌리엄 포크너, 제임스 조이스 등은 마치 정신과 의사의 진찰대 위에 누운 환자가 하듯, 서로 다른 시기의 생각과 감정을 무작위로 쏟아낸, 내면의 독백으로 구성된 소설들이 등장했다.

그 외에 프란츠 카프카는 속수무책의 개인이 불가사의한 어떤 힘으로 분쇄되는 광경이 묘사되었다. 대공황 시대가 끝나 갈 무렵이긴 하지만, 조지 오웰은 나약한 개인에게서 인간 존엄성의 마지막 한 조각을 빼앗기 위해 새로운 언어, 정교한 기술, 심리적 테러를 이용하는 전체주의와 독재자를 설정한 소설도 나왔다.

버지니아 울프

러시아 혁명이 일어나자 인간의 생명, 감정, 신비를 동경하는 추세는 '전선 세대'의 절망을 희망과 용기로 바꿔 놓기도 했다. 헤르만 헤세가 쓴 《데미안》(1919)이 그랬다. "신은 알에서 깨어나려고 안간힘을 썼다. 신의 이름은 아프락사스"라는 이 소설의 문구는 당시 유럽 청년들을 열광시켰다.

전쟁 후 심리적, 지적 상태, 혹은 그 시대의 신경을 기분 나쁠 정도로 정확하고 예리하게 건드린 표현을 담은 《데미안》은 구세계의 붕괴와 새로운 세계의 도래를 구체화한 소설이었다. "그 깊은 곳에 인류의 새로운 질서일지도 모를 무엇인가 형성되고 있는 것이 있다"니! 좌파 지식인에게 이 '인류의 새로운 질서'란 다름 아닌 '혁명'이었다.

프란츠 카프카

자기 내면의 요구에 귀를 기울이며 살아가고 있다.

이 두 관계는 때로는 대립과 갈등을 빚기도 하며, 때로는 조화를 이루기도 한다. 집단의 사고가 한 개인의 내면 탐구를 방해하는 경우가 있으며, 내면세계를 탐구하는 개인은 집단의 공동선(개인을 위한 것이 아닌 국가나 사회, 또는 온 인류를 위한 선)에 대해 무관심할 경우가 있다. 이 두 가지가 서로 조화를 이루기 위해서는 집단의 성격이 바르게 설정되어야 할 것이고, 개인의 내면 탐구가 올바른 방향을 가져야 할 것이다.

인간은 집단 속에서 살아간다. 혈연, 지연에 얽힌 집단이 있고, 회사와 같은 이익 집단이 있는가 하면 정당이나 종교 단체와 같이 신념이나 사상을 기반으로 하는 집단이 있다. 어떤 식으로든 인간은 이 같은 집단과 연결되어 살게 마련이다.

집단은 공통적인 관심과 목표를 갖고 있으며 구성원 간에 어떤 유대가 있다. 또한 구성원들은 각자 집단 속에서 자신의 역할을 하며 소속감을 갖게 된다. 때로 집단은 개개인의 자유로운 사고를 억압하기도 한다. 그러나 올바른 집단이라면 개인의 정신적 실현을 도우면서 공동선을 추구하는 집단일 것이다.

반대로 개인은 집단을 떠나 자기만의 세계를 찾는다. 마음을 가다듬고 자기 내면 깊숙한 곳의 요구에 귀를 기울이면서 삶과 인생에 대한 의문을 풀어 가는 것이다. 이것은 내면세계의 탐구가 집단에 대한 부정이 될 경우, 은둔주의에 빠지거나 정신세계만을 좇는 위험을 낳기도 한다.

사람에 따라 생각의 방향은 다양하겠지만, 내면세계와 집단의 공동선이 서로 조화를 이루어야 하는 것은 분명하다. 그러기 위해서는 개인과 사회가 서로 분리된 것이 아니라는 것, 인간은 홀로 살아가는 존재가 아니라는 것을 분명하게 인식해야 한다.

집단이 추구하는 가치는 진실하고 올바른 방향이어야 하며, 개인의 내면 탐구는 그 집단의 가치를 이끌어 갈 만한 것이어야 한다. 현실을 외면한 채 신비와 환상에 빠져서는 아무것도 이룰 수 없기 때문이다.

《데미안》에서 헤세는 내면의 목소리에 귀를 기울이는 인물들을 강조해서 그리고 있다. 그것은 우리의 현실 세계를 무시하거나 외면하라는 메시지가 아니다. 외면 세계만을 바라보고 정신과 영혼의 영역에 무관심한 현대인들에게 경종을 울리기 위한 것이다.

카인과 아프락사스, 그리고 데미안

이제 작품을 읽으며 아리송했던 여러 존재들에 대해 생각해 보자. 데미안의 이야기 속에서 나온 카인이라는 존재, 데미안이 전해 준 쪽지 속의 아프락사스라는 존재, 그리고 데미안이라는 존재에 대해서 말이다.

작품의 첫 부분에서 프란츠 크로머의 위협으로 두렵고 혼란스러웠던 싱클레어에게 구원의 손길을 뻗친 데미안. 그는 기독교에 등장하는 최초의 살인자 카인에 대해 일반 사람들과는 다른 해석을 내린다. 카인의 이마에 붙은 표적은 단순히 살인자의 표적이라기보다는 자신을 지키는 담대함이며 용기와 개성일 수 있다고 말한다. 다른 이에게 굴복하고 빌빌대며 살지 말고 두려움을 떨쳐 버려야 한다는 의미이다.

그것은 주입된 사상이나 일반적인 사고에서 벗어나 새롭게 사물과 사람을 바라보라는 뜻이기도 하다. 기존 규범을 그대로 받

아브라카다브라가 아프락사스에서 나왔다고?

새는 알에서 나와 자신의 길을 가기 위해 싸운다. 알은 세상이
다. 태어나려는 자는 세상을 깨뜨려야만 한다. 새는 신에게로
날아오른다. 이 신의 이름은 '아프락사스'이다.

《데미안》에 나오는 한 구절로 아프락사스에 대한 궁금증을 증폭시킨
다. 대체 아프락사스는 무엇일까? 아프락사스는 영지주의의 문헌에
서 언급되는 천사로, 수탉의 머리에 사람의 몸, 다리가 뱀이고 방패와
채찍을 들고 갑옷을 입은 괴이한 모습을 하고 있다.

아프락사스

유대교나 기독교에서는 악마로 받아들여지나 그노시스파 등 다른 종
파에는 365일을 지배하는 천사일 뿐만 아니라 주술적인 힘을 지니고
있다고 한다. 오컬트계에서 유명한 주문, 아브라하다브라와 아브라카
다브라가 바로 이 아프락사스의 이름에서 따온 것이다.

아프락사스는 2세기경 그리스 영지주의의 신비스런 주문이기도 하며,
숫자로 읽으면 합계 365라는 신비의 수가 된다. 이집트 신화의 신들
중 하나이며 악마들 중의 하나라는 주장도 있다. 신 위의 최고 신이라
는 설, 가장 완전한 인간을 일컫는다는 말도 있다.

또한 아프락사스는 심리학자 칼 구스타프 융의 개념이기도 하다. 헤
세는 1917년 1월에 스위스의 심리학자 칼 융을 처음 만났고, 한동안
그에게 심리 치료를 받았다. 그 뒤, 헤세는 융과 친구로 지내며 깊은
영감을 받았던 것으로 전해진다.

칼 구스타프 융

융은 영지주의와 관련된 짧은 글에서 "아프락사스는 모든 대립물이
한 존재 안에 결합된 신으로 기독교의 신과 사탄(악마)의 개념보다 더
고차적인 개념의 신"이라고 하였다.

융은 지그문트 프로이트의 제자로서 분석 심리학의 개척자로 일컬어진다. 융은 의식과 무의식을 통일
하여 완성된 하나의 통일체를 이루도록 하는 무의식을 '자기 원형'이라 불렀다. 자기 원형은 인간이 자
신의 무의식을 깨우치고 잠재된 것을 발휘하여 하나로 조화를 이루게 하는 원동력이다. 이 같은 개념은
헤세의 《데미안》에서 싱클레어가 자기 안의 데미안을 만나는 모습으로 형상화되었다고 볼 수 있다.

형제간의 살인과 복수, 카인과 아벨

카인과 아벨은 기독교의 경전인 구약 성서 창세기에 나오는 인물이다. 둘은 형제로, 인류의 조상이라는 아담과 하와의 자식이다. 카인은 농부였고 아벨은 목동이었다.

세월이 흘러 여호와에게 제물을 바칠 때 카인은 땅에서 난 것을 바치고 아벨은 양 떼 가운데 가장 먼저 태어난 것과 기름을 바쳤다. 신은 아벨의 제물을 받았고 카인의 것은 받지 않았다. 카인은 화가 나서 고개를 푹 떨구었다. 그 일로 신에게 꾸지람을 들었다.

신은 카인에게 "너는 어찌하여 화를 내고, 어찌하여 고개를 땅에 떨어뜨리느냐? 네가 옳게 행동하면 얼굴을 들 수 있지 않느냐? 그러나 네가 옳게 행동하지 않으면, 죄악이 문 앞에 도사리고 앉아 너를 노리게 될 터인데, 너는 그 죄악을 잘 다스려야 하지 않겠느냐?"

카인은 아벨이 들에 나가 일을 하고 있을 때 몰래 덤벼들어 죽였다.

그는 신의 저주를 받아 에덴동산에서 쫓겨나게 되었다. 사람들이 자기를 죽일까 봐 두려워하는 카인에게 신은 '카인을 죽이는 자는 일곱 곱절로 앙갚음을 받을 것'이라며 표식을 찍어, 어느 누가 그를 만나더라도 죽이지 못하게 하였다. 그 후, 카인은 에덴에서 쫓겨나 동쪽의 놋 땅에서 살았다.

그 후로 이 일은 사람들에게 인류 최초의 살인 사건이며, 동족간의 죽임을 상징하는 사건으로 여겨졌다. 그래서 이를 모티브로 한 영화와 소설이 많이 만들어졌다.

존 스타인벡이 쓴 소설 《에덴의 동쪽》은 영화로도 만들어졌는데, 한가족 안에서 벌어지는 악행과 미움, 시기 등이 얽혀 비극적인 결말을 맺는 내용이다. 《카인의 후예》는 6·25를 배경으로 한 황순원의 소설로 동족상잔의 비극을 그려낸다. 몇 해 전, 텔레비전에서 방영된 드라마 〈카인과 아벨〉도 형제간의 살인과 복수 등으로 이어지는 내용이다.

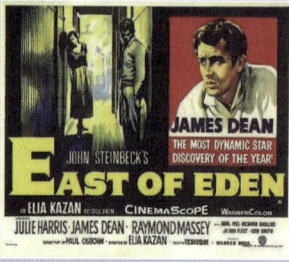

1956년에 개봉한 영화 〈에덴의 동쪽〉 포스터. 제임스 딘이 주연을 맡았다.

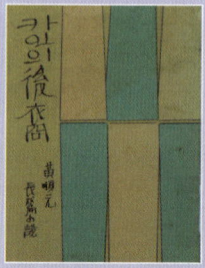

1954년에 출간된 황순원의 장편 소설 《카인의 후예》 초판본

2009년에 SBS에서 방영된 수목 드라마 〈카인과 아벨〉. 소지섭과 신현준이 열연했다.

아들이는 일은 자기 자신을 제대로 보는 것과 거리가 멀며, 진정한 인간 이해에 닿기도 힘들기 때문이다.

결국 카인은 자기의 세계를 깨뜨리고 또 다른 세계로 나아가기 위해 부단히 노력하는 자, 자기 자신의 참모습을 찾기 위해 기존의 질서를 거부하는 자이기도 하다.

아프락사스는 기존의 질서를 거부하는 카인과 유사한 의미를 지니면서 대립되는 것들의 통일과 조화를 추구하는 존재라는 상징성을 지닌다.

'아프락사스'라는 이름은 싱클레어가 김나지움에 다니고 있을 때 데미안이 보냈을 거라고 생각되는 쪽지 속에 처음 나온다. 그리고 학교 교사의 설명을 통해 '아프락사스는 신적인 것과 악마적인 것을 결합시키는 상징적 과제를 지닌 어떤 신성의 이름'이라고 정리한다. 대립되는 두 세계의 조화와 합일을 향해 가는, 인간 속에 존재하는 힘을 바로 아프락사스라 할 수 있다.

작품의 마지막 부분에서 싱클레어가 데미안과 '나'가 합치된 듯한 느낌을 갖는 부분이 있다. 혼돈을 이겨내고 자유롭게 나는 아프락사스의 모습과 겹쳐지는 부분이다. 어쩌면 우리 모두는 알 속에 갇힌 아프락사스인지도 모른다.

이제 우리는 마지막 질문을 던질 때가 되었다. '데미안은 누구인가?'라는 질문이다. 카인 같기도 하고, 아프락사스 같기도 한 데미안. 물론 그는 두 존재의 속성을 다 지니고 있다.

원래 데미안이란 말은 데몬(Demon)과 같은 뜻으로 '악마에 홀린 것'이라는 뜻에서 유래한 것이다. 정말 데미안은 신비스럽기까지 한 인물이어서 작품을 읽는 사람들은 그에게 홀리는 듯한 느낌을 받게 된다.

데미안은 작품 속에 등장하는 한 인물이다. 싱클레어를 위협에서 구해 주고, 인생의 절박한 시기마다 나타나 길을 보여 주기도 한다. 싱클레어가 가지고 있던 기존의 가치관을 뒤흔들어 놓기도 한다. 그러나 그것은 외부로 나타나지는 데미안이다.

데미안은 오히려 싱클레어의 내면에 존재하는 완전한 인간형, 도달해야 하는 어떤 경지를 말한다고 볼 수 있다. 우리가 만나야 하는 인생의 진실한 그 무엇이라고도 볼 수 있다.

우리는 인생이 무엇인가, 인생의 진정한 가치가 무엇인가를 계속 묻는다. 그 대답은 쉽게 구해지지 않는다. 무수히 많은 시련을 거치기도 하고, 숱한 사람들을 만나 갈등하고, 극복하는 과정을 거쳐 섬광처럼 번뜩이는 인생의 진실을 깨닫는다. 그때 우리도 나 자신 속의 데미안을 만날 수 있을 것이다.

이 작품을 읽을 때 몇 가지 고려해야 할 점이 있다. 작품 속에 담긴 사상이나 인물을 여과 없이 그대로 받아들여서는 안 된다는 것이다.

이 작품이 인간의 내면, 정신의 힘을 강조하고 있지만 우리는 여전히 이 땅에 발붙이고 현실 속에서 살아가는 인간이다. 또한 이 작품이 개인의 영혼 깊은 곳의 울림을 강조하고 있지만 우리는 함께 더불어 살아가야 하는 존재임을 잊어서도 안 된다.

물론 우리는 자기의 내면을 되돌아보지 않고 그저 바깥만 바라보고 사는 우리 자신을 반성해야 한다. 나를 제대로 성찰하는 데서 인간 정신의 위대함을 찾을 수 있다는 믿음을 되찾아야 한다. 그것

말년의 헤세

이 이 작품에서 뽑아 낼 수 있는 정수(핵심)이다.

데미안을 찾아 살다 간 작가, 헤르만 헤세

독일의 시인이며 소설가인 헤르만 헤세는 1877년 7월 2일, 독일 남부 뷔르템베르크의 칼브에서 태어났다.

아버지는 신교(新敎)의 목사이고, 어머니 쪽 집안 역시 유서 깊은 신학자 가문이었다. 헤세는 1890년 괴팅겐에 있는 라틴어 학교에 입학하였고, 그 이듬해 마울브론의 신학교에 입학하였으나 학교의 속박을 견디지 못하고 7개월 만에 도망쳐 나왔다. 이때 자살을 기도한 적도 있고 신경과 병원에 입원하기도 했다.

그 이후 칸슈타트의 김나지움에 다니기도 하고 중등 학교 자격 시험을 치르기도 했으나, 곧 학업을 중단하고 시계 공장에 들어가 톱니바퀴를 닦으면서 문학 수업을 하였다.

위와 같은 성장기의 고뇌를 담은 자전적 소설이 바로《수레바퀴 아래서》이다. 주인공 한스는 숨 막히는 신학교의 규율 속에서 문제아라 낙인 찍힌 친구 데미안 하일너를 만나 그 역시 문제아로 취급당한다.

친구가 퇴학당하고 혼자 학교에 남아 외톨이로 지내다가 신경 쇠약에 걸려 고향으로 돌아오는 모습, 기계공이 되어 일을 하는 모습 등에서 우리는 마울브론 신학교 시절 즈음의 헤세를 만나게 된다.

1899년 처녀 시집《낭만적인 노래》와 산문집《자정 이후의 한 시간》등을 발표하였고, 1904년 최초의 장편 소설《페터 카멘친트》를 출간하였다. 피아니스트 마리아 베르누이와 결혼한 그는

헤세가 묻혀 있는 스위스 몬타뇰라의 아본디오 성당 묘지

스위스 보덴의 가이엔호프 마을로 이주하여 시 창작에 전념했다.

제1차 세계 대전이 일어날 즈음에는 전쟁에 반대하는 논문과 공개 서한을 발표하며, 독일에서 '매국노'라는 비난을 받기도 했다. 전쟁 직후인 1919년에 《데미안》을 에밀 싱클레어라는 필명으로 출간했다.

이후 그는 첫 아내와 이혼, 또 한 번의 결혼과 이혼, 세 번째의 결혼 등을 거치면서도 다양한 작품들을 발표했다. 심리학 치료를 받고, 스위스의 심리학자 칼 융을 만나며 그의 영향을 직접적으로 받기도 했다.

제2차 세계 대전 중에는 나치에게 탄압을 받아 작품을 출판하지 못하기도 했다. 그래서 당시 그의 전집은 자신의 조국 독일이 아닌 스위스에서 발간되었다. 제2차 세계 대전이 끝나고 독일에서 다시 헤세의 작품이 출간되었고, 1946년에 노벨 문학상을 수상하기에 이른다.

그의 대표작은《수레바퀴 아래서》《데미안》《청춘은 아름다워라》《싯다르타》《나르치스와 골드문트》《유리알 유희》등 내면 세계에 대한 관심, 동양에 대한 관심 등을 주로 담고 있는 작품들이다.

헤세는 동양 사상에 깊은 관심을 가졌고,《데미안》에서는 영지주의자(고대에 존재했던 종교 운동의 하나로, 인간의 구원이 앎을 통해 가능하다고 여겼다.)들이 세계의 창조자라 부르는 데미우르크와 배화교 사상까지 수용하고 있다.

그는 "신의 목소리는 시나이에서, 성경에서 오는 것이 아니며, 사랑과 아름다움과 신성의 본질은 기독교에 있는 것도, 고대에 있는 것도, 괴테에 있는 것도 톨스토이에 있는 것도 아니다. 그것은 너의 안에, 너의 안과 나의 안에, 우리 모두의 안에 있다."라고 말했다.

이처럼 헤세는 평생 자기 내면의 목소리를 찾아 살다 간 작가였다. 자기 안의 '데미안'을 찾아 고뇌하며 갈등했던 싱클레어의 삶은 어쩌면 헤세 자신의 삶이었을지도 모른다.

그는 1962년, 스위스 몬타놀라에서 뇌출혈로 세상을 떠났다.

푸 른 숲
징 검 다 리
클 래 식
0 3 5

데미안

첫판 1쇄 펴낸날 2013년 7월 5일
11쇄 펴낸날 2025년 7월 15일

지은이 헤르만 헤세 **옮긴이** 전은경
발행인 조한나
주니어 본부장 박창희
편집 박고은 정예림 강민영
디자인 전윤정 김혜은
마케팅 김인진 김은희
회계 양여진 김주연

펴낸곳 (주)도서출판 푸른숲
출판등록 2003년 12월 17일 제2003-000032호
주소 경기도 파주시 심학산로 10, 우편번호 10881
전화 031) 955-9010 **팩스** 031) 955-9009
홈페이지 www.prunsoop.co.kr **인스타그램** @psoopjr
이메일 psoopjr@prunsoop.co.kr

ⓒ 푸른숲주니어, 2013
ISBN 978-89-7184-972-9 44850
       978-89-7184-464-9 (세트)